尘海

汪万芝 ◎ 著

安徽师范大学出版社
· 芜湖 ·

图书在版编目(CIP)数据

尘海 / 汪万芝著. — 芜湖:安徽师范大学出版社,2018.1

ISBN 978-7-5676-3307-0

Ⅰ.①尘… Ⅱ.①汪… Ⅲ.①长篇小说 – 中国 – 当代 Ⅳ.①I247.5

中国版本图书馆CIP数据核字(2017)第286088号

尘　海

汪万芝　著

责任编辑:胡志恒

装帧设计:王　彤

出版发行:安徽师范大学出版社

芜湖市九华南路189号安徽师范大学花津校区　邮政编码:241002

网　　　址:http://www.ahnupress.com/

发 行 部:0553-3883578　5910327　5910310(传真) E-mail:asdcbsfxb@126.com

印　　刷:虎彩印艺股份有限公司

版　　次:2018年1月第1版

印　　次:2018年1月第1次印刷

规　　格:700 mm×1000 mm　1/16

印　　张:17.375

字　　数:204千字

书　　号:ISBN 978-7-5676-3307-0

定　　价:48.00元

如发现印装质量问题,影响阅读,请与发行部联系调换。

目　录

开 篇 词

时光行几程，起点谁定？

神仙笑痴谁曾问？我有心思生千感，叹苦问真。

凡物无声尽，谁数几重？

妖魔怎敌时光伸。高山亘古磨留下，犬牙几根。

一、父　亲

父亲是个农民，一九〇八年出生，一九六〇年去世。他身材不高，因为长期劳累，腰有些躬，剃着平头，脸紫铜色。弟兄三人，他排行老二。大伯读过三年书，小叔读了九年书，只有他一年书也没读过。他秉性老实、淳朴，特别的勤劳、节约。分家时，他分了五亩地、一亩田。他一辈子勤劳节俭，目标只有一个，买田置地。到解放时，他已拥有田地十六亩。他整天守着这些田地，一个人耕，一个人种，即使农忙，也从舍不得雇人。

那时候我只有七岁，作为长子，被迫着跟他下地耕作。还不会用锄头时，就跟他在地里学拔草。等会使用农具时，便又跟他学锄草。他农活干得特别快，尤其是锄草，一天要锄两亩多，锄草的技巧也是无人可比。锄过之后，无草不死，又不损一棵庄稼。遇到与庄稼齐根长的草，一般人不敢用锄头，小心地用手拔，可他只用锄角一钩，草叶连根就挂在庄稼叶上。在他的威逼和影响下，我也学他一样的锄草。谁知，大伯对此不以为然，一天，他特地来到我和父亲劳动的地里，心想叫父亲帮他锄一天草，却又不开口，只在田头走走望望。还是父亲先开腔，老大来有什么事吧？大伯搭上话："你怎么这样锄草？只图快，不顾质量，地沟里土又不往畦上捞，下雨时水怎么淌？庄稼根怎能得到保护？"父亲说："我不像你家只有几亩地，我家有十多亩地，做事不快些咋办。其实沟里土不要多捞，只要有沟就行，水会淌掉，庄稼根也不要堆许多土，锄草时带上一些就行。我年年不都是这样种庄稼？"

"好啊！你会种庄稼。"大伯被呛了水一样，悻悻地走了。

我是孩子，不懂许多，仍是跟着父亲这样的锄着。不过我知道，到收成时，我家也没有和别人家不一样，年年一样收的。

父亲是文盲，老实忠厚，他还特别吝啬，所以常受到别人欺负。一九四八年大水，家乡破了圩，江水漫灌，田地淹没，一片汪洋。有一天，有一伙人，也不知道是政府干部，还是趁火打劫的土匪，划着小船到高屋基墩挨家挨户收税。父亲头脑太简单，看到船进村了，对母亲说："他们来了，就说我不在家，去山里了。"山里，就是陈洲向北三十多里的广阔丘陵，圩区人家的亲眷多半都在那里。父亲说完话，就到屋后草垛里躲了起来。

收税船靠在了家门口，一共三个人，两个戴着黑眼镜，扛着枪，另一个人就是面熟的伪保长。母亲一时慌乱，一边重复着父亲刚才叮嘱的话，一边从抽屉里拿出所有的鸡蛋，又浇水和面煎面粑，准备招待这帮来意不善之客，想求求他们能免收税款。这样做也是当地人常用的法子。

"不要来这一套了！"那帮人吼着走进里屋。房子太小，一览无遗，伸伸头，望望黑黑的床底就出门。谁知，他们太阴险、狡黠，像是知道父亲的躲藏处，直接来到屋后麦垛，三扒两扒，父亲就势自己出来了，跪着求饶。他们哪肯罢休，用枪托和枪条向父亲身上猛抽直捣，痛得父亲直喊妈。最终还得量了二斗小麦给他们完事。至此，父亲身上留下了永久的伤痛。

解放后，父亲摆脱了政治上压迫和经济上剥削，但因为土地多，土地改革时，还差一点划上富裕中农成分。富裕中农是指占有较多生产资料，有轻微剥削的农民。在排行上，除地主、富农之外，就是它了。父亲也因此常常受到母亲和爷爷、奶奶家族人的指责，说他不该买地。

一九六〇年，人民公社成立了，老百姓都成了社员。土地等一切生产资料都归了集体，社员要在生产队队长的带领下，统一下田劳作。每个生产队都要办食堂，全体社员一日三餐都吃食堂。食堂也不能保证每个人都有饭吃，由于"浮夸风"和三年自然灾害的影响，粮食成为奇珍。生产队食堂每天按每人二两米的定量，再配上萝卜、芥菜一起煮，就是全队人一天的食粮。各家带着饭桶来，按人头分得几勺就像水一样的萝卜米汤，人们笑称是"西湖山水"。但日子总是要过下去的。政府就号召社员生产自救，过江到江南大山坳里开荒，跑几十里到外地湖里挖藕。家家劳力，只要不是病得躺在床上的，必须投入生产自救，缺一不行。父亲是一家之主，虽然已很羸弱，还得要参加生产队的生产自救，队长把他分在挖藕队。在挖藕第二天，就晕倒在湖里。被人抢救上来后，队长大概知道父亲一时也不会好起来，更不愿意多背一个负担，便安排人手把父亲抬回家。回家后，父亲的浮肿病越发严重。父亲知道自己不行了，叫母亲把大叔儿子陈青喊来，陈青当时在大队当会计。他对陈青说，"大哥，还是你有出息，能当上大队干部。把你叫来，就拜托你一件事，大队里能不能给我弄副棺材睡着走。棺材钱等我孩子大了一分不少地还你。以后我到阴间会保佑你。大哥，我一生就这么一回求求你了。"

陈青没有作声，只是难受。他在大队工作，清楚得很，像父亲这样饿成浮肿病的还有许多。上级发文一定要把病人照顾好，但都束手无策，连吃都吃不饱，哪有钱摊到这上面来用。

父亲离开了人世。他的临终愿望也最终没能实现，葬他的自然就是东拼四凑的"四块板"完事。

父亲去世时，我并没有为他送终。那时我正在三百里外的初级师范毕业，刚参加工作。家里人一合计，怕耽误工作，又心疼我工资少，就没有写信告诉我。放暑假时回家，母亲远远在路上迎接我，彼此当时都痛哭了一场。

尘海

二、母 亲

母亲娘家在山里，每次回去都要走三十多里路。母亲有两个姐姐，一个哥哥，她最小。她姓李，叫小花，一九二二年出生，一九九七年去世，享年七十六岁。

母亲家也很穷，十三岁就来陈家当童养媳。初来很想家，三次偷着跑回家，都被人在半路上找回来。后来得知陈家还有一个女孩也是童养媳，是大叔的幼配。于是，两人就有了伴，慢慢定了心。再后来，小婶十七岁坐轿嫁陈家，又添了一伴。尽管身份有差异，三人关系都很好，像亲姊妹一样，母亲这才真正断了逃回娘家的心事。后来大妈经常忆起旧事，她和母亲当童养媳时，生活非常苦，家里好吃的东西她俩吃不到。吃饭也分两样，煮饭时，锅里一边是米饭，一边是麦饭，米饭是爷爷和儿子们吃的。奶奶两头摆，做做样子跟我们一样吃，主要是跟爷爷和儿子们吃。缸里腌的白菜烂了，还有老鼠屎在里面，都是我们吃。有时我们熬不过，也偷点好吃的，就被奶奶不三不四地骂个不停。我俩都不作声，大不了辩解一句，"你是不是记错了，家里老鼠多，又有猫，许是它们给糟了。"要是正面顶嘴，那就坏了，事情要是传出去，作为童养媳，见人多难为情。

听了大妈说这些话，给我们的只是叹息，作为下辈们只有记着，以后要好好孝敬她们，使她们得到慰藉。如此而已。

其实，我对母亲的心结何止是大妈说到的这些苦。母亲一生，即使再苦，再穷，再弱，也要竭尽全力，呵护着孩子。想起这些，我总是暗生恻隐之心。

母亲一共生养了八个孩子，男女各四。女孩只有一个养大成人，两个病死，一个是打着襁褓，放在火桶里烘火，无人照看，被烫死了。小妹妹因为眼睛亮，大家都叫她美眼。八岁那年，母亲曾叫三妹和小妹去挖野菜给猪吃，并交代两人一定要把篮子挖满才能回来。那是初春，地里野菜很少，已经到中午了，篮子一半还没装到，肚子饿了也不敢回家。小妹平时机灵，把两个篮子的菜倒在一起，对三妹说，我们猜指吧，谁赢了，就拎着这篮子猪菜先回家。三妹老实，就和小妹猜起了手指。结果小妹输了，三妹拎了一篮子猪菜先回了家。母亲看见三妹，问美眼怎么没回来？三妹不敢说她赢了猜指，把小妹一人丢在外面，就应付一句，她怕打没敢回来。母亲一阵难过，放下手中的活，带着三妹一起去寻找小妹。小妹远远看见母亲来了，以为要挨打，丢下篮子边哭边向远处跑。母亲急促地高声喊，"美眼，妈妈不打你，是来叫你回家吃饭。"小妹停住脚步，迟疑地不敢让母亲靠近。母亲这时一脸亲热，渐渐走近她，她仍是跑。母亲没办法，叫住了迎面过来的一位本村阿姨，哄着拦住了小妹。母亲过来，一下抱起小妹，亲着她连连说："小儿，你跑什么呢？我哪舍得打你。中饭你没回去吃，我怕你饿，又不放心你人小在外面。你这么怕打，我平时打过你几回呢？"说着，用自己

尘
海

的衣服替小妹擦拭泪水，便背着小妹回家了。

就这么一个可爱的妹妹，不久却得了荨麻疹死了。母亲如何的伤心不必说，我们也痛哭不止。直到现在，想起时还难过。

我占着老大的优势，又是男孩，我得宠最多，爷爷奶奶喜欢，母亲喜欢，父亲好像无所谓。不过母亲喜欢我，并不是对其他孩子就不喜欢。三个女儿的相继夭折，让母亲哭得好伤心，白天哭，晚上哭，有时候梦中也哭出声来。我现在还隐约记得，小妹死去的时候，父亲伤心一会，继续下地去干他的农活，只她一人坐在孩子遗体边，哭儿，哭心肝。孩子下葬时，她仍是亲着她的头脸伤心地哭。

母亲这样的伤心，但她并不明白，这都是那个重男轻女时代和医学不发达的现实造成的。而她把这一切，都归结为自己命苦！

现在，再说她对我的爱。一九五九年，正值困难时期。那时我还在潜江初级师范读书，平时生活用钱都是母亲操劳凑成整数寄给我，父亲从不问这些事。一次，我给家里写信，说天气冷了，需要添一件厚一点衣服，请家里寄点钱来。我也知道那时家里困难，但又扛不住冻，就写封信试试吧。母亲却当成了大事，从东家借到西家，最终也没有借到。最后，就硬着头皮向队长开口了，向队长开口借钱是母亲最不情愿做的事，每次向队长开口借钱，队长总是以一种半嘲笑半鄙视的口气说，你家是超支户，怎么可能向队里借钱？队里也没有钱。但这次为了出门在外的儿子的冷暖，母亲也不在乎颜面了。她坚定地走进队长家门，什么话也没讲，就向队长下跪，倒把队长吓了一跳。队长在家排行老二，客气的人都称他二爷。队长说你干吗呢？母亲呛颤地跟队长说，"好二爷，我孩子在学校读书，天气冷了，身上没什么厚点的衣服，扛不住。你再原谅我一次，再支点钱给我吧。"

队长看这样子，不知如何是好？队长媳妇平时也同情母亲，赶紧帮腔："就给她办呗，她现在孩子小，以后会出头的。"

队长这次倒没有说出让母亲难堪的言语来，只是轻叹一声，对母亲说，起来吧，只有十元钱。母亲如获至宝，把这十元一分不留地寄给了我，却只字未提钱是怎么借来的。

由于生活的艰辛和持久的操劳，母亲不到四十岁，就得了胃痛病，春冬季发的多。痛来时，就躬在床上呻吟，我放假在家，看她这样，我的心像母亲的痛经过改装一样，变成别样的痛，哽哽的，烧烧的，眼在发花。我在潜江初级师范念书出来，工作也就分在潜江县，但为免母亲担忧，我决心要调回家好好照顾母亲。通过艰难的努力，我调回来了。调回之后，照料母亲的责任就全担在我身上，打针吃药的钱全由我付。医生说，这种病叫十二指肠溃疡，要注意冷暖，避免吃过冷过热和辛辣的东西，还不要受凉受气。我问这种病是否可以开刀根治？医生说，不到穿孔的程度不适合开刀，只要保重、调养好没问题。

后来，母亲的病果然好转了，多少年都没有发过。在这个时候，我为了使母亲能看看外面的世界，便带她到过九华山，又乘大轮，坐火车去过芜湖、南京、上海。母亲很开心，但更开心的是村里的老婆婆们在闲聊时，总是对母亲说，你养了这么一个好儿子，还能带你见世面。我们一生火车不说坐，见都没见过。母亲就在这种满足中，虽然清苦，却也很知足地走进了人生晚年。

可是，一九九七年，又是最伤心的事降到母亲面前，一生清苦的二弟得了肺癌。母亲这时已七十六岁了，除了老胃病，其他也都还正常。可是这下又不行了。因为担心她的身体，开始，我们没敢跟母亲讲二弟的事。可是没几天，母亲叫人把我喊到身边。我赶过去，母亲侧躺在床上，精神很不好。她问我二丑（二弟小名）可是那种病？我没当即作声。又反问她怎么搞的，又躺在床上？她说心口病又犯了，痛。我听了心如刀割，要去喊医生。她呻吟着，叫我现在别喊，她有几句话要跟我说。

"听说村西头的老五也说是那种病，到了合肥大医院去检查，又不是的。你也带二丑到合肥去检查一下。"

我连声答应，就去喊医生了。医生来了，详细地问诊，又按摸腹部，一言不发。打了针，开了药，医生出了门，并顺手拽了一下我。我随着医生一起出来，医生说，你母亲病不好治了，她小腹右侧有一个鸡蛋大的软滑性的包块，可能是那种病了，也是老病引起。医生话让我如雷轰顶，昏沉之际，我问医生，是否可以开刀治疗？医生说，癌症能好治吗？我看了许多这样的病人，开刀后果都差不多，人都走了。何况你母亲年纪大，身体弱，医院可接收呢？

听医生这样说，我陷入极度慌乱和痛苦中，但在母亲面前还是装起镇静。为让母亲放心，我带二弟到省医院去了。省医院副院长是家乡人，好不容易找到了他，想听听他的意见。他看了二弟的病历和拍的片子，说："既然是老乡人，我就直说了。这种情况你要是医的话，或许就出不了院。农村里钱也不容易，不建议你们住院了。不过，你既然来了，我就让医生为你们单独检查一下，你们也心里有数点。"

第二天，检查结论出来了，单子上盖着"癌细胞转移扩散"。二弟得此消息痛哭，哭他孩子小，以后怎么办？

　　不到一月，二弟走了。入柩时，母亲一定要我搀她到场，并要最后看一眼二弟。此刻她的身体如一团棉絮，又轻又软，她趴在棺材边号啕着，拍打着，险些晕厥。我们赶紧搀着她坐在门角边休息，我们也跟着她哭。

　　又不到一个月，母亲也与世长辞了。我像孩子一样一下仰躺在母亲遗体边直蹬脚，哭着母亲你在骗我，你怎么还有死的时候。全屋人见这样情状，无不伤心流泪。

　　母亲走了，一生也只有几个字：平常、善良、亲子、多苦、去世。留给我们的也只有几个字：尊爱、痛惜、思念、永远、犹在。

守黑是非间

善心名利外

谁在非议谁不清

自然自在天上理

三、家　乡

　　陈洲——我的家乡，位于长江北岸，属安庆地区陵阳县管辖。地形狭长，从地图上看，就像上帝随手扔在江边的一段草绳。长有七八十里，窄处只有两里。虽没有山，但依靠长江，风景也算秀丽。特别是夏天，站在高高的江堤上，两边的庄稼如绿色的海洋，一望无际，满目青翠。浮在那海洋里远远近近的村庄，被葱茏的树木掩裹，似绿岛，似山丘。江堤上，绿草如茵，似碧色的长龙蛇行经往。江堤外面是柳林镶岸。穿过柳林，就是烟波浩渺的长江。站在长江边，可远眺江南，山峦起伏，翠色如黛。再远些，是高耸入云的九华山，隐约可见庙宇点点，烟氲弥漫。

　　听老人说，五百年前，这地方是长江中一个狭长的小洲，洲上长满了芦苇。后来泥沙沉积，洲越长越大，慢慢就与北岸连在一起，这就是陈洲。江南江北那些没地种的穷人渐渐聚到这里开荒种地，捕鱼捞虾。住的屋也很简单，用芦苇、茅草，加上泥巴糊成。如果长江发水，就一齐被淹，人们便又飘散到江南江北各地讨饭，到水退时，再回到洲上重起炉灶，搭棚构屋，结网修犁。等有了一定财力物力，洲上的人们开始筑堤防洪。遇到哪年水小，堤就起到作用，便可苟安一时；如果哪年水大，堤破水淹，只得又外出流浪。但每遇水淹一次，他们第二年就会把堤坝再筑高一点。年复一年，循环反复，矮堤慢慢成了高堤，也就成就了今天的巍峨的长江大堤。堤坝高了，水患就渐渐少了，人口就不断增加，洲上也不断壮大，几百年后，就形成了今天拥有八万人口的土地肥沃、风景秀丽、物产丰富的好地方，还有了陈洲、江湾、沅潭三个大小不一的小集镇。

由陈洲乡政府沿江堤西行五公里，就是芦村。芦村紧挨江堤，住着七八十户人家，二百几十个人口。要说陈洲这地方风景好，那么芦村就是陈洲风景最好的地方。听老人说，陈洲的发展就是从芦村开始的。当初，这里只有少数人家住，住的地盘也不受限制，插草为标就行。因为住的是泥巴糊的芦苇茅屋，时间一长，芦村的名字就叫开了。在第一代来这里拓荒的人群中，也有我家祖宗，是从徽州地区过来的。祖宗是个流浪汉，他原在徽州给地主做长工，地主家说他吃得太多，便把他辞掉，他就跟着别人来到这里拓荒。刚来时，住无定所，衣食无靠，被一家搞鱼的叫去帮忙。一年之后，东家换了大船，便把旧船送给了这位祖宗，让他单搞。祖宗也十分知恩报恩，总是还经常帮助老东家。不久，通过东家的介绍，祖宗娶了一个讨饭女，糊起芦苇棚成了家，陈洲的陈家一脉便开枝散叶，至于到我头上也不知是哪一代了。如今，陈洲的陈姓人家估计有上千户，成了芦村的第一大姓。

陈洲的人口多了，人情也复杂了。虽然跟着时代在发展，不再像当年那样经常逃荒，但人们也许是穷怕了，总是不愿和穷人穷亲多来往。对于那些有钱有势的人有一种本能的崇敬和亲近。因为穷，因为是拓荒之地，因为远离州府，几百年来，这里并没有名门望族、达官贵人出现，但却不乏土财小吏。这些土财小吏却又主导着一种以"势利"为核心的社会风气。过去的我不知道，解放后，见得最多的是大队干部，生产队长也有，虽然官不大，但走在路上却是头昂得高高的，目空一切，等着别人主动向他点头哈腰，多数时候还爱理不理。记得小时候，村西的黄五爷儿子在部队升了官，做了排长，回到了家。五爷自是有面子得很，就请大队干部到他家吃饭。这时，一位老农民大概有事赶到他家门口，连声喊了三遍里面"陈会计"，会计都没发声。我们小伙伴都在外面玩耍，我看到这种情况，就心里不高兴，想借此机会作弄一下会计。我轻轻跑到老农民身边说："会计是聋子，你要到会计身边吹着喊，他才听见。"老农民真的进屋里用大声喊，会计这才不耐烦："什么事，什么事啊？今天没功夫，明天来！"老农民只好走了。我的指使可能被会计看见，老农民走后，他气冲冲地向我走过来，瞪着眼对我呵斥："你这孩子怎么这样没有礼貌？谁是聋子？看你很老实的样子，跟谁学的这样子。"

其实，穷苦人，自有自己的一套处世哲学。虽然他们也可能势利，但淳朴与善良、热心与同情从没有离开过他们的灵魂。

一九九一年，大孩陈忆考取吉阳师范大学，在去学校报到的头一天，行李什么都收拾好了却走不掉。就因为学费还缺300元。接到录取通知书时，就知道需要一笔学费的，赶紧就去几个亲眷家商借。因为是孩子考上了大学，亲眷也都爽快地答应了，并承诺一定在孩子上学前送到我家。可有一户亲眷家里临时有事，没能过来，原来答应的300元借款也就没了着落。我一边照应着各位亲眷吃喜酒，一边心里盘算何处去凑齐那300元。亲眷们吃完饭都各自散了，孩子也焦急地沉默不言。作为一家之主，我必须采取办法，不能误了孩子上大学。亲眷该借的也都借了，没开口借的，也实在是没有钱。没办法，只有最后一条路了，去信用社，虽然没有把握借到，但也只有这样做。我让孩子在家等等，骑上自行车飞快地往陈洲乡信用社奔去。信用社主任姓高，虽然认识，但没来往过，当时放贷又很紧，搞贷款特别难。我硬着头皮进了信用社，恰好高主任在上班，我忧心忡忡地向高主任诉说我的情况，能否贷款400元给我孩子上大学，孩子明天就要到校报到了。真没想到，高主任没有说任何推卸的话，随手递给我一张贷款单叫我填。我的心像一艘穿越过大浪的船，算彻底放心了。款到手了，我反反复复向他道谢："谢谢高主任！"

紧紧揣着贷来的400元钱，急匆匆赶到家，家里人跟我说："钱有了，是村上王大妈儿子送来的。王大妈听说我家这样急事，把儿子准备下半年结婚的钱都送来了。"

后来，我一直感念着王大妈一家，虽然他们家也是清苦人家，儿子一门亲事更是农村大事，但为了我孩子上大学，还是把重担留给了自己，把支持送给别人。以后每逢过年时，我都第一个到她家拜访，还精心地给她画了一张老年人留念像。

家乡，就是这样用秀丽的风光和复杂的人情世故，熔炼着人性的真实与虚假、美丽与丑恶，启迪着我怎样去认识社会，怎样去做人。

四、忘不了的小时候两个梦、两件事

　　每个人都有梦，无论是大人和小孩。但能让人记住一辈子的梦，如果不是尚未实现的理想，就是曾经人生的隐喻。我现在说说我小时候的两个梦，都是险的，其中有一个梦，我到现在仍是怀疑到底是真是假？

第一个梦

　　梦的开头已经模糊。只清晰地记得我在一个草场上玩，玩着玩着，我后退几步，突然掉下了深渊，掉到一半的时候，身体却被凸起的斜坡泥块挂住，往下就是隐隐望不到边的水面。我拼命地用双手深深插入泥土，紧紧抠住悬崖，浑身使劲地贴土趴着。我望望上方，这崖何止是陡，上面的巨坎向外覆压，像一个巨浪要将我卷吞。望望左右，也有形状不一、有的还长着深深的蒿草悬着的土墩。脚下面，就是大范围陡得没有半点余地的悬崖。要是掉下去，就是水的吞物了。坎顶上好像有人在说话，我拼命地喊救人。心想，可能是有人想办法来救我了。我最迫切的是希望能看到有绳子放下来，可总不见有。就在这垂危的紧急关头，深深的水面上有一只小船从侧面划过来。船上有两个人，有一个人说："哎哟！那个小孩怎么搞的？危险，危险！"边说边朝我的方向加速地划过来，可是要到边时，船又停住了，只听说，是不是魔怪呀？我急得拼命大哭，喊着好叔叔，我不是魔怪，我是玩耍时掉下来的。

"我问你，你家住哪里？你爸爸妈妈叫什么名字？"船上人问。

我一一的回答了他俩。他俩这才把船划到和我对齐的地方停下。他俩叫我往下滑。

我望望下面，心都缩成了疙瘩。但是为了活命，我只有不顾一切，将双手从泥土里松开，呵！松开之后哪是滑，人像在半天云一样滚下去了。滚下去也不是跟船对齐，是滚到贴船尾边水里去了。我在水里那一下感觉是，昏亮迷糊，心里知道，我一切完蛋了。两位船工真的很好，扑向水里将我抱起。这时我伤心地大哭。

梦到这里，我醒了，浑身都是冷汗，心还在跳。

第二个梦

在一个炎热的夏夜，一大家人，包括大叔、小叔三大家，都把竹床放在公共堂屋睡觉。我睡在妈妈身边，我睡的是四边有拦护竹穿结构的竹床。这晚月色清幽，几乎满堂屋被月光斜照。人都开始入睡了，没有一点声音。我的状态是蒙眬状，不是完全睡着的。这时候，突然我的脸前出现一个猫头，嘴里衔着一条尾巴还在动的蛇，我吓得拼命呼叫起来，这一下，把所有的人都轰动了，都到我睡的竹床边问是怎么回事？我把我见到情形讲给他们听。他们根本不相信有这回事，说我在做梦。妈妈抱着我，一边叫着"小儿别吓"，一边也说，那不是猫衔蛇，是你在做梦。

"不是，是猫衔蛇，我看到的。"我说。

这时候，妈妈抱我到房间里睡去了。

这事一直到现在，到底是梦是真？我仍然是恍惚，因为我确实是没睡着，是蒙眬状态。为这事，以后母亲还特地请了算命先生给我算命。算命先生说，孩子命大，不要紧。他一生曲曲折折是有的，但都是招福不招祸。要防水，要防小人。最好还要给孩子讨一位干妈，加强关心，照顾。

母亲听算命先生这些话才算放心了。

童年的岁月，便交织在这虚幻与真实中了。

两件事

第一件是高兴事。七岁时，家门前有一条排洪沟，不知哪个年代就有，很荒老。每到夏季大雨时，沟里的水就满满地流淌。这时，大人们就拿着推网来到沟边拦鱼。网的大小与沟的宽度相合最佳，这样，鱼就不会从沟两边溜走。拦鱼者身穿蓑衣，头戴斗笠，或坐，或蹲，双手紧握推网柄杆，眼睛紧盯露出水面的网花。如果网花猛地一颤动，就知道有鱼进网，就立刻将推网提出水面，鱼就落在网底获擒。这样的趣事，小孩因为小，有危险，是不被允许参与的。可是有一次，是一个雨后的早晨，也是在这条沟，沟里水很浅。这种情况，大人是不会来拦鱼的了。我出于小孩的好奇天性，就拿着家里推网来到沟边学着大人拦鱼。我把推网放下沟里之后，眼睛盯着网花。谁料，真的有一条大鱼游过来，黑黑的鱼背看得清清楚楚，我乐得差一点要放下网柄去徒手捕捉。但如果真用手在水中抓鱼，必定难抓。我紧握网柄，心定地等鱼进网，鱼进网了，我使劲地提起推网，哎呵！鱼真的不小，足有四斤多，还是一条鲑鱼。我把推网连扛带拖地快步走回家。全家人见了，乐笑得合不拢嘴。许多人都围来看，说这孩子有福气。父亲是个吝啬之人，说要把这鱼拿到街上卖掉，这鱼值钱。他的话当场遭到别人指责。说这小孩福气好，拦到这么一条好鱼怎可卖掉。平时又舍不得买着给孩子吃。就自家煮好享受多好。母亲更是不同意父亲的胡言。吝啬之父这才无言。

第二件是险事。那是一九四九年春天，中国人民解放军刚渡过长江。地里麦苗长了小半人高，我和村子里十几个小朋友在麦地里挖野菜给猪吃。忽然，从西北天空中传来隆隆的声音，我们抬头望，有三架飞机斜着膀子向我们飞来。我们连菜篮子也不要，拼命向村子里跑。这一跑更加坏事，飞机飞得更矮，就在我们头上。可是马上还好，三架飞机又飞走了。我们虚惊一场。这飞机到底是解放军的还是国民党的？没有谁知道，如果是解放军的，可能是执行巡逻任务；如果是国民党的，那就是残余势力把我们当作解放军准备进行扫射。但不管是哪一方的，我都敬佩他们很有识别能力，不乱杀无辜。

综上所述，我小时候的两个梦，两件事，其中有三个都是险的，只有一个是好的。带着这样的惊险而又刺激的儿童印象，我渐渐开始认识到人生的含义。

五、启蒙教育

　　我的启蒙教育经历了三个阶段：简短的私塾；芦村小学；江湾高小。

　　私塾生活虽简短，但却让我对旧时代有着深刻的印象。八岁那年正月，母亲提出要送我去王汉青老先生家念私塾。父亲一百个不同意，说要帮他做事。母亲就喊来爷爷奶奶、大妈等人来相劝。大妈说："这样的好孩子不给他念书，是多么可惜。老话说，'穷不丢书，富不丢猪'，给孩子送到学校念呢！"

　　"念！一定要把孩子送到王老先生家去念。古言道'两代不念书，猪狗都不如'。"奶奶接说。

　　爷爷老态龙钟，这时，他声色俱厉对父亲说："你想跟猪隔壁不是？你没念书，叫你孩子也跟你一样没出息。你弟兄三个，我是没给你念，但老大老小都念了。这孩子又是你长子，理所当然地要给他念书。"

　　父亲这才勉强答应。

　　母亲第二天就带我来到王老先生家。王老先生五十多岁，瘦长脸，看面孔不凶也不善，常穿着大褂。他和老夫人见到我就夸奖："这孩子憨憨的，又斯文秀气，是读书的好料子。"接着老先生就要考我。他考我的方法很特别，他还说，这方法是看人使用，主要测测孩子悟性，悟性好，书就能读得好，将来也就会有出息。他分别抓了一点花生米、黄豆、绿豆三样混在了一起放在桌上，再叫我捻出七粒花生米、五粒黄豆、九粒绿豆放在他手心。他又把三样摊在桌上，让我数数一共多少粒？我一颗一颗数了二十一粒。王老先生很是喜悦称赞。但还没有结束，他又把这二十一粒撒到地上，叫我拾起在桌上分类放好，还要数数每样多少粒，一共多少粒。我都一一照办，准确无误。

"好苗子，好苗子。"老先生夸不绝口。

"还是要靠先生教啊。"母亲高兴地回应。

老先生又问我名姓。

"我姓陈，叫陈大丫。"我受到鼓励一样，大声地回答先生的问题。

"是奶奶取的名，奶奶见他出世是男孩，特别高兴，给他叫个女孩名字。"母亲解释。

"现在上学了，要有学名了。我看这孩子性格老实，做事沉稳，踏实，就叫'陈十'吧。本来，这个'十'字是'老实'的'实'字；是'诚实'的'实'字。现在恰好，你姓陈，双谐音，就叫'陈十'。这'十'字是意味着这孩子将来事事成功、人人满意的意思。"老先生一下说了这么多。

母亲十分赞许，夸奖先生有学问，有见解。

从此，我就有了学名。

私塾教室是三大间的瓦房贴东边的一间，面积约三十平方米。两边摆着共有二十张单人桌。共二十个学生。前方窗户边是一张老式八仙桌，古朴锃亮，一侧是一张旧太师椅。八仙桌上，里边摆着几叠书和学生作业本。外边是笔斗和砚池，笔斗里除插着几支毛笔外，还插着一把戒尺和一根竹枝条。

二十个学生中，年龄相差很大。最大的有十六七岁，最小的只有八岁。我是八岁者之一。大学生读的有《三字经》《上论》《下论》；初破门的小学生读的是《国文》，其实就是识字课本。记得开头是："人、手、足、刀、尺……"往后就渐渐是短句了。学生作业是写大、小字，作文。除此，还有一项最重要的学习任务就是背书，这是学生最怕的一项。学生拿着课本到先生跟前背书时，先生提示三遍之后，背不出的就要用竹枝条抽打了。

可是，先生从来没有打过我。因为我不仅背书没问题，其他作业也能很好地完成，又不打架，不骂人，守纪律。因为这样，先生就格外宠我。他有时外出回来时，总把我喊到他的房间问纪律情况。情况是好，是不好？谁吵嘴，谁打架？我都照实地向先生说。有一次，先生不在家，班上有一个大学生叫王长富，他离开座位捣乱，学长管不住他。先生回来问我，我就讲了，先生这回不仅用竹枝条打他，而且还罚跪一小时。

我真的很佩服王老先生的睿智和控局能力。他担心其他同学下课后要找我麻烦，便在班上宣布：将我提升为副学长。并叫大家要听从我的话，这下，我在班上变得吃香起来，有的学生经常带东西给我吃。可我都拒绝了，因为我知道他们的意思。有时候实在拒绝不了，我也接了，我就对他说，"我们好归好，你要不遵守纪律，我还是要跟先生讲的。"

这样以后，学生纪律确实好得多了。我一直到现在想起来都觉好笑，我天真，先生也天真。如果这个社会真的都能这样就好了。这样的私塾生活我只过了四个多月，全国就解放了。私塾也就从历史中消失掉。

刚解放时，因为断了私塾，村里便办起了夜校。大人小孩都作为扫盲对象要求进夜校学习文化。夜校教师临时抽调了王老先生等几个老知识分子担任，我小叔也在内。到一九五一年土地改革时，王老先生被查出任过日本鬼子几个月保长被辞。小叔因家庭成分被划成地主也被辞掉。小叔在我们家算是文化人了，一九四一年，他还在学校念书，就被几个同学邀着一起参加了新四军。两年后他回家过一次，爷爷奶奶怕他这一去，就再也不能回来了，就坚持劝他别回部队了。他听了父母的话，就脱离了部队，在家里做起了烟土生意，家境逐渐殷实起来。解放后，他家土地并不多，还是分家时分的几亩地，本划不上地主的，但因为做了烟土生意，家境看上去很好，在村里成了出头橼子，就被划成地主，房屋和土地基本被没收瓜分了。还好，他个人没有投奸欺压等历史问题，逃过了一劫。

几年夜校之后，政府就开始新社会办学。在芦村西边一个坟窠边上，砌起了一龙草房，草房两头是教室，中间是办公室和老师房间。老师是政府派来的。学生都是根据自己以前的学习情况由学校分配到相应年级。如果没念过书，就进一年级；如果在私塾念过一年，就进二年级，共有四个年级。再分一二复式、三四复式两个班上课。我在私塾念过四个月，老师也把我安排在二年级。老师一共四个，其中一位姓甘的老师带我班语文兼班主任。其实小学都是这样，教语文的老师自然也就成这个班的班主任。甘老师是女老师，叫甘淑君，还是安庆城里人，只有二十六七岁，人长得非常漂亮，身材匀称高挑，她来到这土气的农村，就像是一片衰草里突然长出一朵美丽的鲜花。听其他老师说，她家是资本家，贵族家庭出身。在念大学时，父母就给她介绍一个对象，男的是某大学教授，比她大八岁。她本人并不乐意地嫁了教授。结婚后，教授却被查出有严重历史问题，被打成反革命分子并劳改。这时她怀孕了，生下一男孩，叫小雷，在父母身边抚养。她便跟丈夫断了关系，以后也办了离婚手续。

甘老师不仅是人表好，才华也出类拔萃。钢笔字和粉笔字写得遒劲、匀整。所有课都能上。不仅善唱歌、跳舞，画画也是独领风骚。给学校出黑板报，刊头和中间插画，画什么像什么。我爱好画画就是从这时候开始受到熏陶。上图画课时，我画的画比别人都好，也受到她表扬。

甘老师的口碑很好。她爱生如子，有一次放晚学下大雨，别的学生家里人都送伞来走掉了，还有两个学生路远，没见家里人来接。她就撑着伞把两个学生一个一个的送回家。她为了关怀学生，还从她当医生的姐夫家带来一些常用药品放在身边。学生玩耍或是其他原因，哪地方弄破了，她就亲自给他清洗，敷药，包扎处理。

有一年开学都过三天了，我都没到校。她便到我家家访，母亲跟她说，还要等一天，等家里的鸡蛋够数了，就能卖钱去学校报名了。甘老师二话没说，拉着我就让我跟她上学去，学费她先垫付。她还跟母亲说，这孩子在学校非常好。爱学习，守纪律，家里要尽量为孩子创造学习条件。母亲听完甘老师的话，激动得话都说不出来，只是笑着，嘴里嗫吁："那好，谢谢甘老师了，钱过两天叫孩子带去。"

甘老师有两次为给我念书垫付学费，后来家里凑到钱还给她时，她也始终没要。由于甘老师这样好，以后母亲就经常叫我带菜给甘老师。遇到过节或平时家里有什么好吃的东西，母亲也叫我带一份给甘老师。就这样，甘老师和我家就更密切起来。发展到视我是她亲生儿子一样，给我买过鞋，买过衣服。后来，上面要求老师统一在学校吃饭。由甘老师介绍，母亲领了给学校烧饭这一差事。从此，我家就添了一份收入，全家人乐不可支。

谁知，有一天母亲突发奇想，她说，算命先生说的，你要讨一位干妈，甘老师这么喜欢你，就讨她做干妈多好。我听了母亲这样说，心里觉得母亲有点异想天开了。甘老师是怎样的人？我们是怎样的家？能配上结她为干妈吗？我把心里话跟母亲说了，母亲便没吱声。

其实，我后来也经常想，我对母亲这样说也未必是对的，有许多事，往往是过分低估自己而失去你料想不到后面有这样的事实。

可惜，甘老师在我小学未毕业时，因才华出众和成绩卓著，被调到江湾乡中心小学，当了教导主任。她调走时，还买了礼品来我家。母亲百般高兴，竭力挽留了她，又杀鸡，张罗好菜招待了她。甘老师调走后，不仅是母亲和我舍不得，村上人都常常念叨她，说她是多么好的一位老师。

一九五四年江堤决口，陈洲一片汪洋。学生念书都耽误了一年。

第二年，我考上了江湾乡中心小学。也就是甘老师调去的那个学校。当时，初小升高小是要经过考的。这学校离我家五里路。学校坐落在江湾街西南，隔着一条小河就是乡村广阔的田野，空气格外新鲜。到了夏季，时有西南风的吹拂，各处的花草芳香向学校扑来，感觉是幽幽的、阵阵的，时而又格外的浓郁。就是这么一个不起眼的地方，大自然竟把美的精华送到了这里。

和芦村小学比，这学校规模大，有七个班级，三百多个学生，十六位老师。刚进学校，我对一切不仅有新鲜感，而且觉得自己升高了一大级，常有一种自豪感。学校七个班级，只有一年级是两个班，其他都是各年级一个班。一年级叫一〇一班、一〇二班，其他年级就叫二班、三班等，我是新升五年级，就进了五班。班里有三十八个学生，最大的有十八九岁，最小的十三四岁。我因为个子不高，在前排坐。陈操恒老师教语文，吴宣乾老师教数学，校长叫汪志平，教导主任就是从芦村小学调来的甘淑君老师。甘老师见到我，亲切地把我叫到房间，询问我母亲情况、家里情况和芦村小学的情况。又教导我要孝敬母亲，说母亲培养我不容易。并勉励我在新的学习环境，要慢慢适应，学校环境很好，老师水平很高，业务能力都很强，要继续努力学习，做一个顶好的学生，尽量为自己创造一个很好的前途。你喜欢画画，我恰好也代你班美术，可以再看看你的进步。最后她又叮嘱我，学习上有什么困难就告诉她。

听了甘老师这些关心我的话，我虽然年纪小，也能知道甘老师对我确实是真情灼耀，领会颇深。当初，母亲说讨甘老师做干妈，被我一击而退。现在我想，把甘老师作为不需要用"讨"字而成为的干妈多好。母亲的话被我击退以后，托别人在离家八里的联合村讨了一位干妈。反正这也不要紧，人的情感不是租来的，更不是买来的，只要是真心的好，是干妈也好，不是干妈也好，还不是一样的。

在江湾中心小学学习进程中，我谨记甘老师的教导，默默努力，学习成绩在班上一直处于前列，尤其是语文、美术两科成绩更佳。我的一篇作文，由陈老师进行修改，被登在

《陵阳县报》上。这篇作文题目是《农村四月闲人少》，开头是这样写的：

草绿了，花开了，春天忙个不停。到最后，却把她辛勤劳动出的成绩毫无保留地交给了别人——夏季，秋季。别人也不说她一声好，她也不当一回事就悄悄地离了。离了就是四月——夏季开始。你看夏季多高兴，不说一句话，魔术般的把村里所有劳力统统赶了出来，叫他们现在砍菜籽，哪天割麦待令……

一鸣惊人，我在学校混了个"小作家"的美名。

上图画课时，甘老师总爱走到我身边。有一次，老师在黑板上画南瓜，南瓜上面带一段藤和两片叶。她来到我身边，等我画好后，把我的图画本拿到黑板前，展开我画的南瓜，用图钉固定在黑板上，问大家我画得怎么样？大家惊赞之后，她一边表扬我某处画得好，一边跟大家讲画理。

学校出校刊，出黑板报都是甘老师的事。后来，她要把画刊头的事移交给我了。我开始画时，有点心怯。觉得这么大的学校，画不好就显丑。她一边叫我别怕，一边进行指导。画好后，她说行，好得很。这样，我在学校这方面又有了名气，男同学见到我，就伸出大拇指；女同学见到我，投以羡慕的眼光。我也自觉有了光彩。

一晃，高小时段两年就结束了。学校举行毕业典礼大会，校长表扬了全校十名优秀学生，我的名字排在第一。在校长和甘老师的提议下，推我作为毕业学生代表发言。我虽然胆怯，但我不可推辞，我必须镇定接受。在热烈的掌声中，我走上讲台，对着从乡政府借来的麦克风亮起了嗓子。

尘海

麦克风响了，童声圆润高亢：

敬爱的校长，敬爱的甘主任，敬爱的全体老师：

两年来，在学校领导和全体老师的辛勤培育下，我班三十八名毕业生，胜利地完成了既定的学习任务，德、智、体三方面取得坚实的发展。在此，我代表全体毕业班同学向学校领导、全体老师致以崇高的敬礼！（转身向主席台就座的领导，全体老师行队礼）现在，我们像一窝刚孵出的小鸟，从这美丽的校园飞出去，飞向南方，飞向东方，飞向四面八方。可是，我们要燕知反哺，黄雀衔环，飞出之后，别忘把各人再创辉煌和思念母校之情写信告知敬爱的学校领导和全体老师，让他们更为你高兴、欢喜……

发言之后，全场掌声热烈。

散会之后，甘老师又把我叫了过去，送给我一本崭新的笔记本，扉页上写着：祝你继往开来，永远进步！落款：甘淑君。

我深深向甘老师鞠了一躬，说："谢谢甘老师，我永远记住你的话，做你的好学生！"

六、考入潜江初级师范

一九五六年，我考入潜江初级师范。潜江师范在潜江县城，距家有一百七十五公里，属安庆地区管辖。那时还是解放初期，国家要振兴教育，但教师数量严重不足，政府便在各地办起初级师范。安庆地区共有八县，就有四个县办了初级师范，分别是：青阳初级师范，怀宁初级师范，陵阳初级师范和潜江初级师范。招收学生不限于哪个县，招生对象是高小毕业生和具有同等学力者，录取比例是四比一。

就这么个小小的学衔，当时在农村也是非常值得荣耀的。这时候，我爷爷生病在床，我考完后，他在病床上巴望地念着，叫着我的小名，多次问大妈，大丫录取通知书可下来了。通知下来时，大妈告诉他，大丫考取了，在潜江师范。他马上叫大妈把我喊来，把录取通知书念给他听。他听了之后，用手摸了一下胡子说，也罢，这后生有出息。通知上说，潜江师范具体地点在潜江县城东边三里路的回龙宫。他说潜江县城他到过，并仔细告诉我路怎么走。不几日，爷爷就闭上了眼，真的走了。有人说，老人就是要等到这个消息才走，也好在阴间有个面子。

从陵阳县考进潜江初级师范的学生一共有一百四十人。九月一日开学了，陵阳县教育局为着学生上学路上安全，专门派人在桂坎和陵阳县城两处码头接送学生。上小轮之后，溯江而上至安庆市，第二天早晨再转小轮继续溯江而上至华阳码头，再乘汽车向北行二十里到潜江县城，再向东步行三里到回龙宫。此校这年共招二百个学生，除陵阳县一百四十个外，其余六十个有来自安庆地区其他县的，各县人数也不相等。

潜江师范依山傍水，林木葱茏，房屋高高低低在树丛中掩映，整体都坐北朝南。翻过后山，极目所至是一片澄澈的湖水，远近各式山翠窜围。校南边坡脚下是学校广场，广场前边有一条小河穿过，向远望，隐约可见一条见不到头尾的褐色林带，那是长江流经过的江堤、岸柳与住着的人家组合。这么一个风景极致的地方为什么叫它回龙宫呢？据史料记载：这地方叫白虎山头，明朝万历年间，潜江知县为镇龙驱邪，在此建立殿堂庙宇，又传周瑜、何无忌也曾在此安营扎寨，建功立业。后来，年久沧桑，这些老东西逐渐被毁拆掉。一九五七年，潜江县领导认为此处是回龙之地，适合建校培养人才的地方。根据上级指示精神，便在这里建起了初级师范。据说建师范之前，这里也有少量老房子，是县农业局干校所在地。

师范学校有教职工四十余人，校长叫李光甫，是部队干部转业安置调来的，教导主任叫韩光。学校两百名学生，分成四个班，班名分别叫"团结、民主、和平、友爱"。四个班都是在一栋上下两层楼里。这楼样式古朴典雅，门窗，楼梯，扶栏一色木式结构，至今仍红亮可鉴，雕镂装饰图案仍然无损。

我分在"和平"班，在楼下面右侧。还是因为我个子小，分在前排左侧就座。想起来真有点意思，从念私塾开始，到哪个学校，总是分在前排坐。不过我也不怪，我并不是矮子，只是依年龄自然生长而已，不是像有的人小时候猛长或不长。和我同桌是位女同学，小巧玲珑的样子，剪着短发，圆润的脸蛋，名字叫章礼芳。年龄也跟我差不多。她温柔含蓄，姿动妩媚。

我们的班主任姓倪，叫倪卜如，是位年轻的文科大学生。看外表那俊秀又很整洁的样子，只有二十二三岁，班上有的学生年纪比他还大。不过，那时候学生都很规矩，没有谁因此而轻视他，不听他的话。师生之间，始终是那种传统式学生尊敬老师的关系格局。

进了师范，学习负担之重与在高小的时候比，就大不相同了。光是课程就有十六门：语文、代数、政治、世界历史、世界地理等。每一本都是厚厚的、重重的。随着时间流逝，学生对学校教与学方面情况全盘了解。那时候，上面并没有采取什么刺激手段抓下面学校教学质量的提高，可是老师对教学工作都特别认真，学生也有高度的学习自觉性。总体教学特点是：重教学，重验收，重促进。具体一点说，老师对自己所教的课程，不仅是认真教学，而且是勤考验收，以促进学生奋发向上，这也不禁使人想起《三字经》中"教不严师之惰"的言中之理。在这个学校，教师有的是勤恳，没有的是懒惰，所以，当然就有老师会教得好，学生会学得好。老师如何辛苦教？在此就不细说了，现在就看老师对学生是怎样验收成绩的。

所有书本课程除正常的期中考、期末考之外，还有月

尘
海

考，单元测验。特别是数学老师除这些考之外，还有不定时的出个三两题，有时干脆一题来考学生。题目虽然不多，但难度不小。考完之后，老师马上就改出来，改出之后，学生有笑有哭。考一百分的和九十几分以上的学生，三五几个地聚在一起，又说又笑的谈论题目这里那里；考八十几分以下的学生默默地各走各的，不大跟人搭理；考不及格或是零分的学生背着人多的地方揩泪，有的女学生干脆伏在课桌上哭泣。

　　我考试的结果多是九十分以上，一百分没有，但我总体成绩基本稳居前列，全体学生又不得不佩服我。尤其是语文、政治、教育学、世界历史四门课考的分数总是比别人高。有人问我为什么考得好？我跟他们说，可能你们是猜题考试，重点复习，我不是这样做，我是以书为本，全面深入看书，重点地方多加留意。这样，老师无论怎样出题，我都能融会贯通地去把握，万变不离其宗。听者惊赞，说，难做到啊！佩服你的踏实精神。

　　光阴荏苒，在师范学习不觉已过去一年多。同学们由当初陌生、不熟悉，开始转为知心识性，亲密相处了。可我这人还是年纪小的原因，不识红尘多少学问，俗语说不知事务。就在这个时候，人生之重要大事开始向我敲门。第一件事是政治进步。班上有一个同学叫汪礼让，她是学校团支部组织委员。有一天，她叫我写一份入团申请书递给她。我听之后无惊无喜，没有理会。汪礼让也就没追这事。这时候，班上有一个同学叫高大年，他是一个年纪较大又是一个小混混这类人。他跟我说："你是死孬子，人家想入团想不到。现在支部叫你写申请你不理会，这是一个人政治进步啊！"以后又有同学跟我这样说，并叫我赶快写一份申请书递给汪礼让。我就写了递了。汪礼让这时候说，这一批过了，等下批再说。谁知，汪礼让以后再没有和我谈这事。

高大年年纪比我们长好几岁，整天自视年长充老大，不学无术。他也是陵阳县人，在学校会打篮球，尽和女生鬼混。但学习不行，考试总是许多门不及格。他一进学校，就写入团申请书递给支部，支部考察之后，就没理会他。有一次，他做了一件特奇的事。在寒假结束，学校开学的时候，陵阳县学生要回学校，需要在安庆住一晚上，他却和三个陵阳女同学住在一个房间。第二天凌晨四点，店老板开房门喊三个女同学起来做好准备，上水到潜江的小轮五点就要开出。这才发现了还有一个男人在里面睡。店老板急忙喊来公安人员对高大年进行审问。公安人员问了许多，他说我根本没有那回事，我们是同学，晚上在一起打扑克打晚了，这房间正好还有一个空床，她们也同意了，于是我就没走，就在这里睡了。随后也就这样算了。后来，学校接到安庆公安局打来的电话，电话里讲了这事。最后结果，高大年受到学校记大过处分。

在师范，同学们虽然多数从农村来，但也都处在青春萌动的季节，就总有各种各样的故事发生。我的同桌章礼芳，上课时，她总是拿眼睛瞄我。看那神情，是高兴？是鄙视？好像两样都有。但觉得反面的东西要多一些。于是，我就自然想到，我可能长得丑，她不高兴和我坐。后来，我终于明白不是这回事。有一次，我俩坐在位上，她突然把嘴伸到我耳边说，女同学都讲你长得好。这下，我才全部放心了。以后，又出现她动不动叫我"小笨猪"，有时候还不分场合地大声这样叫嚷，这些我倒也没有什么在意和深究。这种情况，偶见有女同学似对谁又不对谁眨巴一下大眼睛。以后，有一位女同学叫何凤兰，她的性格活泼轻佻。一次，我在往寝室方向走，她也走在后面，她竟大声地叫我："陈十，你可知道章礼芳在爱你了。"我说不知道。"哎哟！怪不得章礼芳叫你'小笨猪'。你要知道，女生对男生这样叫是好叫的吗？她在我们面前谈你好处很多。说你老实，诚恳；又书生意气，全面发展。你就对她好呗。"她这样对我说，我并无实质目的向她点头。不过她的话倒让我想起了章礼芳平时与我交往的一些事情来。在平时闲聊中，她是好像不止一次地问我家庭情况，爸爸妈妈做什么事？兄弟姐妹有几个？但我也只是例行公事的应付下答案，口气非常随便。

还有一次，我在学校井边洗衣，她也端着脸盆来了，我以为她也是来洗衣。她放下脸盆后，脸盆内只有一双袜子和一样小件。这时，我正在将一件洗好的制服褂用手挤水。她说，这大衣服要两人挤，她接过在淋着水的另一头衣服，和我一起拧挤。又随口说，"干脆我给你洗吧，这些事你们没有我们女生当行。"于是，又将我剩下的两件衣服洗好。我真的佩服，看她是小巧玲珑的样子，可劲不小。洗完后，她又跟我说："以后被子不好洗，跟我说一声，我给你洗。不要紧，我俩是同桌嘛。"

是的，"我俩是同桌嘛。"我也这样想。如果她对我有意，她说这话就有些失妥。我这人当时本来就不知道什么是爱情，更不懂爱情，也认为她和我一样，都还是孩子，怎么会想到那上面去呢？帮我洗衣，说"我们是同桌嘛"，关系是最正常不过的。至于说我是"小笨猪"，意思可能就在这些方面生发的。何凤兰说章礼芳在爱我了，或许是她，或许还有别的女同学，从窗户里或是哪里看到了章礼芳在井边帮助我洗衣服，从而在心中更加生发热量而推波助澜这样说出的。

时过多年，回想当初，我得承认当时女同学说的话是完全真实的，那时我确实是个"小笨猪"。若干年后，章礼芳给我的书信中，也提到了当年的事。

师范生活是短暂的，但也是极为丰富的。在这里，我不仅学习了很多文化知识，也使我的人生，像打开了一扇窗户，看到了红尘中的许多许多，使我进一步开始去学习做人。

尘
海

初涉风雨
于千春老千写

七、转折，转折

如果按照录取通知上说，我要在潜江初级师范学习三年算是正式毕业。可是，现在两年还没到，却来了个大转折。

有一天下午，校长在学校大礼堂召开全体师生大会。他传达文件说，因为教师紧缺，学校还有一年毕业的学生马上要按照分配通知去当教师了。还特别向学生说：毕业证照发。

会场变得嘈杂起来，大多数学生开始抗议，嘴里骂着：狗屁！还没学完课程，就这点文化知识，怎么能去当教师，不误人子弟吗！少数人不作声，认为早点工作早点拿工资了。我是混沌状，无可无不可，一下想不到许多。

大会第二天，有五位学生背着学校给教育部写人民来信，信上说了许多理由，认为上面这样做不对，应该马上纠正。而且这五位学生都是正派学生，有的是团员，有的是班干。平时品行、学习都很好，对工作也很负责。他们都是一个班的学生。他们名字叫王圣、叶正树、吴天林、李小苗、张传胜。他们这样做谁也不知道。信寄过去不到二十天，县委打电话给校长李光甫，叫他到县委办公室来一趟。李光甫接电话，又喜又怕，喜的是，可是他遇到什么好事？怕的是，可是他遇到什么坏事？一路忐忑不安地去了。他到办公室，县委书记马青山亲自接待他。

"老李呀！这下你的名气比我大了。不过，沾你的光，我也有份。"马青山边说，边招呼李光甫坐下。

李光甫脸上马上失色，知道肯定是出什么坏事了，正如他来时所猜测。不过，他还是没作声。

"我说你老李呀！这是怎么搞的？讲起来你也是老干部了。"马青山神色开始有些严厉，向他讲事情真相，又把教育部寄来的东西拿出来给李光甫看，其中有五位学生的来信原件。

教育部寄来的东西，除原底文件外，还另写一份东西：

"潜江县委，现转来你县潜江初级师范学校王圣等五位学生的来信，请你们务必派人到该校进行查处。问题关键，校方可能存在未把文件精神向学生贯彻好。光读文件不行，还要组织学生学习，使他们深刻领会文件精神，能够认识国家大局，服从祖国需要。他们意见没有错……"

李光甫看完之后，又看看学生来信，惊出一身冷汗，向马青山检讨说："我有错，有错。"

"有错怎么办？有错就要纠正。我的意见是：明天，我和教育局局长一道到你们学校去一趟，再召开一次全校大会，把文件重新传达一下。传达时，向学生讲道理，多解释。还可以让学生举手发表意见，谈思想，谈认识。还有一点我要特别强调，你回去后，可以先找这五位学生谈谈，先给他们上一下课，但态度绝对要和蔼，不能发火。教育部的信也明确了，他们的意见没有错，万不可对他们进行歧视、打击。"马青山是个很不马虎的人，把事情交代得一清二楚。

尘海

校长回到学校，当天就找教导主任、学校政治指导员，按照教育部和马青山指示精神，将五名学生喊到校长房间。

五位学生心知肚明，可能是因为写信出事了，神情有些紧张。

"叫你们来你们知道是什么事吗？"校长问。

五位学生不作声。

"不要紧张，"校长继续说，"找你们来，大概你们心中也知道。你们给教育部写的来信现在转下来了。你们反映的事是正确的。问题是我们没把文件精神向你们传达好。关键是，你们也没有认识到，国家利益、人民利益和个人利益三者之间的关系。我们这个师范开始是规定三年制……"校长耐心地讲起了相关政策、形势。

校长讲完，政治指导员又说：

"是呀！你们作为新中国知识青年，应该懂大局，识大体。你们要想想，革命先烈抛头颅、洒热血是为着谁？不都是为着祖国和人民吗？今天，因为祖国需要，师范三年制改两年制，你们却不满意，对得起祖国，对得起人民吗？"

一番耐心工作之后，学生都表示了歉意。还推出一名学生，在开大会时作为代表发言。

第二天，大会开得很隆重，很成功。通过文件的宣读，通过领导的详细讲解，学生个个神采飞扬，除五位学生代表发言之外，还有十几位学生举手发了言，表示了决心，服从祖国需要……

县里领导还是有水平，特别是教育局局长在台上讲话更实在，更加打动人心。他说："知识的增长，不一定是完全依赖在学校学习增长，也可以在工作中边实践边增长。高尔基连初中文化都没到，后来通过自学与实践，却成为世界著名的文学家；赵树理文化也不高，后来也成为大作家，等等。"最后，他还说出别的领导根本不知道的消息，他说："你们这批初级师范生，还没毕业就分出工作，上级领导早已考虑到这个问题。你们分出后，在工作上能胜任，就继续工作下去，逐渐成为合格教师。如果文化知识等方面跟不上，还要抽回到中级师范继续学习。"他说到这里，同学们爆起掌声。

风波平定之后，两年师范学习时间最后结束了，学校又召开大会，大会主要内容是宣布学生分配到各地工作名单。这次，校长可吃一堑长一智了。他首先叫各班主任带学生学习关于《安庆地区各初级师范学生分配的指导意见》。文件上有一条专门说"一颗红心，多种准备"，这个多种准备就是要求学生要听党的话，要识大体，顾大局，听从祖国召唤，服从分配，到祖国最需要的地方去。学习中，各人发言表态，写决心书。如此这般，效果真的特别好。大会那天，校长宣布分配名单之后，谁也没有提出什么。有的学生虽然有些不够痛快，也只是作为自己消化罢了。

名单念完之后，陵阳县一百四十个学生有三分之二回本县，三分之一留在潜江县，其他县的学生基本回到本县。分在潜江县的学生具体分到哪个乡，哪个学校？教育局就已经拟定好了。委托学校就此宣布。于是，校长叫分在潜江县的学生留下来，又作第二次宣布。宣布后，我被分在金埂乡金埂中心小学。这时校长又说，分到各乡各学校的学生，务必在七月五日之前到学校报到，七月五日和该校老师一起到县城参加全县教师"向党交心"政治学习。上面要求新分出师范生也要全部参加。

就在这马鞍架好、马待出发时的那个晚上，又是一个突然转折，晚上十点，我都睡熟了，教体育的钱老师来到寝室将我叫醒，我被他带到办公室。到了办公室，除了我，还有另外一批人。在场的除钱老师，还有校长和政治教导员。校长开始说话："叫你们来是件好事。刚才兵役局打来电话，说东北安东航空学院派医生来潜江县中学和师范学校招收学员。要在我们师范学校抽调三十名出身好、目测合格的学生，今晚就要到兵役局礼堂开会。接电话后，我们同你们班主任商量，最后初步确定了你们30人。"

校长说完话，钱老师就带我们出发。到了兵役局礼堂，里面灯火辉煌，台上坐着三位穿黄军装的人，台下坐着潜江中学和师范学校共二百多学生。这时，有一位穿黄色军装的人走到台前，又坐下。他就是兵役局局长，姓汪。他声音沉而洪亮，开篇和李光甫校长讲的意思差不多，越到后来就越让人振奋。他说，我国目前航空事业人才匮乏，尤其在军事航空上，不仅是匮乏，而且要急需培养。他又说美国、日本等外国军事航空力量是如何强盛。为了保卫我国不受外国欺侮和侵犯，我们必须加强军航人才培养，提高国家防卫能力。后面又说到培养一个航空兵要多少代价，你们如果检查合格，先到东北安东航空学院学习五年，然后分到空军部队从事航空兵工作。身份相当团级，待遇比团级干部还高。他又特地补充说，不过，作为你们是新中国青年，应该认识到待遇不是重点，要认识这份职业的重要。你们应该从思想上服从祖国需要，党和人民叫你做什么你就做什么，这是神圣的义务和责任。

会议不到一个小时就结束。我们由钱老师带领，到人民招待所住宿。这个招待所是潜江县条件最好的旅店。抽选的师范学校和中学的学生都住在这里。体检就在当天晚上全面开始。大约凌晨一点，有医生来到学生住处，在睡着的学生耳朵上，用细微的针刺一下进行采血，说不上感觉痛，醒了的人问医生为什么要这样？医生说，趁这个时候采血化验检查准确。

　　第二天，开始量身高，称体重。就这两道，甩掉一半人以上，高一点也不行，轻一点也不行。身高要求是一点五六到一点六米；体重要求是四十五公斤到五十公斤，是以年龄比计算，具体怎样定不清楚。接后就是测听力、视力、血压、心跳等，后又脱衣光身查看，又光身走走看。总共检查经过六七十道。参加体检的人也一道比一道减少。最后只剩下三人。说来，我这人还真算是了不起。三人中我是其一。师范学校三十人淘汰二十九人，还有两名是潜江中学学生。这一下，师范学校的学生都对我表示羡慕和庆贺，我也自以为是。我们三个学生几天都留在兵役局，和兵役局领导共吃喝，到这里到那里，和他们坐轿车进进出出。虽然这样了不起，我心里还是在犯嘀咕，我检查上了，人一走，离家就更远了，就更想家了。有这样的想法，就自然要流露出来。一天，我们三人和汪局长走在一起。我问汪局长："汪局长，我们这一走，以后可以请假回家吗？"汪局长便说："啊哟！这伢子。人还没去，就念家了。"

　　就这样到最后，汪局长拍拍我的肩膀说："你就留下当教师吧。"听汪局长口气像为我可惜，其实，我不怎么感到可惜，相反倒觉得安心下来；思想还开小差地想，打仗本来就不知道你死我活，何况在空中打仗。但心里也总还是有一种被淘汰和失落的感觉。也就是这天，我在街上随意溜达，然后准备回校。恰好碰上我的班主任倪卜如老师。他看我就问："你空检检上了吗？"我摇摇头。接下我把事情前前后后情况跟他说了。倪老师说："那你太可惜了，你讲话怎么不注意呢？你一贯是孩子脾气，我跟你讲，最后你们三人留下来，和局里领导人同吃同住，就是对你们三人进行思想、行为、说话方面的最后一道考察。可惜！你如果考上去了，前途可大哩。"

听倪老师这番话，我有些领悟。我说："那没办法了，算了。"

接着，倪老师又向我说：

"我已经调潜江县报社工作了。调令发给我几天了。就等这几天师范工作结束。今天我是去单位报到的。这次学生参加空检在我们班抽八人。那天晚上我不在校，因为受邀请，在潜江报社餐厅聚会。校长打电话给我，叫我挑目测过得去、家庭出身好的学生连夜去兵役局开会，参加空军体检。我看你各方面都不错，也是关心你的前途，我在电话上把你的名字就报了。"

"啊！我哪知道？这下我可辜负你了。"接着我又说他的事，"你调潜江报社工作是因为你水平高，领导看中了你，这对你来说是件大好事。我班同学也一贯认为你好，年纪轻，水平高，可谓是'德有所仰，才有所遇'啊！"

"不，这是大家抬爱我。"倪老师说。

说完，二人握手离别。

八、初始涉世

　　按照李光甫宣读的分配名单，我来到金埭乡金埭中心小学。金埭中心小学属湖口区管辖，区直属还有一所湖口区中心小学。金埭中心小学是普通完小，有五个班，八位教师，二百五十多个学生。校长叫潘玉北，三十多岁，共产党员，军人退伍转业；教导主任叫沈亦高，也三十多岁。学校虽然在偏远农村，但景色别致，这里处处是埭，弯曲交错，人家都住在埭上，学校面对面两栋砖瓦房也是在埭上。举目望去，这埭不仅见不到埭，也见不到人家，都是葱茏的树木掩盖，整体看，像是一幅美丽的田园画，被玩孩用绿色彩笔在中间瞎拖几笔，画家见了不仅不怪，而且叫绝。尤其是那荷花，沿着埭下一路伸延，又或大或小的向外扩展，芳香无处不醉。这样的风景，完全是潜江县东面七十里那片一望无际的漳湖的造化。金埭乡就在湖西边缘，湖边上的人数百年来在湖边穿堤改田，定居繁衍，就成现在的样子。

　　学校条件不够好，我来时，校长把我安排在两人住的一个房间里，而且是草房。草房是依教室主房搭建的，一共三大间，中间一大间做办公室，两边两间被隔成四小间就是老师的房间，房门都对着办公室。和我同住一间的老师叫杨正川，比我大几岁，我俩的床是面对面的。

我是七月二日从陵阳县家里来到这里的。一切安顿好之后，七月五日，按李光甫说的，由潘校长带领，全乡三十几位教师，步行到湖口区中心小学集中，再乘汽车到县城参加"向党交心"政治学习。

到了县城，县城里到处都见到教师，大有山雨欲来风满楼之势。第二天八点，全县教师到县人民大会堂听报告。这声势之浩大是我第一次见到。大会堂里满满坐着近千人，从后面望去，一片黑压压的人头。高音喇叭在唱着当时流行的黄梅戏《天仙配》选段。宽阔的主席台上，上方悬挂着鲜红的"潜江县教育战线向党交心运动大会"横幅。台上两侧，由内向外八字形斜坐着两排人，都是政府要员，台前左右各有一张台桌，坐着记录员，最前面是一张长案台，两边摆着数瓶鲜花，中间放着两只麦克风。

大约二十分钟后，高音喇叭悦耳的唱音突然停止。大会主持人开始对麦克风讲话，他宣布大会开始，全体肃立……最后县委书记沈非给大会做报告。

沈非书记大约讲了一个半小时，讲完之后，会场变得一片沉静。八字形的座位中有两个人站起来互相低声说着什么，然后有一人上台说，现在请审干办老刘同志给大家讲话。

这位老刘同志，走到麦克风前坐下，"咳"了一下，说："刚才沈非书记给大家作了'向党交心'的政治报告，这个报告很重要，请大家回去认真学习，认真领会精神，不折不扣地完成好这次'向党交心'政治任务。"

大会开到十一点半结束。

下午，各乡领导带领教师学习沈非书记的报告。

第二天，向党交心运动全面铺开。每个乡为一个学习大组，组长由各乡分管教育的党委委员担任，副组长就是中心小学校长。组长下面有成员若干，都是团员。那时党员极少，一般只有中心小学校长是党员。团员也不多，组长下面的成员团员都在。正副组长抓总，团员都各有分工，有管政治思想的，有管交心材料的，有管后勤的。具体到我们乡，正组长叫林白清，副组长就是潘玉白校长。团员只有三人，三人中有一位是女老师，她叫吴洁冰，就是我们中心小学的。

这天上午，我们大组开始开会，林白清是中心发言人。林白清讲完话，有的新分配来的师范生发问，"我们新分配出来的学生有什么可写呢？"他答，"有多少写多少。"说着，他还把胳膊胡乱地挥了一下。这表示什么意思呢？后来听说，这次运动主要是针对一些老知识分子的，他们有的是出身不好，有的本人有历史问题，与我们新分出来的学生不相干，要我们参加，只不过是见见世面而已。林白清胡乱地一挥，就是表示这个意思，只是现场不宜明说。

在进入个人写向党交心材料时，大组每天开始都是要开会的，开会内容一是总结头一天工作；二是对写得好的进行表扬，对写得不好的提出批评，并且责令拿回重写。写得不好的人，主要是怕上纲上线以后倒霉。有的上了一点纲，后文又来了许多解释，啰哩啰唆。被多次退回重写的有王云、檀开宇，还有我校教导主任孙亦高等五人。他们都是谨言慎行，不敢多写。经常被逼着深夜还在写，由负责政治思想工作的团员叮咛、督促。

交心运动一共只有十五天。最后一天，全县教师又在大会堂听报告，这是总结报告。仍是县委书记沈非讲话。他的讲话，语气平和。内容只是总结成绩、指出缺点，最后就散会。参会的人感觉是，共产党说话真的是算数的，总结报告和总结报告后都是平平静静的。尤其是老知识分子，一下像笼子里放出来的小鸟，又可以自由自在地飞翔了。

九月一日开学，全体老师到校。老师们开始互相认识了。先有八位老师，我是新分来的，算第九位了。和我一样年轻老师，另外还有两个。一个就是女老师吴洁冰，另一个叫冯贤圣。他们两位比我早一年由怀宁师范分到这里。怀宁师范是老初级师范，我考师范那年，他们学校进行了扩招。所以他俩是完整的读完三年的初级师范生。渐渐的，我们三人关系很要好，到什么地方，都是三人一道。不过，学校老师除年龄悬殊关系以外，还有学历高低不同，便产生了派性。派性表现主要就是在我们三人与沈亦高和杨正川两人关系上。主要是杨正川造成的，他这人性格冷僻、高傲，有些瞧不起我们学历低的人。他是安庆一中高中毕业生，与沈亦高学历同等。他平时说话、交往，谈诗论文与沈亦高打得火热，跟我们基本上不说话。这种情况在一个学校、一个单位来说倒也不算什么，关键是不可出现吵嘴打架，特别是学校，是教书育人的地方。然而，这种事情偏在我校，而且就在我和杨正川头上发生了，这事轰动了全乡、全县。请看事情真相：

我和杨正川住一个房间。房间地他从来没扫过，都是我一人扫。我心里当然有点看法。有一次，学校开教师生活会。所谓生活会，就是教师在规定时间，由校长主持召开的教师会。这样的会，一面是总结学校工作，一面让教师在工作上和生活上互相提提意见。被提者，要做到"有则改之，无则加勉"。我就在会上向杨正川提出了意见。他表面不动声色，可心里隐藏着不高兴。自此，他对我的态度变得生硬，房间地还是不扫。我干脆跟他说："这房间我两人一人扫一周吧。"我这一说，他脸色更不好看，生硬地说："你要扫就扫，不扫就不扫，关我屁事！"

"依你这样说，这房间地就没有人扫啊？不扫，这房间能住人吗？"我驳他。

"你要在这房间住就住，不住就滚！"他更强硬。

"滚，可惜你没有权。"我淡淡地回他。

这下，他起身把我的被子抱起甩到门外。我也没那么好，把他的被子也抱着甩出门外，于是二人就打了起来。被子被踩在脚底下。他扇我耳光，我砸他镜子、杯子。这会他出了门，气势汹汹从厨房拿把菜刀向我走来，许多人跟后追来，将他抱住，才免了大祸的发生。

我极度气丧地站着揉泪，又被老师牵扶到对面一栋房子一位老师房间回避。过一会，潘校长从外面回来，他听老师讲出这些情况之后，就把我叫到他房间问情况，我从头到尾一一说了。也不知道他可找过杨正川询问。当天晚上，他召开全体教师会议。会议开始，校长没说细话，直接叫杨正川检讨自己错误。

"我是有错，不该拿刀。但事情开始不是我引起，是他先骂我许多难听的话，什么猪啊、懒啊这样的骂。以后，就吵起来了……"

我听他这样颠倒黑白地说话，便要发言，被潘校长和吴洁冰老师叫停：你不需要说。这样说的意思是，他俩心中有数，肯定我。

接着许多老师发言，评论他这样做不应该。

最后，吴洁冰开始发言：

"小陈老师年纪轻，初分到这个学校工作。理应大家要爱护他，关照他。可是你老杨就没做到这一点。情况我们都已经了解。你们两人同住一个房间，你从来没扫过地，就小陈一人扫，他向你提出正确意见，你不但不肯接受，相反还加倍恶待他，拿刀杀人。对这事谁不愤慨。再者，小陈到这个学校来，各方面表现都很不错。开学分课时，他分的课最多，教学担子最重，一周有三十多节，而且还是二三年级复式班。可他从来没有一句怨言，而且工作也搞得很好。批改作业认真细致，从来不积压，不拖拉。这一点，大家是耳闻目睹的。在这里，我也公开向大家讲，小陈已是我们团支部发展对象，今后如果再有人瞧不起他，打击他，被说成'诬蔑、打击先进分子'就不好听了。"

吴洁冰铿锵有力的发言，使会场鸦雀无声。我也似春风拂面，心情舒畅了很多。更高兴的是，我入团的机会终于又有了。

吴洁冰不仅是团员，而且是全乡小教支部团委委员，领导安排是协助潘玉北校长搞学校政治思想工作的。这一点，连教导主任沈亦高也不知道。开会之前，潘校长就已经和她交流了情况。

会议之后，潘校长很严肃地叫杨正川写一份检讨书给他。并且强调："检讨书写得怎么样，这次对你来说是个关键。"

开会过后三天，吴洁冰把我叫到她房间，和我谈了许多话。开始仍是谈杨正川的事。她说：

"你当杨正川是怎样的人？他家是地主成分。他一九五三年在安庆一中高中毕业，大学没考取。经人介绍，被潜江县文教局使用，使用是顶编代课的。因为当时教师中高中文化人不多，上面要求教高小的老师尽量物色高中文化程度的人，尤其是偏远农村这类人更少。所以，他被安排在我校代高年级班。因为他年纪轻，个人政治历史没问题。在交心运动中，只把他当作一般性人看待，交心材料我们也没怎么在乎他。谁知他的行为竟如此卑鄙，他的检讨书我和潘校长已经看了，他还是讲事情的起因不是他。现在，这事已经闹得全乡人都知道。乡党委还问起我，说这事要处分当事人。叫学校把情况写一下报到乡里。我们已经写了，打算连同他的检讨书一起报上。"说完这些，她又和我谈起我入团的事。她说："团支部认为你表现很好，决定同意你加入组织。现在请你先谈谈你对团组织认识。实际那天晚上开会我都已经公开讲了。为着你，我激言先说出了这事，也不知你当时是怎样体会的？"

我很激动地向她说出我想入团的思想和入团后的保证决心，也讲出当时高兴心情。这时，她从抽屉里拿出一份入团申请书递给我，说："青年人嘛，都是这样，一是进步；二是爱情。你把这份入团申请书填好，后日交给我，团支部马上要开会，讨论通过两位老师入团，你是其一。"

最后，我拿着"入团申请书"，激动地叫了一声"好姐姐"离开。

九、调全旺小学

第二学年，我调入全旺小学。

全旺小学是个村小。调动之前，潘校长和吴洁冰老师担心我有情绪，郑重地找我谈话。他们说全旺小学只有两位老师，师资力量非常薄弱，组织上调我去，是为了加强该学校的政治力量。今后下面所有小学都要这样配备。接着又说到杨正川，潘校长本来考虑他学历较高，想挽留他，只要把检讨书写好点也就算了。后来乡里盯紧杨正川这事，说他的问题性质严重，要学校把材料报到乡里，哪料乡里又把材料报到了县文教局。文教局就公事公办，正式发文，辞退杨正川。杨正川刁灵狡黠，听到风声后，竟抢主动，提前自动离职了。说完这些，潘校长又对我说，这次地区文教局发下一个文件，要求在初级师范只读两年的师范生，如果经考察，文化水平确实不能胜任教学的，可以抽调到安庆、桐城两所中级师范继续学习。能胜任教学的，就正式任用，成为合格教师。潘校长认为我各方面合格，已经通过考察，就不抽调了。并嘱咐我在新的学校要好好工作，事事处处要起模范带头作用。

最后，我一一握着他两人的手说："我服从领导安排，听领导指教，把工作搞好。不辜负你们！"

全旺小学，两个班级，分别为一二年级复式，三四年级复式。另外两个老师，一个叫朱海，是学校负责人，另一个叫王华胜。这个学校离中心小学有八里路，学校也是建在埝上，埝上埝下都有人家，可以说是被村子包围着，学校隔壁就是全旺大队部。这里虽没青山，但景致非常特别，自然风貌有点像金埝中心小学，但除了有绿色埝村之外，还有开阔的绿野。绿野中，荷塘与稻田相间。荷塘有大有小，大的有几亩，小的一两亩，最小是一两分地大。夏天，这里荷花出名，周边几十里的人都慕名前来观赏，有人还带来鱼钩钓鱼。有一位老者游玩时，走进学校，提笔写下一首诗，诗曰：

> 僻野乡村却藏珍，
> 荷香人美画自成。
> 引来八方闲游客，
> 乐在画里忘自身。
> 花美欲摘难够手，
> 鱼肥难钓也认生。
> 或许美故蓄妙意，
> 故引人来逗探心。

这首诗读起来多么有妙气、灵气，对我后来来说又是多么的巧气。本来全旺小学我也来过，如观摩教学、开现场会等。有时星期天没事，吴洁冰、冯贤圣和我也来这里闲逛，赏荷。但都没有真正体会到这地方景致的美妙。现在天天待在这里，就渐渐体会到这里的韵味了，也没感觉到不习惯。对金埝小学的留恋也就渐渐淡去。感觉此刻的我就像一只蓄栏待养的小鸡小鸭，在孵坊里过得挺舒适，被人买回家后，就很不驯服。但养过一段时间，叫它走它也不走了。

刚来全旺，朱海、王华胜二位老师大概觉得我是中心学校下来的，又是团员，待我敬而远之。本来，我未来之前，学校有什么事，都是朱老师找王老师商量。现在我来了，就先找我商量了。我没有感觉到什么不自然，只是刹那间有种微妙的东西像电流一样从我脑中通过。王老师的荣位好像被我取代了，我很不过意。料想王老师可能会恨我、嫉妒我。但并没有，他像窥测到我心上隐衷，反而经常鼓励我说，"小陈，你是团员，年轻，工作放大胆些干，好好配合朱老师搞学校工作。我还听说，你年纪太轻，不然是要调来当负责人的。现在是开始给你锻炼的时候。"

"不不不，我是来学习的……"我含糊应答。

看着忠厚的王老师，想起狡黠的杨正川，我不免感慨，越是小地方的人，人心越是淳朴。后来，我对王华胜老师非常的尊敬。我常跟他说，我如果工作上有什么缺点，请你多多指教。

从此，学校确实添了些朝气、活力。来学校玩的人也多了。以往，学校美术、唱歌课基本不上，学校听不到歌声。主要是两位老师不善教这两门课。现在一改常态，我主动承担起这两门课的教学。为了美化学校环境，我还给各班在墙上开辟了学习专栏，刊登好的作文和好的书法、画画等。学校正面墙上用红漆写着"团结、紧张、严肃、活泼"八个仿宋体大字。这字我是很用功夫写的，很气派，很显眼。不仅当地人夸奖，过路的人也赞不绝口。

也许学校人少，两位老师虽然比我年长，但性格都相似，老实、规矩，所以三人就像一家人一样，没有猜疑，没有计较。他们两人家离学校大约十里路，中餐在一起吃，晚上就各自回家。有时逢下雨天，或是聚餐、过节等，他们也会在校就餐。学校里有菜园，还养了十几只鸡，鸡蛋和鸡我享受的多，因为我住校，三餐都要在学校里吃。三人当中，王华胜老师家里情况要困难些，两个孩子上学，爱人身体又不好，家里农活要靠他帮助做。于是，有时候下午未放学就要请假，班上的事要请我代劳。这种情况，如果短时间可以，长时间一般人是不高兴接受的，可我丝毫没有怨怪的想法。因为他人好，家里又确实是实际情况，我很同情。有时候逢到接连要请假感到不好意思，我就主动问他："你有事吧？有事你就请假呗。班上事跟我讲一下就行。"他对工作是很认真的，并不因为他请假多而耽误了教学。

这里的地方干部和群众也特别好，和这里的风景一样，淳朴祥和。特别是对我这个外地来的老师，除平时送菜、送豆腐乳、送辣椒等之外，每逢过节，还要请我到他家里去吃。要是推辞不去根本不行。有一位队长叫陆丰，他个高力大。一次端午节，他孩子上学，叫孩子对我说，今天晚上到他家吃饭。我让孩子带话，今天晚上学校吃的东西也很多，就不去了。不一会，他亲自来了，这时我正准备吃，还没来得及说推辞的话，他就一下把我抱住，像"挟持"一样将我拉走。

大队书记朱坤谋对我也特别照顾，在他的提议下，大队每年补贴我一百斤稻谷，三斤香油。他说我年纪轻，家在外地，靠供应那么一点粮食不够。当时，我每月供应粮食指标十八斤，香油三两，凭供应本在粮站购买。朱书记对我这样关心照顾，其实大队本身粮食也不多，老百姓还在吃大食

尘海

堂，少米下锅，靠挖藕代粮。我对朱书记说，你对我这样好，我拿什么感谢你们呢？我唯一的想法，大队以后有什么我能做的事尽管叫我。朱书记说，不要紧，不要紧，你打老远来我们这里教书，我们就欢喜。

朱书记还是个传奇人物。一九五九年春天，金埂乡召开全乡大队书记会议，掌会的是乡党委书记张绍堂。会议内容是各大队报亩产量指标。这一报，乡里就按各个大队田亩数乘以他们自报亩产指标，得出一年粮食总产量。当时政策，总产量的百分之四十属政府统购任务，百分之六十留作老百姓口粮。如果亩产指标报得高，统购任务就重，老百姓口粮就少；报得少统购任务就轻，老百姓口粮就多点。会上，各大队书记都踊跃的自报，就像拍卖行竞价一样，报价一个比一个高，掌会的张书记就不停地给出表扬。这时，不知哪个大队报出了亩产一千六百斤，会场有人发出轻轻的嘘声。最后，剩下全旺大队没有报。张书记向会场扫视了一下，目光停在了全旺大队书记朱坤谋身上，朱坤谋坐在屋角处不作声。张书记开口：

"老朱啊，你怎么不讲话？"

"我怎讲？我要讲你就不高兴。我去年报了八百斤，结果部分田受淹，没收到那么多，但统购任务丝毫没少。统购之后，老百姓粮食不够吃，都在骂我。今年要我报，我只能报七百斤，还要靠天、靠人努力才行……"朱书记坦诚、简朴地回言。

"老朱，你是怎么搞的？你也报得太少了吧，这个数字我怎能向上面交差？你再考虑一下，爱国不分先后。"

"没有的考虑，我们支部已经统一了意见。"

"什么统一了意见，完全是你个人的意见！"张书记脸黑了起来。

朱书记腾地站了起来，把胳膊向会场一挥："我老朱不当书记了，种庄稼是我老本行，我回家种田！哪有这样的不讲道理？"

他离会场扬长而去。到了家，他脱掉布鞋，赤着脚，扛着锹，到田里跟老百姓一起干活。老百姓问他为什么事回家？他骂咧咧地说了原委。不料老百姓都夸：好书记！你才是心怀咱老百姓的好书记。说不定以后还要当大干部。

不料老百姓的玩笑话不久就应验了。事隔半年，上面又来了个"反浮夸风"，朱书记的过去不说假话不虚报亩产指标受到县委表扬，并发文件到各乡、各大队，号召全体干部要学习朱坤谋的实事求是和敢于顶住浮夸风的精神。县委还要调他任金埂乡党委书记，那个张书记在反浮夸风运动中被撤职了。哪知朱书记却又不识抬举。他说，只要领导和群众知道我老朱是怎样的人就行了。任乡书记我没那水平，我还是任我原来的大队书记吧。

朱书记这事让我想起了鲁迅的话，"然而，也有并不一哄而起的人，当时好像落后，但也因为不一哄而散，后来却成为中坚。"

朱书记仍乐呵呵地做他本大队的书记。

朱书记就是这样成为一个在当地被传颂的人物。

有一个星期天上午，我正在批改作业，一位秀气的女青年突然来敲门，问："你是陈老师吧？朱书记叫你到大队部去一下。"我二话没说，放下笔，就跟女青年去大队部。转一个屋拐，走过一个屋山就是大队部。我进了大队部办公室，朱书记见我就亲热地说，"你叫我以后大队有什么事可以找你帮忙，现在有了。我们大队干部刚才开了一个会，传达学习中央八字方针文件精神。这八字方针是'调整、巩固、充实、

尘
海

提高'。你的美术字写得很好，就请你把这个八个字写出来，贴在办公室正面墙上。你只写，我们贴。"

会计马上拿出笔和纸。

我爽快地答应，拿起笔一看："这笔不行，我到学校拿排笔来。"

半个小时，我写好了。他们就开始贴上墙。贴好后，大家望着字说，"漂亮！"又说，"能写出这样的字的老师很少。"这时朱书记问女青年："春兰，你是文化人，你说这字写得怎么样？"

"你说呢？"春兰没有回答，却反问书记。

"我说当然好啊。我是外行，讲不出所以。"

"没有所以，好就是好。不好，你会叫他来吗？"

"那你也说好了啊！"

春兰这时瞅了一下书记，没吱声。

这时候，一个约莫五十岁的高个子人搭话：

"陈老师啊，你以后就收下这个女弟子吧，你好好教她。她是高中生啊。现在入党已批下来了，马上要正式任大队妇联主任了。"

"檀大队长，你尽开玩笑。"春兰娇嗔地望着他说。

我一切心知肚明了。觉得氛围尴尬，不能让他们这样玩笑下去，便扯开话题跟朱书记说：

"朱书记，你实在是个了不起的人。中央八字方针，正是对准'浮夸风'造成的危害制定出来的，你可是反浮夸的英雄呢。说不定你以后还要当大干部。干革命就需要你这样的人。"我还把鲁迅的一段话说给他听。

"胡扯，胡扯。我是工农大老粗，说话得罪人。我没有那些妄想，我只想把本分工作搞好，这是共产党人的责任。"

十、香　袭

　　全旺这地方的人喜欢黄梅戏，基本人人喜欢看，人人喜欢唱。遇到过年过节，总有黄梅戏表演。可就是这个黄梅戏，我如花初放的人生却被爱情的重棒击伤了。正像到这里赏荷的老先生进学校写的诗句那样，"花美欲摘难够手，鱼肥难钓也认生。也许美故蓄妙意，故引人来迷探珍。"虽然老先生写的是花，喻的却是人。

　　大队有一个业余黄梅戏剧团，规模虽不算大，但演技不错。因为演技好，名声在外，经常被邀请到外地演出，有时还到县城去演出。剧团演的越多，收益也很可观。除付工资外，戏服、道具等行头的档次也不断地得到提高。

　　冬梅是剧团的台柱子，好多人都是冲着她才去看戏的。冬梅十九岁，初中文化，家就住在学校边。说她漂亮，也不是人面桃花的那种。端庄，脸色白中微黄，妩媚，在她一颦一笑中隐着，人见过她，希望她再来，而且可能心中总留着她那撩心的一刹那。她聪颖、活泼，说话如碰铃，清悦、甜怡。家有母亲，还有一个弟弟。虽然家里划成了地主成分，可她戏唱得好，生得标致，也算是地方上的红人，谁也没把她家地主成分放在心上。

因为她就住学校旁边，也算认识，但见面只是点头一笑而已，并不相熟。在我心目中，她算是属于那种高不可攀、运行在另一个轨道上的人，没有多少交集。

但命运总是喜欢玩阴差阳错的游戏。一天晚上，剧团要借学校教室排演。她先跟朱海老师讲过，然后又接连跟我说了两遍。头一遍，我只是点头，第二遍我说"好嘛"。

晚上，教室灯火通明。屋里是演员们、奏乐人员在排演，屋外走廊上挤满了从村上赶过来的大人小孩看热闹。到九点时，我改完学生作业，也来到走廊边看看热闹。屋里冬梅在灯光下瞥见到了我，不一会她开了教室门，转过教室屋拐，大约是回家了。不到十来分钟她又来了，没进教室，站在我身后问我："小陈，你看戏排演得怎么样？"我有点受宠若惊，心热脸灼地随口答："很好！"就在我说话的同时，冬梅将一把炒熟的花生塞进我的裤口袋，接着转身走进教室。

她这一举动，让我想了好多。是她本来就有这样习惯吗？还是做演员的人都这样性格呢？还是她对我有着好感？想到这，心里便满是甜蜜，能和这位高不可攀的美人在一起，不管到哪里都有面子与幸福。此后，她就占据了我的脑子，总不能离去。

在屋里，我听到屋外有人走路说话，其中有冬梅的声音，我就走到窗边偷望；远处有几个年轻女子在说笑，我就朝这几个年轻女子盯望，看可有冬梅的身影……我为什么要这样呢？是自作多情吗？人家抓把花生给你，就是对你有意思吗？别自不量力了，我为自己找台阶下。

过了几天，冬梅在菜园撷菜回来，要路过学校门前，我正好端着碗在门前站着吃饭。老远就注意盯她，到边时，我的心有些蹦跳，没想到，冬梅却先笑嘻嘻地开口：

"小陈，你来这么长时间，怎么不见你女朋友来玩过。"

"我没有女朋友，谁来玩？"我很激动，顺口邀请她进来坐坐。

"今天没空，下次来玩。"可是没走两步，她又回过头问："明天晚上，我们剧团到胜利大队演出，你去不去看？"

"是你演主角吗？"我问。

"是。你明知故问吧？当然是我主演，才叫你去看。还想请你提提意见，你们是文化人，懂得多。"冬梅灿笑地望着我。

"去！一定去！"我连续点头，语气有点急切。

等到了第二天晚上，我邀了朱海和王华胜一起去了胜利大队。戏台是搭在胜利小学操场上。胜利小学老师看到我们到来，也十分热情，端出几条长凳，两个学校老师便坐成了一排，占了最好的位置，一起看戏。

戏开演了，是传统戏《荞麦记》。冬梅扮演主角三女儿。三女儿家最穷，却要和大姐二姐一起回娘家给父亲拜六十大寿。她没钱买贵重寿礼，就将家里舍不得吃的几斤荞麦磨粉做粑煎熟，带着儿子细宝去娘家。见二老说："女儿没有好东西送给你。家里就几斤荞麦，我就磨了粉做了荞麦粑送给老父亲祝寿。"二老看到黑黢黢的荞麦粑有点不高兴，冷冷地说："你家穷就别来，来了我们失面子，你现在就回去吧，我不缺你的荞麦粑！"这时，天已经黑了，外面开始下雪。堂屋大女儿、二女儿全家和宾客们衣冠华丽，谈笑风生。三女儿觉得不宜多待，就牵着细宝出了后门。这时雪下得更大，没法走，她和细宝就在后面马棚里拿捆稻草住下。可是细宝哭着叫肚子饿。妈妈心痛儿子，就叫儿子再回到娘家屋，想到不管怎么样，总不会对待孩子狠心，总会给点吃的。宴席开始了，宾客满堂，大大小小齐坐着。唯细宝在一边站着。大姨妈见孩子可怜，就叫他到身边来，又叫仆人拿来一只碗和一双筷子，一边自己吃，一边拣给细宝。这时婆婆走来，急忙端起细宝的碗，拽着细宝到后屋。恶狠狠地说："你能配得上在这地方吃吗？"细宝这时哭了，嘴里骂着："屁婆，屁婆！我不吃了。"便出了后门，高一脚低一脚地来到妈妈身边。妈妈问他吃饱了没有？细宝懂事，怕妈妈难受，只是点头，却又用胳膊直揩泪水。在妈妈的逼问下，细宝才跪下向妈妈一五一十地讲了刚才的情形。妈妈听了撕心裂肺地痛，一下抱住儿子，声音似有似无的哽着哭，"听儿言，娘伤儿心，儿割我心……"她乱发披散，秀容泪伤，声调极度哀婉。这时，台底下一片沉寂，谁的眼里都湿漉漉的，多少人用手帕或衣袖揩泪。我也如此，从来没看过这样惨的戏，觉得冬梅确实是位名不虚传的唱戏红人。

　　大约是看到冬梅的精彩表演，胜利小学校长用手拍拍朱海肩膀，你校小陈老师没有老婆，你就把冬梅给小陈讲讲看。朱海没作声。

　　散场后，各自回家。我就期待着朱海能来找我。可过了两天，一直没有动静。我便胡思乱想起来，是朱校长认为我配不上冬梅吗？是认为冬梅家是地主成分不适合介绍给我吗？但冬梅抓花生给我，问我"你女朋友怎么没来玩"等情形，又不断浮现在脑海。也许真是我自作多情了，人家冬梅可并没有别的意思。我的一些美妙憧憬，也就渐渐烟消云散，越想，内心很不好意思。

　　可是第三天，晚上八点半左右。冬梅和戏班另一位年轻女孩来到我房间。我的心如东方泛出晨曦，马上舒松起来。冬梅一进门就对我笑，举起手上一件东西：

"小陈，你知道这是什么东西吗？"

"是并蒂莲吧！"我答。

"是的，我想你一定认识。这是我弟弟下午在野外荷塘采回来的，不知道这两朵莲花为什么会长在一起？特地来请教你哩。"她边说边放在鼻边闻闻，又递到我鼻边叫我闻闻，问我香不香。

"香。跟你一样香。不过你问我两朵莲花为什么长在一起，我还答不出所以然。大概跟人一样，它俩很要好吧。"我的说话也开始带诙谐，是想勾她一下，接着急转弯：

"呃！我还没叫你俩坐呢。"我把床上叠着的被往里推一下，叫她俩在床上坐。

可是她俩像没听到一样，仍是站着。我马上意识到，听说女人不随便坐男人床，我又马上到教室去端凳子。

"别端，别端。"冬梅边说边坐到床上了，同伴女孩也跟着坐下。

随后，冬梅就问我她弟弟在学校学习怎么样？后又问我那天晚上可有去看戏？叫我说说那天戏演得怎么样？

她弟弟学习情况，冬梅从来没问过我。只是她妈撷菜时路过学校常问。但我还是如常的回答她，"学习可以，也守纪律……"我知道，谈弟弟的学习情况不是重点，我将话题转到那晚的演出上，"我们学校三位老师都去了。看到你的戏，你都把人演哭了，你在台上也真的哭了吧？"

"你说我可哭？不哭怎么演得好戏。不过哭，可不是像你们那样直愣愣的哭，是要技巧的，能抑得住，抑不住，戏就没法演了。演戏虽说假也真来真也假，但关键还是要真，就是演员与角色在情感上能融合。"她又开玩笑的打趣道,"那你那天哭没?"

"哭了,你那样子怎么不叫我哭呢?"

"啊!"她若有所思的样子。"你那天穿的是什么衣服?有许多老师坐在一起,在台上看不清那个是你。"

估计她还在怀疑我到底去没去?也许是她真的在关注我了;也许是怕我不老实,在编慌。

"不就是穿这样衣服吗……"我详细说我去的经过。

她的同伴看着我们说话,我觉得话局有点偏一头,我出于礼貌,侧过脸问女伴:

"你那天演的是什么角色?"

"不,我不是演员。"她边说边摇头。

"我是喊她给我做伴来的。"冬梅补充。

谈了一个多小时,冬梅和年轻女孩离开。我送出门,她俩还说着话,我清楚地听见她女伴对她说:

"我今天是专门为你服务的。"

"你孬说,我是来问问我弟弟学习怎么样?也想听听他对我们唱戏的评价。老师有学问。请他说说多好。"

冬梅就这样的同我周旋着,捉迷着。如果再说她这些并没有什么,那就可以一概弃之不理;如果说她对我有意思,那就是事事发生、言言缝缝都在为着亲近我。从古到今,男女爱慕都是羞于开口。冬梅虽然是聪颖活泼的女孩,她也因此而受羁绊,她心思已用不少了。由此,我的脑筋不可再僵化,我开始正式醒悟,她已经不是我高不可攀的人,她家是地主成分,我又是"吃皇粮"的,可能各方面在她看来使她满意。她对我已经使出浑身解数来亲近我。可我还没有一次怎么样地对她表示呢。实际她哪知我对她早已魂牵梦绕。看来，我的美好憧憬可能会得以实现，我必须马上对她有所反应。不这样，我的终身幸福就要擦肩而过。开始是想直接写信给她。后又认为不妥，太袒露。

转眼到了冬天。那时候擦脸护肤流行用"友谊牌"香脂，我正需要买一盒自己用，想到盒上面"友谊"二字很有意思，就多买了一盒准备送给冬梅。香脂买了，怎样送给冬梅呢？直接递给她也是不妥。于是，有一天我想好了主张，这天吃过晚饭，我带着香脂到冬梅家。冬梅正在家吃晚饭，见我来马上起身说："什么风把你吹来的？"她说这话的意思，因为她家是地主成分，我确实还没有直接到过她家。她妈妈和弟弟也起身客气。冬梅叫把碗收掉，自己到房间端来花生、瓜子盘，又泡茶递给我。可我心思都不在这上面，我亮着手电说，让我先参观参观你的房子呢。边说边走进冬梅端出花生、瓜子盘的房间。从布设上看，这正是冬梅住的房间，墙上挂有冬梅的剧照，还有梳妆台，红亮的骨牌凳等，整体非常干净整齐。我顺手将香脂盒放到梳妆台上一把镜子后面，以后我如释重负地又回堂心和冬梅几个人聊，主要谈到冬梅弟弟在学校各方面情况。冬梅妈又问到我家住何处？家里还有哪些人等。我知道，那问话的意思也含着文章。

大约待了四十分钟，我就离开，冬梅送我出门，说了几遍叫我常来玩。

谁知，香脂送过去之后不几天就让我尴尬不已。

有一天，有几个青年在学校门前操场上玩，冬梅也在场。其中有一位男青年叫王长贵，他和我玩摔跤，我口袋里"友谊牌"香脂掉在地上。冬梅走过来捡起，又将我送给她的"友谊牌"香脂从口袋里掏出，并排放在一只手上高高托起，嫣笑地对大家说："你们看，这两盒香脂是不是一样？"这一

尘
海

突然举动叫我羞得无地自容。心里责怪她，你怎么这样胆大、无拘。但我又高兴她的大方与主动，原谅她可能是她唱戏习惯和要告诉我她已经知道这事和对我表示心仪的隐衷，那"并排"，那"友谊"是最恰好的体现。自那以后，我一直心神不定，怕这盒香脂的事被人知道了。

当我正渐渐要忘记这次尴尬的时候，朱书记突然来学校找我，说："前一段时间，我叫一位年轻女孩喊你到大队部写字，你看那女孩怎么样？你要是同意，我就给你介绍。如果成了，大队可以帮你造房子，你就住在这地方。再说这女孩政治上可靠，是党员，年轻人谈恋爱也要注意政治出身啊。"

朱书记说完之后，我只是沉默，心里翻腾着：朱书记是我崇拜的一个人，而且关心我，照顾我。但今天向我提出这事，时间上已不适时宜，他哪知我与冬梅已有了浓灼的微妙关系，我不可弃我所爱另择。也怀疑他可能听到我与冬梅之事的什么声音，不然，他怎么说出"成分"字眼呢？看着和蔼的朱书记，我不敢直接拒绝，便找了一个理由："朱书记，我以后还想调回家乡。"

朱书记没多说话，又关照了几句，走了。

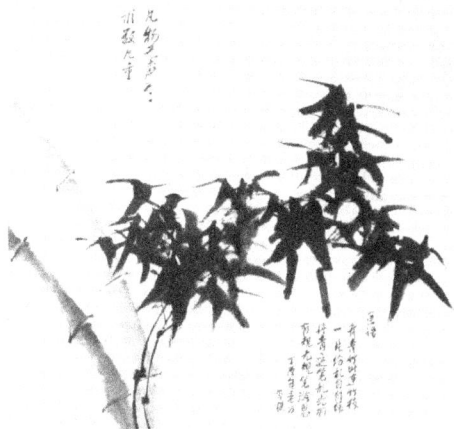

十一、割麦大祸

"你受惊了吧，昨天到底是怎么回事？"冬梅一进门就急切地问我。

一九六一年，夏季的田野一片金黄，农村到处呈现麦收前的农忙景象。当时的干部和教师，在农忙季节，要被政府抽调下去支农，帮助群众收割小麦，我们被湖口区政府抽调到漳湖支农。麦收地点在漳湖边，这漳湖的湖边麦地面积很大。去的人最远处要走十五六里路。根据通知要求，全区教师由各乡中心小学校长带领，自带干粮，在规定时间赶到一个叫九二潭的地方集中。上午八点半，全区支农对象的人都到齐了，近两百人。区委书记张涛和区直机关的人早已先到。九二潭有一个渡口，过了这个渡口，才是麦收的田地。不大的渡口上站满了黑压压的人。张涛书记召集各中心小学校长在一旁开会。接着就宣布事项，一是要有组织地安排好过渡，以乡为单位，由中心小学校长带领并负责该乡教师过渡秩序，不可上下船拥挤，一定要注意安全。因为船小，又是旧船，每趟只准八人过渡。二是布置今天的劳动任务，总共有八十亩地麦子，必须在下午四点前割完，时间歇得早些，因为过渡还要耽误时间。

200多人在各中心校长的组织下，有秩序地、顺利地全部过了渡口，赶到了麦收的田里。忙碌了一天，原定下午4点完成任务，却被拖到了五点才结束。累了一天的近二百个教师，拖着疲惫的身体，再一次由各乡中心小学校长带领过渡。

大家都自己按照早上来时的秩序八人一渡，一趟一趟摆过去。在摆到第五趟的时候，天都快黑了，有人提议，能否快点，一渡十人。领导看看天色，再看看蹲坐在河滩上的一大片黑压压的人头，也就同意了。于是，十人一渡，大家开始抢着过河。摆到第九渡时，终于轮到我上船了。我们迫不及待地登上破旧的小船，船身剧烈晃动。这时不知谁大声呼喊，人多了，快下去两个。可是没人愿意下去，船老大再次催促，再下去两个呀，船超载了啊！我看看别人都不动，就主动站起身，下了船。我眼巴巴地看着小船晃晃悠悠到了河心，心里还有点懊恼没早点过去。可是，这时突然听到船上有人发出惊呼，船底一块木板裂开，船舱开始进水，船上人一下子慌了，相互推挤，要避开进水的船舱。船身开始剧烈晃动，船底的进水开始汹涌。有的人干脆跳入河中，这一跳，船身全部进水，小船瞬间沉没，一船人全部落入河中。岸上的人心都要碎裂了，远远地看着水中的人在拼命挣扎，却又束手无策。有脸色灰蒙、神情呆滞静站着的；有直跺脚、口语不清说着什么的；有用手帕、衣袖擦拭着眼睛的；有亲者叫着名字哭出声的。有一些会水的人纷纷跳入河中向河心全力游去救人。毕竟距离太远，最终那一船的九人中，只有三人因为有点会游泳，加上人施救，渐渐移到岸边上，但都已经昏迷不醒。人群中，又有人自发前来，连续做人工呼吸，总算救一命，其余的人都不见踪影。吴松、刘光玉、刘克亚、李杰、张万年、潘金富，这些曾经熟悉和不熟悉的名字，从此阴阳两隔。

此刻，岸上的我已浑身麻木、冰凉，看着河里人头浮动，我如同灵魂出窍，在空中飘忽浮沉。是老阎王最后确定放出我啊！

天已黑了，没有过河的人在熟路的人带领下，沿河步行八里从另一个地方过渡。但人们已是心有余悸，战战兢兢的上船，每渡只上三四人，到很晚才全部过了河。

区里领导一直未离开现场，张涛书记骑着自行车跑了五六里路，到一个叫沟口的轮船码头打电话给县委办公室，向县委汇报这一灾难事故，并请求带领人员尽快赶往现场搜救。

晚上九点多，一只汽艇划破漳湖平静的水面，又驶入这条出事的河道。县委副书记和民政局的两位人员下了汽艇，张涛简要地汇报了情况，就一起去了事发河段。几位搜救人员马上拖出搜救网进行打捞，一个半小时左右，六具遗体全部打捞上岸，整齐地排在岸上，又无东西遮盖，惨不忍睹。后来他们的家属也来到了现场，惨哭不止。看到遗体时，更是撕心裂肺地拥到遗体旁号哭，打滚，蹬脚。全场人谁都珠泪横流。好一阵之后，张涛书记等领导来到家属边进行安慰，他们哭诉着，他们今后的日子怎么过？上有老下有小，靠谁抚养？

张涛说："这是因公殉职，政府一定会给你们妥当安排的。现在你们要节哀自强，多往后想想。"

"我们也不怪你们哦。"家属们见这些领导一直也未离开现场，顾前忙后，形容憔悴，也不忍去闹事了。六位死者的丧事都由政府出钱操办了，尽管当时政府财政不景气，棺木也是买最好的，尽量使家属们满意。

　　六位老师罹难后，因为是响应政府号召，为公事而牺牲，按规定，六位老师家庭都评定为烈属家庭，按上限享受相关政治待遇。但是，六人中有一位叫吴松的老师，家庭是地主成分，在区委开会讨论时没有通过他家评定为烈属。材料上报到县，县委也就这样批了。吴松爱人也是教师，她坚决不同意。即使吴松家庭是地主成分，但他本人是学生出身，不戴地主分子帽子，是正规的国家教师，他也是响应政府号召支农牺牲的，有什么理由要区别对待？她写了一份详细报告给区委，给县委，结果都是石沉大海。她郁闷至极，在丈夫坟头上哭了一阵之后，回家就悬梁自尽了。此时她儿子八岁，女儿六岁，只能跟着年迈的爷爷奶奶艰苦度日。后来吴松的事被省里知道，派工作组下来调查。不久，县委重新评定吴松家庭为烈士家庭，但也只限两个孩子享受待遇，爷爷奶奶不享受烈士家庭待遇。并拨了五千元作为抚恤。

　　再说冬梅听到沉船事故后，第二天中午，就用一只手绢包着一个花瓷碗急匆匆来到我的房间，她把碗放在桌上，说：

　　"你受惊吓了吧？昨天到底是怎样回事？"

　　"你也知道了这事？是谁跟你说的？"我问。

　　"这大事怎么不知道。我在菜园摘菜时，遇到朱老师，他跟我说的。他还说你差一点也回不来了。讲完后，他还似乎观察我的反应。我除了惊讶，也没多说什么。其实我心中已急迫想见到你，看看你。我拿来四块面粉煎粑，你快把它吃下去，粑是粑魂的，你知道吧？"

　　"你真太关心我了，妹妹。"我出口叫她一声妹妹。又继续说，"我会吃下去的。我俩的事朱老师确实知道了。有一天，我在房间改作业，朱老师站在门前操场上，你妈摘菜路过，就和朱老师谈起你和我的事，朱老师叫你妈说轻些，又用眼神示意我就在学校房间，以后声音就很轻，但是意思我还是知道的；你妈认为我家路远，女儿过去以后她怎么办？"

冬梅无话，马上将手帕解开，急着从碗中拿出一块粑，递给我。

我吃着粑，对冬梅说：

"粑能粑魂，也不过是活人的安慰话。其实人生在世哪说得清楚，看起来人都是有滋有味地活着，实际上都是被危险包围着，等待着。谁知道天灾人祸，人恶病魔，哪天来，哪天不来？只是有些方面，个人是可以控制或者预防的，那就是心，道德，不作恶，不害人。像地震、火山、雷击等这些天灾人祸的东西，那就是凭个人的运气了，遇到了也没有办法。如昨天之事，就是我的运气好，迷信说，家里祖宗坐得高。"我一股脑讲了这些没头没尾的话。

冬梅眨巴了一下亮眼，说：

"你学问好，会讲道理，老天保佑了你，可能也为着保佑了我哦！没有了你，我又何投哦？"

"咚咚！"这时，门外面有敲门声。我开门，是朱老师。他见冬梅在，急忙不好意思，连说，你们谈，我等会来。我说，没关系，冬梅在和我谈她弟弟学习的事。为方便他，我撒了点慌，好让他要说什么。可他又说，没事，没事。转身就走了。

真的不知道他来，到底是什么意思？人的意思真是说不清哦。

冬梅也跟着离开了。

尘
海

十二、雷击娇花

有一天，邮递员送来一封信，并解释说，信寄到了金埂中心小学，是金埂的校长特意吩咐叫我送来的。我接过信，看下款是从东至县寄过来的。东至县有谁呢？肯定是我的同桌章礼芳，她是东至人，字迹也像。记得毕业分配时，她是回本县的。我拆开信封，细细地读了起来。

陈十同学：

接到我的信，你一定感到意外。其实我也是犹豫再三才决定给你写这封信的，并从同学那打听到了你的地址。一晃，三年过去了。回想起我们在师范快乐的学习生活，都只能是回忆了。但同学之间的情感是忘不掉的。尤其是我俩之间，许多话被同学传闻，想起来也无怪，人不都是这样嘛。直到现在，我在梦里还想着你，就是前天晚上，我梦见你递衣服给我洗。我洗好后，放在绳子上晒，到下午收时，你的衣服掉了一件，我很不好意思，我把衣服折好送给你，又拿出五元钱递给你。你问为什么要这样？我说清楚事情后，你把钱往地上一扔说，这样我俩以后就不来往了。这时，班上两个"混蛋鬼"跑来，一个是何凤兰，一个是朱代福。他俩说，你俩别吵了，衣服在这里，是风把衣服吹掉下来，我们不知是谁的，就捡起来了。现在知道是你俩的，就送来了。我当时一肚子恼火，骂她们两人：你们都是捣蛋鬼，我俩是同桌嘛！何必要搞这样的恶作剧。你只是脸红，不作声。梦到这里，我醒了。我想，你那时可能年小，不懂爱。现在已经过去三年了，想必你会懂爱了。当你懂爱了，可能有别的姑娘在追你，你也就高兴地去融洽。现在，我跟你这样说，你如果真的没谈，那就你接信后，知我信意，就即时回信给我表态。我舅父在东至县文教局任局长，我俩能事成，可找他帮忙调来我校，我们学校是区中心小学，规模大，依山傍水，风景秀丽。你如果谈了，而且双方情感好得不能自拔，我就收回我的所想。不破坏你们的幸福……

同学　章礼芳

　　我看完信，不知如何是好？那真情的透露，那准确的预感，那令人折服的修养，叫我佩服得五体投地。可我正如她所说的，现在不像以前懵懂，有些人有些事，一时也难以忘怀。我不知道如何回信。犹豫了好多天，想想信还是必须要回复的。

礼芳同学：

　　你可爱、聪明、豁达。我俩同学两年，开始都不熟悉，后来我俩就好了。你对我更是关爱、体贴，帮我洗衣服。可我不懂多少，想起来很对不起你。你信上的话写得多么深入、妥帖，看了叫我心沉魄动。你已经是一个非常成熟的女孩。是的，庄稼成熟成过去，花开花落抛旧时。你说得一点也没错，我现在是有一位女孩将丘比特金箭射中了我，使我陷入不能自拔的境地。这大概就叫我已经懂得爱情了吧。现在我如她的猎物落在她网里，由她随时笑眯眯地来捉拿……

唉！礼芳！

陈十　深夜

信写好了，想必让她心酸失望。后面本想说些"友谊"之类，但这东西轻如鸿毛，不如以叹息结束。

回复了章礼芳，坚决下去的就是冬梅了。不过，冬梅虽然和我这样好，但真正在一起卿卿我我还没有过。不想却遇上了。

一天晚上八点左右，天上鱼鳞云蒙着月亮，像不让凡人看到凡间什么秘密似的，自己却放眼到处搜索着遍遍处处、点点滴滴。这时候，我从学生家家访回到学校，走到冬梅家边，发现离屋山不远处有一个体态婀娜的身影，那不是冬梅吗？看得清她还在用手拍揩眼泪。我走近问她："你怎么搞的，为什么这样？"她没有回答我，接着声音低沉地跟我说："正好，你跟我来。"她边说边向路上走，我跟在她后面。走的方向跟我走来的方向相反，大约走了五六十米，又拐向一条田埂向前走，又走了一百米左右，在一个小河塘边停下。这里有几棵不大的杨树，有草坪，偏僻幽静，荷香悠溢。冬梅拽我在草坪上坐下。她说：

"小陈，你心里到底有没有话想跟我讲？如果有，就这个时候好好说，我知道你这人有些脸皮薄，不好意思。"

我忐忑了好一会，也许这样的月夜更容易让人敞开心扉，便抑制着心跳，大起胆子说："有，我就是爱你。在我心中，你现在成了我的永远。冬梅，我真的很爱你，我不知道什么原因……"我说着，声音颤了起来，泪也流了。这样环境，我一下无拘无束，讲得透彻、倾心。

"现世宝，还没说什么，你就这样了。"她拿出手帕给我揩眼，又把我的一只胳膊拿到她怀里，"这下，你才算真了，实在了。不过我还问你，你为什么要爱我？"

"就是你那把花生惹的。"我顿了片刻又说："你本来就美，对我来说，我觉得你是我高不可攀的人，以后我就迷了。你若是我的成功，我是多么的幸福和有面子。你性情也好像与我相似，美而不浮华，真诚而不懦弱。不过美，我比不上你。"

冬梅听我说着，咯咯直笑，又用手揪一下我耳朵。

这时我又反问她：

"你为什么要把花生给我吃呢？"

"别说了，别说了，不也是跟你一样。男女之爱都是好感引起。那花生是爱你的意思，花，是美的意思；生，是生发、开始的意思。意思就是你美，我开始爱你。不过我现在又没法爱你了。"

冬梅口若悬河一下讲了许多，不知是她一贯说话善出口成章，还是一开始就预谋好这样做。到最后，她却来了个"休止符"。

这下，使得我好心慌：

"不行，不行！好姐姐，好姐姐，你要是这样，我就如身落悬崖，腾空渺去。真的，姐姐，我求你，求你……"我一下抱住冬梅不放。

"看你，都糊到哪里去了？我是妹妹，不是姐姐。你不是跟我说过，你比我大一岁吗？是的，不怪你，你太激动，太那个了。"冬梅说。

接着冬梅开始说她今晚的事。

"陈十，我说'没法爱你了'就是今晚发生的事。这可能与我那天'两盒友谊香脂'事情有关。其实我也是为急于表达我的心意。王长贵回家可能把这事向家里人讲了。他家就托媒人三天两头到我家，要把我介绍给王长贵为妻。我妈妈算答应了。妈妈同意的原因有三条：

一、王长贵的大哥是党员，又是队长，我家成分不好，妈妈想以后能对我家照顾，特别是妈妈自己；

二、我家平时有什么重活，王长贵常帮我家做，可能都是他家里人叫他这样干的。这样，妈妈心里就装着情债；

三、这也与第二条有关。妈妈认为路近，又就我这么一个女儿，不想嫁那么远，在边上也好有个互相照应。刚才吃晚饭的时候，妈妈就正式向我提出这事。我给妈妈一顿回斥，回绝了。我说他不配我，你就是杀我我也不同意。妈妈这时不指名地混沌说，我知道你是心中有人了，那个人家太远，我只有你这么一个宝贝女儿，我能同意吗？你能忍心吗？我回她说路远有什么要紧，以后我把你接去总行吧！"

冬梅幽幽地诉说着，我的心也如一锅烂菜粥，什么滋味都有。我说，只要我俩始终一条心就行。

大约过了一个多小时，两人都觉得时间不宜再迟，站起身准备回走。冬梅这时面对着我，我有预感，倏地，她使劲亲我。

在到冬梅家不远处，我目送冬梅回家，怕她胆小害怕。

仅过三天，一位面熟的中年人来我房间告诉我说，"金埂中心小学潘校长托我捎口信，叫你明天上午去他那一趟。"

我猜不到为什么事，心里平淡中略有些紧张。第二天我

十二、雷击娇花

如约来到潘校长房间。潘校长把吴洁冰老师也喊来了。看架势和他俩脸色，我预感到这不是好事。果然，潘校长开口说：

"今天我找你来，是想问问你，是不是你跟地富子女谈恋爱了？"

"是，你怎么知道？"我回答爽朗，并想反客为主。

"这个你不要问，你承认就好。"潘校长语气有些愠色。

"你怎么这样不知事务？"吴洁冰脸色一直不好，她爆发了。"女孩家是地主，你是共青团员。你这样做，不仅不想想自己，也不想想潘校长和我对你的信任和关怀，也不想想组织上对你的重视。今天叫你来，就是叫你跟那女孩要一刀两断，这样就什么事都没有。否则，这不仅对你的政治前途有重大影响，而且连当老师也不一定保得住。我与潘校长也没脸见人，领导上和社会上一定会笑我和潘校长怎么会选中你这样的人培养。另外，还有杨正川和你两人的事，我为了扬口气，呵护你，在教师会上我就向大家宣布了组织上培养你入团的消息。其实，我是不应该在大众面前说出组织上的事。杨正川也因此倒霉被开除回家了。"

吴洁冰的一连串的话如子弹一样把我击晕了，又觉得她的话句句没错。

潘校长又趁热打铁似的结合阶级斗争形势给我上政治课。

吴洁冰叫我当场表态。

我像在云里雾里一样，在他们强大的气势下，一切东西被击垮了。"我错了，开始我认为不要紧……"

我闷闷不乐地回到学校，一路在想，我的人生之路，这下又是走到胡同里了。我反复想，丝毫没错，这不仅是胡同，而且是天老爷为我人生专门设置的高级的特制的进得去出不来的胡同。其状是，你想退就退，你不想退就闯。不过退也好，闯也罢，对你来说都是一把双刃剑。唉！我没法，逼得我只好在墙侧打个洞出去，也好挽救我一些。于是，我想，冬梅，我爱你无法割断，我俩就做兄妹吧，这样，我好经常来看你，仍然可以保持爱你。

在我回校的第二天晚上，我吃过晚饭后，洗毕，在房间看报。这时有人敲门。我知道可能是冬梅来了。我的心虽然怦怦跳，但我竭力保持镇定，好与冬梅把事情说过去。

"陈十，我俩的事我跟我妈说了，她答应我俩的事。"冬梅进门一脸美笑，边说边不再拘束地落坐在床上。"不过，她跟我说，要求你就在这边安家，不要调回家。我屋边有一块空地，单做三间房子由我俩住。现在就看你了。"

我望着冬梅的脸，醉而心痛。我想编一套话跟冬梅说，但是她是个灵性极强的人，说了也经不住她三问，还要被她认为我是个不实之人。出于情感，她是我最心爱的人，我也不愿意欺瞒她。于是，我就把昨天的事情从头到尾跟她说，我还没说完，冬梅就一下倒在床上，痛苦万分。见她这样，我心如刀割一样痛。我捉她的手，手冰凉。我凑过去亲她的脸，理她脸边的乱发，伤心地叫她，"好妹妹，你别这样，我要是不理他们的话，我的前途就没了。甚至连教师都当不成了，那时，我看妹妹跟我受苦，我怎忍心？"此刻我好伤心，更无地自容。我又从她另一个角度去想冬梅：她如此的接受不了，可能还另有隐衷——凭她这样条件的人，完全能找一个合她意的人，就是因为她家庭成分不好，给她造成敏感，时时当心她找不到合意的人而终身不幸福，现在失去我，就是良机和大势已去，以后就别再异想天开了。

"妹妹，我左一声叫妹妹，右一声叫妹妹，你可知道，我对你的爱无法割断。不管天崩地塌，妹妹都在我心中。我俩虽不能夫妻相配，我就认你做我妹妹，算是义结金兰。我会经常来看你。这可能也是老天配置如此。"我说着，摇她，劝她，叫"好妹妹"，别难过。别把身体弄垮，现在年纪轻，日月长，身体垮了怎么办。过了好久，冬梅缓过来了一点，说：

"小陈，你把窗帘拉好。你过来，躺下来。"我就躺了下来。

"我问你，是什么人告诉你，叫你到潘校长那里去一趟？"冬梅平静地问。

"这人我只面有点熟，说不清他住在什么地方。"

"都是鬼跟在后面。我还以为是王长贵干的事。"

我又把朱书记要给我介绍对象和我没答应的事也跟冬梅说了。

"啊！这里鬼太多了。"冬梅更想着许多。

说着，说着，冬梅睡着了。快到十点了，我怕冬梅家里人找来不好意思，就敲着冬梅："妹妹，要到十点了，我送你回去，免得你妈着急。"

冬梅起身，用手帕揩眼，沮丧地站着望着我，那神情又显出一种特异的美，好半天才开口说，"陈十，就依你说了，你是我的哥哥，我是你的妹妹，我们永远心在一起，你常来看我。"

我主动地吻着冬梅，分别。

漆黑，我送她到家门边。

后来，冬梅无法摆脱各种因素的捆绑，心不由己地依从了媒人，将自己美好青春投入不幸福的婚姻长河。

尘
海

十三、我的同学

　　和冬梅分手后，我从全旺小学调离了。调到离全旺小学有五十多里的大湾垦区中心小学。为什么被调离全旺，我至今都不很清楚，阳光点的理由是，大湾垦区是新成立的区，工作需要；阴暗点的理由是，组织上为彻底阻断我与地富子女冬梅的关系，将我调远。到底什么原因，现在也无须追究了。突然想到吴洁冰说过，"你只有回绝那女孩，就什么事也没有。"大概这就是一种变相惩罚吧。

　　大湾垦区在未设区之前，是一个农场，叫青草湖农场，范围只有一个行政村大，它连接着潜江县武昌湖。解放后，武昌湖跟漳湖一样，周边被潜江县四面八方的老百姓不断围湖垦荒，渐渐成了拥有几万人的新居民区。这些地方原属湖口区、凉泉区两个区管辖。大约为了管理的方便，减少两个区同管一个地方的矛盾，上级政府就将青草农场和武昌湖那几万人的居民区单独设立了一个行政区，叫大湾垦区。由于这地方开发时间不长，又是新设区，各方面的条件也不很完善，学校条件就更不够好。在我调来之前，这个学校还只是村级小学，只有两位老师，一个叫余本怀，一个叫程开发。程开发正是我在师范读书的同班同学。还有一位新调来的老师姓何，叫何新。大湾垦区成立后，这个学校就升格为中心小学。虽然是中心小学，但也只不过是房子多砌了一所，老师多添了两个，学生增加了七十多个，如此而已。在人事安排上，也水涨船高，原本程开发是学校负责人，余本怀是会计。现在程开发升为校长，余本怀升为主任，我和何新都是老师。

中心小学下面有八个小学分校。八个小学只有两个小学有两位老师，其余都是一个老师，总共加起来，全区只有十四位老师。全区的教学规模还比不上以前的一所中心学校。

学校分课了，我带一年级五十三人大班语文兼班主任。校长跟我说，你在师范念书时，学习成绩非常优秀，按实际要分你代高年级，上面调你来也是为充实学校师资力量的。现在学校只有一至四年级，过两年就有五年级六年级。你又是团员，以后要准备扛大梁。我说，不管代什么课都行，工作上我不会挑三拣四的。校长的那些恭维话，我只是听之而已，并不当回事，毕竟也经历了几个学校的历练了。

可是学校开学不到一个月，青草湖农场小学的章明老师便气急败坏地来找校长，说他在那个学校待不下去了，要求马上调离。校长一问缘由，原来他和场部秘书大吵了一顿，还打起架。校长说，教师调动都是暑假的事，这个时候不宜调动。章明不依，并威胁说，要是不调动，我就在这个学校不走了。

二人正说僵持着，垦区分管教育的党委委员马良来到学校。程校长就和马良避开了章明，换了一个场所交谈。马良说，刚才青草湖农场场部打来电话，说要紧急配一位老师去，说姓章的是混蛋，哪是老师，不要他待在青草湖。现在他来中心学校找你，这事该怎么办？

程校长又重复了一下理由，现在上课期间，没法调人。马良说，特事特办，你就到县教育局去一趟，求求看。程校长看来这事不解决不得收摊，就答应第二天去教育局问问看。

第二天，他到了教育局，把事情经过向人事部领导进行回报，并提出能否办理教师调动。人事部的股长当场就给他一个下不来："讲起来你还是校长，连这一点道理你都不懂。现在开学已经一个月了，全县教师都各就各位忙自己的工作，调动一个就影响一片。全局秩序一片安定，你叫我们从哪处变人给你？"

校长脸涨得通红，眼睛突得老大，但不可冲撞他们。又平下心来说：

"股长，请耐心一点，别激动。我们这事实在是特殊情况。处理不好，我们的工作也不好开展。"

"好，就算你是特殊情况，我也没法去变人给你。你回去自己在本区内调整一下。以后到搞人事变动的时候再说。"

校长无奈，不仅没解决问题，倒把麻烦全部摊给了自己。就是在区内调整，一共就14名老师，一个萝卜一个坑，怎么能调整得好呢？

他回到学校，看到章明已把一大堆行李挑过来了。青草湖农场小学成了没有老师的学校，学校不得不停课。程校长心都气肿了。问章明，你到底还是不是老师呀？章明说，这里是娘家。婆家不要，我就回娘家住了呗。

校长感觉，这简直就是一个无赖之徒，赶又赶不走，留又留不下。只得仰天长叹，"好吧！你不去就不去，但中心学校没你的位置，我联系一下下面的分校，看哪位老师可愿意跟你对调。"

话是说完了，但他心里完全没数。他于是一个分校一个分校的跑，一句一句向下面的老师讲好话，可没有一个愿意去青草湖。都认为，青草湖农场小学又偏又远，也是一人一校，房子还不如他们房子。其实更大的原因是，他们每个学校都很实惠，吃菜有菜园，还有点地种，每年都收获不少黄豆、芝麻、山芋等。

校长闷闷不乐，他懊悔没有请马良委员和他一道下去做工作。现在麻烦没解决，回去怎么向马良委员交代呢？他更担心的自己工作做不好，他当校长的要被人笑话的。

现在只有最后一招，从中心小学对调了。他本想叫何新老师去青草湖农场小学，但考虑动员他不一定有把握。他不敢再去碰钉子，就只能以同学的情分来找我了。虽然也有担心，怕拒绝，他想，在师范读书时是同学，现在我当校长，他是否会有嫉妒心呢？想来想去，觉得总比找何新有台阶下。

我也考虑过校长可能要找到我头上，也知道他是怎么想着我。但看到老同学这么无助，自己又是团员，无论是为了同学情分，还是为了教育事业，我都得为校长工作着想。

"陈十，"校长终于来了，"这事我本来不想找你，我也实在不想放你走，现在看来不找你不行了。看我俩老同学面上，你就暂时到青草湖农场小学工作一段时间，以后再把你调回来。请别说话了。"话说过后，校长脸通红。

"好嘛。"我满口答应。"一个不去，两个不去咋办？校长也难当啊！"我说。

校长这才晦气云散，脸上笑开了："老兄，还是老同学靠得住呀。"随后他又补说，"啊哟，错了，你比我小，应该叫老弟。不过也不要紧。"

"你说的不完全对，我看重的主要是工作。"

"我知道，知道。"校长说着，还点头。"你是共青团员嘛。"

第二天，我就捡好行李赶赴青草湖。行李是请人挑的，校长亲自送我到青草湖。

到了青草湖农场小学，校长先带我见场部领导。书记叫孙孟如，场长叫张全，秘书叫李林。书记、场长四十出头的样子，秘书三十出头。三位非常客气，握手，请坐，泡茶，又叫人买菜，烧饭，不亦乐乎。然后，大家在办公室各自落座。程校长便隆重介绍我，说我姓什么，叫什么？接着说我是怎样的一个好教师，提的最多最响的说我是共青团员。随后他就说自己为这事怎样的出力才得以解决。沈书记听了，起来又与校长和我握手，深表谢意。

接着对方就你一言我一语的谈章明如何地对工作不负责，样子老，目中无人，不服从场部领导等一系列错处。最后沈书记说：

"其实这个学校一开始就是我们场办的，是为场里职工小孩上学方便，全盘属于场部管理。后来我们一再向教育局要求配备一名公办教师，姓章的也就因此被调来。谁知道他一来就搞独立王国，他说他是国家教师，我们管不了他。这我们懂，教育局派来的人，在人事调配上，发放工资方面都是政府直接管理。但学校是由我们建起来的，对于学校的教学以外的管理，我们也没办法不管呀。学生家长都是我们的职工，对学校有什么建议都是直接向我们反映。你说我们不问学校的事怎么行？就说那天争吵的事，我们秘书李林同志看见章老师用斧子在板凳上削木料，李林提出不可以这样做。老章听了就不高兴，他说我这样做与你何相干？李林说，这凳子是场里财产，我有权管。就这样你一句我一句争了起来。李秘书气不过，把凳子端回场部。于是二人就纠打起来。被人拉开后，我将凳子又送回学校，事情才算了结。他却仍不高兴，课也不上跑到你们那里去了。"沈书记说到这，起来端茶瓶给程校长和我杯里添水。又说：

"我们这个学校条件是不够好。不过房子我们打算做。我们就是看他这人不行，一直没有动手。"

沈书记说完后，程校长也讲到章这人性格不好，不近人情，傲慢。又讲到他到我们学校那种低俗、猥琐、烦人的行为。

吃午饭了，菜很多，是沈书记爱人帮厨搞的。桌上，场部人都在，总共八人。沈书记还问到我送行李的人可在？要在也来上桌。

"早走了。"程校长答。

席上气氛很热烈，都争着向我和校长陪酒。这种情况，你说不喝酒是不行的，盛情难却嘛。我和程校长也一一的礼尚往来。最后，没想到沈书记爱人却来个出其不意。她白哲，俊秀，俏皮善说。她端起杯站起来：

"今天是八月十四好日子，明天就是八月十五月团圆了，真是喜日未到喜先到，月未团圆人团圆。我这杯酒陪新来的客人一杯。"她把杯送到我面前。没话说，我站起来喝了。随后，她又陪校长一杯。最后又说大家团圆喝一杯。

宴毕，书记、场长、秘书一道帮我拿行李，进了他们预先安排好的上好房间，跟他们场部住的样式一样，四壁雪白，桌净窗明，床及其他用的东西一应俱全。与在垦区中心小学相比是天壤之别了。他们说，老章要是能好好地在这里教下去，我们也会这样对待的。

安顿好后，又带我俩来到学校教室边。他们边走边说，教室房子不够好，我们马上要重新砌。教室隔壁有一间小一点的房子是老师办公和住处。整体都很老旧，有的墙壁裂了还进行了修补。

参观完毕，程校长便和场部三位领导握手道别。

真是，天有不测风云。

又过了一个月不到时间，校长自己又发生了使人料想不到的尴尬事。一次，他到湖口区给教师领工资。回校时，说钱掉了。他说，他领工资骑自行车回校，在路上一家小饭店吃饭时，因走路发热，把外面衣服脱下，挂在吃饭的椅子上。等吃完饭起身拿衣服穿时，口袋里钱不见了。十四名教师工资，总共三百多元。当时算是一笔巨款了，能买3000斤大米呢。教师每月都是靠那点钱吃饭，日用，养家。有的家境不好的，每月都等着这点钱买米下锅。这下校长说钱掉了，全区教师开始情绪激荡起来。有些人并不信校长的一套鬼话，说校长刚谈了一个女朋友，急待需要钱结婚。校长女朋友又是安庆市里人，大城市人，花钱眼都不眨的。

消息很快传到了县教育局，教育局向垦区打来电话，吩咐赶快派人到学校调查情况。区领导认为直接到学校调查有点不妥，便通知程开发校长到区党委会说明情况。接待的仍是分管教育的马良委员。校长又重新把丢钱的情况前前后后向马良诉说了一遍。马良听了之后，不知这里锅大碗粗，就跟着校长回到学校，向在校的老师打招呼，不要急，会慢慢解决好的。可是有的老师就是不依不饶，说他们没钱，家里人就要饿死。不马上解决，他们就要上访到县。

校长情绪很乱，他悄悄来到青草湖小学找我谈心。我出于对老同学的关心，我向他提出："现在摆在你面前的最聪明、最有效的做法是，想尽一切办法，糠里炸油也要把老师钱付掉。这样，你就一切没事。所谓糠里炸油，一是要东拼西凑借，二是借不齐要在银行或信用社搞点贷款。这些，你最好要回老家去搞。"我说这话的意思，假若问题出在他个人身上，这样做可以作一下回避。我还对他说："做人在世，要老老实实，以信取人，信是根本，到后来只赢不输。"校长听了我的话，用手在头上直抓："老弟的话没错！"

　　三天后，校长筹到了款子，一切又风平浪静，而且还受到人夸奖。至于钱到底是掉，还是个人说谎，只有他自己知道。反正他没事了。

　　后来，校长见我就夸。

尘
海

十四、走进婚姻黑幕与要求调回陵阳

我离开冬梅之后，心情像一只断了线的风筝，在空中飘悠，无靠，下坠，硬撑。至此，心里老想着要调回家乡。母亲虽然年纪不大，由于生活艰苦，身体虚弱，加上坐月子时落下的病根，常发心口痛。大爷的儿子陈青常写信跟我说，你出外这么多年，母亲常想你，叫你能调回来就调回来，也好有个照应。最近一次又来信说，母亲托了娘家一个亲房，我称舅父的人给我介绍了对象。说女孩叫何秀，人貌好，身材好，高小文化，贫农成分。因为我失去冬梅，听了这些都无滋味。

等到暑假回家，母亲就唠上这事。说舅父来过，丢下话，让你暑假回家时去他家一趟，他带你去见见那姑娘。我明白，实际就是相亲。既然要调回来，结婚成家也是自然的事。我便打算去舅父家一趟。

临行时，母亲又唠，你衣服要穿好一点，要给女孩买些化妆品。我嘴上应诺，心里本没有当回事。我这人向来都这样，不装假，不做作，平时怎么样就怎么样，如果那女孩也能接受这份平淡，也可能就是一段缘分。我只买了点东西和两包香烟作为给舅父的应酬礼。步行了三十多里路，临到午饭前到了舅父家，舅母正忙烧中饭。寒暄之后就吃饭，吃饭之后又闲聊。闲聊之后，舅父就带我出门走塘埂，到田畈四处逛，见人又站着聊，没有完的意思。我心里犯嘀咕了，怎么不带我到女孩家呢？

舅父好像也感觉到了我的心思，说现在那女伢子家里还没什么人，等他们家人都回来了，就带我去。

太阳已快下山了，舅父带我在村子里七弯八拐，最后到了女孩家。女孩家门前连着正屋搭了一个外棚，屋里昏暗，全家人都坐在棚下说话。见我俩来了，都客气地起来招呼，又端凳子，又泡茶。舅父给他们递烟，接着就开始介绍我的情况。

来时虽然还无所谓，此时心却绷得紧紧的。趁他们说话的时候，我偷偷向屋里观察，想看看到底是什么样的女孩。可是女孩偏偏没出来，只看到门里边是隐约有两三个女孩在向我张望，有一个年龄大点，身穿水红褂和蓝底花裤，面庞白皙，脸腮有点鼓，身材还可以，因为昏暗，看不真切，舅父要介绍的不知道是不是这一个呢。

看来这所谓的相亲，完全是他们相我，我不能去相别人的。时间也不长，舅父就和他们告别，相亲就算结束了。

回到舅父家，舅父问我女孩怎么样？我说没看清楚。

"不就是站在门边那个大女孩嘛。人漂亮得很，你放心。姑娘都怕丑，不好意思走出来。舅父加以肯定地跟我说。

第二天回家，母亲同样问我，我同样回答。但我情绪低沉。

"孩子，女孩你放心，妈也是认识的。哪个当妈的不想儿子好嘛？过了这家村，也不一定有前家店了。"母亲看出我不提神的样子，又唠。

而在我的潜意识里，却已经把冬梅当作一杆尺子，来衡量我的相亲对象。但又想到父亲去世，母亲孤苦可怜，儿女大事都由她担当操劳，又不忍让母亲操心。但这毕竟是终身大事，必须要通过一段时期接触了解才行，不得含糊。

暑假结束，我回到学校。一面工作，一面跑调回陵阳老家的事。

跨县调动真是一件不容易的事，艰难复杂，茫然无从。打听了好久，便行动起来。

第一步，先写信到安庆地区教育局，请求调回凌阳，并破腹掏心地阐述了各种迫切的原因。等来的答复是：只要甲乙双方县同意放同意收就行。

第二步，按照地区教育局的回信，我写了一份请求调动报告寄给了潜江县教育局。答复是：目前我县师资紧缺，暂不考虑调动。望继续安心工作，以后有机会可以考虑。

第三步，在向潜江教育局申请调动的同时，我又给陵阳县教育局寄去我要求调回本县原因的报告。答复是：只要潜江县放你，我县可以考虑接收。

信函只能让我摸到了调动的路径，对调动工作本身却无推动。要想有进展的话，只能靠跑路，和领导亲自面谈。但作为对工作负责的老师来说，我无法在上课时间离开。只有利用学校放假、机关不放假的时间了。学校放假，机关不放假只有寒暑假，另外还有每学期放几天的农忙假。

终于等到寒假。我先回到家过完年，等到回校时，特意提前了两天出发。平常回校都是直接在陈洲小轮码头乘小轮到安庆歇一夜，第二天再乘小轮溯江到潜江。但这次为了调动，我在离家一百里的陵阳县码头下了小轮，又步行了五里路赶到了陵阳县教育局。可是真不巧，到教育局时，负责人事工作的一班人下基层去了。我很无奈，就只好在县城住一夜。

一直等到第二天下午，这班人才回来。负责人事工作的叫章发舟，人喊他章局长。我找到了他，说了来由。他还算热情地说，不是给你回函了吗？目前我县教师尚缺，只要潜江县放你，我们就接收。他还说人事变动一般要到暑假，你最好在暑假时候跟潜江县教育局联系。

章局长的答复让我心里很踏实。感谢之后，便和局长握手道别。可是出门之后，才想起一件麻烦事，因为要多住一夜，回到学校路费不够了。晚上要是赶到码头上过一晚，大冬天的又怕抗不住冻。我在教育局过道上徘徊好久，决定再一次厚着脸皮向章局长求助。我迟疑的敲开章局长的办公室，他有点诧异。等我难为情地说明情况后，就开口说借钱的事，并且口气十分肯定地说，等我回到单位就一定寄过来。没想到章局长很是爽快，马上带我到财务办公室找会计，会计姓王。章局长把我的情况向他说了。王会计问我要多少钱？我说给我解决五块钱就够了。王说，那就干脆写十块钱条子了。我写好条子接过钱，说：

"我回单位就寄过来。"

"不用寄了。局长答应就可报掉。"王会计回答我。

拿着这钱，我高兴地向旅社走去。心情一下敞亮了许多，两个县的人互不认识，又不接触，能很容易的拿钱给我做路费，而且还叫我多写五元，觉得当教师还真的了不起，从我出世到现在，是我第一次遇到这样不平常的好事，既新奇，又自豪，便觉得自己是个有身份的人了。

尘海

第二天早上起床，准备步行到小轮码头买船票等船。可天不作美，下起雨夹雪，只好到商店买了一把伞，想着得亏王会计多借了五元钱。但要是买胶鞋的话，路费又不够了，只好穿布鞋踩湿了。到了轮船上，棉布鞋子已经湿透，双脚冰冷，很不舒服。到了安庆，赶紧住进旅社，把鞋子放在开水炉壁边烘干，赶明一早，尽快回到学校才舒服。也想到自己是太老实，借钱"掐草量鼻"（土语，意思是遇事太规矩，不多不少），一开始说多借一点钱多好。但是我又认为，老实是品质，没有必要疑惑。

到了学校后，整日在盘算着如何说服潜江县教育局同意我调动。却偶然在《皖江日报》上看到一条消息，安庆地区教育局要在安庆召开各县教育局人事工作会议，会场就在人民饭店。这无疑是个绝好的机会，两个县的教育局领导都在，要是在会议期间赶到安庆，请求两县教育局领导直接面谈，调动的事估计就成了。

可是会议是在上课时间，课不可耽误。但可能开会的时间正是学校放农忙假的时候。我赶紧翻日历，还真的巧了。农忙假一共七天，会议就在第五天开，时间看来有点紧张，但机会就一次，必须抓住。

到了农忙假第五天，我赶到了安庆，先找到人民饭店。然后在人民饭店旁边的一家小饭店住下。晚上，我吃饭洗浴之后，就来到人民饭店。先找到潜江县教育局领导住的房间。我轻敲门，门开了，里面有三个人坐着，我一眼就认出管人事的陈科长，他到大湾垦区中心小学去过。我矜持的叫声"陈科长"，他也很客气的叫我坐，又起来给我递杯开水。

我接过水杯，道谢之后，便把先前寄送的调动报告和答复函内容又向他陈述了一遍。随后我又说，"我今天来就是再请求你在这次人事工作会议上能把我的事解决。"

陈科长先没回答我这事，他开口就说：

"真的佩服你这小子脑子灵，趁我们开会的时候来了。你怎么知道我们在开会，又怎么就找到我们？"

我回答了前因后果后，科长这才言归正传地说：

"你的报告我已经带来了，这次地区开会就是平衡人事工作的。现在还不知地区能给我们多少师范生分配名额，我准备把你的事向地区教育局回报，让他们从中给予调配。不过你也要做两种准备，事情也不是绝对。"

我高兴地听着，但说到最后一句又使我发怔：

"这样讲，事情还不能肯定啊？"

"这话怎讲呢？就像医生给病人看病一样，哪个医生会讲，你这病我包医得好。"

我不可再多说什么了，再说就显得啰唆。陈科长说的话也是对的。但感觉要想叫两县的领导到一起面谈，难度很大。毕竟自己不过是一名小小教师，人微言轻。便只好向陈科长嘱托："那就请陈科长把我的事情先定好后，再跟陵阳县教育局通一下气。他们也知道我的事。"

"你放心，我当然会这样做。我们不都在一起开会吗。"

我本想再到陵阳县参会人员住处找他们，现在陈科长跟我这样说，加之陵阳县对我的事已作答复，再去不是特别必要。但是，现在我又迟疑了，想到既然来了，很不容易，机会宝贵。就简单地问了一下人，上了二楼找到陵阳人的住处。门是开的，里面坐着两个人，没见到章局长。他俩不大认识我，我也似曾相识。我问章局长来没来开会？他俩说，他到亲戚家去了，你明天八点来。其中一位这时又跟我讲话：

"你是为调回陵阳之事来的吧？你上次到我局去过一次。"

我听他这样说，才想起上次我到陵阳教育局时，在章局长的办公室好像遇到过他。这时我高兴了起来，便把刚才潜江县陈科长向我说的话又向他们说一遍。他们也很高兴，表示把我的话明天再转给局长。

第二天，我就悠闲的先在城里转一会，后乘小轮回学校。

没有想到，在放暑假前夕，许多好事居然接二连三地来了。一是接到了安庆地区给我调到陵阳县的调令；二是程开发校长跟我说，教育局要分一位师范生到我区，要将我再调回大湾垦区中心小学；三是，一天晚上，场部沈书记和爱人来我房间。

沈书记爱人说，"小陈，你到我这里来人都长漂亮了，你可有谈了？没谈，我给你介绍一位，包你满意。"

沈书记说，"你不仅工作很好，水平也高。现在场部领导意见，帮你打报告改行，在我场任秘书，李秘书下半年可能要调离我场。"

这一下，我虽然特别高兴，但心中感觉像是碰倒了五味瓶，不知如何是好？有什么好讲的呢？为了调回家乡，已不是万事俱备、只欠东风的事，而是已经彻底得到解决了。我只是回答沈书记爱人说的话，也谈了我与冬梅的事，谈时我眼红了，沈书记爱人也为我难过，就再不说了。

真是：

> 崎岖行过后跟红，
> 甜酸苦辣写人生。
> 事头都由梅妹起，
> 还有多少后浪跟。

我终于调回来了。母亲又和我唠婚事，她说给我讲的女孩已经定下了。你回来该去看看他们二老，我想，就趁这八月拣个好日子把喜事办了。母亲说着，脸色很紧张的样子。

我听此话，如雷贯耳，高声对母亲说：

"你怎么这样荒唐？我连人都没看清，性格上什么都不了解。你就把事定下来了。能行吗？不行，不行！一律回掉。"

母亲急了，脸色煞白地走到我跟前，声音颤悠悠地对我说：

"孩子，我是你母亲，这大事也该听妈的。钱都花了。你这样睪我，叫妈怎受得了。你后面还有几个弟弟，你的亲事不定好，怎么好给他们提这事。我现在就跟你直说了，你说女孩没看清，她就是头发有点少年白，其他什么都好。其实那点少年白也不碍事。"

"不行，不行！怪不得来这一套！我的事你别管，你管弟弟事去。"我听母亲话，反倒不同情，还生厌。

母亲这下"哇"的一声直吐血，又出门向外跑。我知道不妙，赶忙出门撺她抱住。她一下坐在地上哭，她说，让她到塘里死去。这时大妈小婶和村子里许多人都来了，有的问我，有的问母亲，母亲这时一边哭着死去的父亲，一边向在场的人诉哭着：

"舅父来我家，说女孩自己和家里人都同意开这门亲事。叫我家把这事定下来。要不定下来，到他家做媒的人很多，那女孩就要被别人介绍走了。这样，我也就没写信跟儿子讲。讲心里话，我怕讲了会引起不顺利，我就向人家借钱，买了聘礼，就把事情定下来了。"

在场的人听母亲诉说后议论着：

"只要女孩一般，将高就低算了。人一世光阴快得很。"

"你也是一般人嘛，何必这样？"

"孩子婚姻之事你不要多操心，一个螺蛳一条路，以后他自然会成家的。"

就是这样局面，不过两天舅父恰好又来我家。这次来是催着结婚办喜事。他说女孩的哥哥明年正月要结婚，乡下风俗一年不做两件喜事，必须先嫁女，后娶媳妇。叫我家选个好日子把婚事办了。

这下，正中母亲的心怀。但她不敢作声，眼又泛红。

我不能再怎么样了，再怎么样，母亲可能就没了。我怎能离开我可爱又可怜的母亲。唉！我一声叹息。

就这样，我，一个被许多女孩追爱的人，今天却落到这个我既无识又无爱的女孩——何秀身上。可是，我心里也隐藏着一个隐秘的东西：到以后不行就离婚。

十五、遇上不和谐

调回陵阳之后，我分配到了故乡陈洲区。陈洲区管辖陈洲、江湾、杨树三个乡。

我把调令递给了区中心小学校长林杰。林杰也是芦村人，离我家不到两里。他家是地主成分。土地改革时，他二十多岁，按年纪他可以戴地主分子帽子，可他这人精明。有人猜他在土改到来时，可能有什么人告诉他什么机缘。在他父亲被斗争时，他积极发言斗他父亲。他这一表现为他赢得了一定的政治资本。后来不但没有戴上地主分子帽子，还被政府聘为教师。后又青云直上，现在已是区中心小学校长。可他一直不是共产党员，毕竟他家是地主成分，党的门槛始终跨不过。

"刚才我跟王校长商量，你就到新新小学去吧。"林杰接过调令看后跟我说。

这时，从里屋走出一位中年人模样，可能他就是王校长。后来知道他叫王美其，是副校长。

"新新小学在哪里？"我问。

"在江湾乡联合村。"林王二人都答。

我接过中心小学开的介绍信回家，母亲听我介绍后，她说，那地方太远，调芦村小学多好。我说，就你得一寸进一尺，从外县调回来好不容易，你还要我调芦村来。

这时母亲还在给学校烧饭。她跟我边说边到学校去了。不多一会，她又回来跟我说，老师都说那个学校不好，别的老师都不愿意去。学校老师都劝你和中心小学林校长再讲讲，干脆调芦村小学来，芦村小学也缺人。母亲说到这，眉头又突然舒张起来说：

"林校长是黄家小娘的弟弟，一个村上人，我去和黄家小娘讲讲看。"说着，就迈步要出门，我叫住她：

"你就别瞎跑了，介绍信都开了，校长会听你摆布吗？学校老师的话也只是随口说说而已。你就当真。以后再说吧。"

"就你老实。"母亲只好回走。

"不老实怎么办？初调回来总要注意点影响吧。你以为世上什么事都可凭不老实办得好吗？我不是那种人。"

新新小学在陈洲区的边缘处。学校是一排草房，还是解放初办学时搭建的。学校孤孤单单地坐落在不着村不见店的地方，离最近的人家也有一里路。一到夏天，等庄稼长起来时，从远处都根本看不到学校。学校之前只有两位老师，一老一壮，壮的叫姚顶峰，是学校负责人，人都喊他姚校长。他身高气盛，会拉二胡；老的人都喊他吴老，学生叫他吴老师。他沉默少语，儒雅清高。学校只有两个班，分一三、二四复式教学。我去代二四班语文兼班主任，吴老师代一三班语文兼班主任。校长代两个班数学。

第一学期，学校不开伙餐，校长帮我联系了在一家姓吴的家里搭伙。老吴家人厚道，有老师来搭伙很开心。吃饭间闲谈，问我是怎么调来的，又说这个学校就是没有人来。为这事，姚校长到区里也跑过，县里也去过，人家听说这里不好都不来。逼得没办法，上面答应叫校长请代课老师。校长就请了我们大队一位女青年代课。这位女青年是位姑娘，以后跟一位军人搭上了对象。代了一学期之后，姑娘父母也不知道什么原因，就叫女儿歇了。大家都传学校闹鬼的。现在，你来了，还真的了不起。

我听了老吴的介绍，对这里也有了些前前后后的了解。但闹鬼的事，却不置可否，报以讪然一笑。

第二学期，因为上面要求，教师要吃住在校。教师轮流烧饭，一人烧一周。但上面虽有要求，下面各有实际情况，并不能完全落实。仍是只有我一人吃住在校。因为学校实在偏僻，周边没有一个人，每到晚上，虽然不信鬼怪，但也是有点发虚。尤其是后来遇到了几件很蹊跷的事，更让我有点惶恐不安。

第一次是一天晚上，大队干部在学校开会。大家坐在学校门前操场上等着书记到来，书记家在学校正前方一里半路的埂上。这一段路两边都是庄稼地，庄稼也都没长出来，路上也没有什么东西遮挡。远远就看见有一盏马灯火从埂上下来了，径直向学校这边走。都以为书记开始来了，许多人就盯着那灯火等书记来。谁知，那灯火到学校前三十来米远的时候，竟眼睁睁地突然消失了。大家都感到奇怪，有几个就跑到灯火消失的地方探究竟，什么都没有。又过了十分钟左右，远远的又见有手电灯亮光下埂朝学校过走。这回是书记来了。大家就把这奇怪的事和书记说，书记打个哈哈，这有什么稀奇，那肯定是磷火呗。我看过多少次。

第二次，也是晚上。老吴老师从家里到学校，刚开房门，人还没进去，就直接来我房间叫我。我问什么事？他也不说，只叫我跟他去。我和他来到他房门边。他指着房中间一个尿壶说，你说这是什么道理？我的尿壶怎么到房中间来了？他又进门用手指着床拐处，我一贯是放在这里的。我听他这么说，一下毛骨悚然起来。我说你可记错了。他说我怎么会记错呢？你想想，我可会把尿壶放在房中间？

"你来时门是开的还是锁的呢？"我想可是贼头来光顾。

"你讲呆话，当然是锁的嘛，门是开的，我也知道是贼了呀。"他辩解。

我哑然，又很不解。纵然不信鬼，可这地方本来就偏僻，又遇上这些稀奇古怪的事，想想也有点后背发冷。就是晚上突然见到人来了，也会受到惊吓。好在多半晚上时间，远近村里不时有青年人来校搞点文化活动。

文化活动也是姚校长组织搞的，有唱歌，有表演。但是最多到十二点就都离开了。这时候如果姚吴两人都不在校，我就非常孤寂无依，心里发虚。在床上巴不得一下睡着，但又总睡不着。有一次，我睡到半夜，听到东头教室有鞋底板间歇性拍打教室地面的声音，我惊得不敢睡了。披好衣服，穿好裤子，轻轻开门，冲进漆黑的夜，惶惶来到离学校最近的只有几家人的小村子，在和我平日关系还好的老黄屋边窗前叫着"老黄"，老黄这时受惊不小。我向他说着情况，想叫他到学校陪我睡。还好，我没开口提出请求，他就知道我来意，马上穿好衣服跟我来到学校。他叫我带他到发声音的地方去看看。发声音的地方就是老吴老师教的班教室。教室门是锁着的，就在窗外打着电灯向里照，什么都没有。这天晚上之后，我就开始叫一个大些的学生晚上跟我睡，我辅导他学习。

渐渐地，学校闹鬼的事，连江湾中心小学周敏校长都知道了。有一天，我到中心小学办事，周敏校长跟我说：

"老姚我批评了。叫他和吴老一定要天天吃住在校。那个学校也不怪你晚上孤单。"

"你听到了什么吧？"我问。

"上江湾街的人多得很，不都是学生家长讲的。那个学校孤单是孤单些，不会有鬼的。"最后又说，"据说你还是共青团员，在那地方好好搞一段时间，会有进步的。"

我的团组织关系是后来才寄过来的。所以周校长知道了我是团员。

自周敏校长批评老姚之后，姚顶峰一见我就不高兴了，他以为我跟周敏校长私下打了小报告了。

姚顶峰对我不高兴，还有其他积怨在里面。

其一，我在潜江时，除中心小学之外，下面小学负责人都称老师，即使是正式批复的校长也这样叫。现在我初到陵阳还不熟悉这边习惯，常叫姚老师。在姚顶峰看来，别人叫他老师他不乐意，从眼神上可以看到。其二，姚自己说他有肺结核。和老师在一起吃饭时，我拣菜时有些注意避让他的筷子。他就很不高兴，他拣菜过后，还故意把筷子在菜碗里搅和一下。

此外，从我调这个学校之后，因为两个班都有老师管了，他经常以公事为由跑这跑那，他代的课都由我和老吴老师代和作业批改。他办事不实，只求应付。每学期他的学校工作计划和他的学科教学计划都是改头换面，应付检查。有一回被检查组发现，在会上未指名地被批评，他都以为是我讲的。心虚的人，总以为别人都要害他似的。

他在对检查组汇报发言上，只说老吴老师这样优点，那样优点。对我却只字不提。可是我也不计较。我向来都这样想着，干工作不是为着表扬，为着荣誉。要是为着这些，工作就不一定真正干得好。

还有一件更不好听的事，学校晚上搞文化活动，年轻男女总是先到我房间玩耍，老姚就怀疑我要与某某谈恋爱。我当时脸上有青春痘，他就借此到处造谣说我有"梅毒"。其实，我当时连"梅毒"名字也没听过，更不知道是什么意思。

但是，这些我都一概包揽，心想，让光阴的流逝去检验人吧。

十六、两篇日记

　　写日记并不是我的常态习惯，年轻时期写的多一些，但也只是逢到有意义、难忘的事就写。现在回想，还有点别梦依稀。

　　记得那时有一个流行词，叫"假三天"。"假三天"，字典上是没有这个词的。我调陵阳后才听同事们常挂在嘴上说。那时候学校、机关是没有双休日的，只有一个单休星期日。假三天，是指当事人星期六回家，星期一到单位，连头尾算就叫假三天。在老师当中，总有几个老油条，一到星期六，就没有心思上课了。一般上完上午的课，下午就请假回家，更有甚者，上午就离开学校了。返校的时间，好点的，星期一上午，有的是下午才到学校；还有些较为实诚的老师，星期六下午上完课离校，星期一学生早读之前或是上午上第一节课之前到校。由此，才有了我下面的一篇日记。

　　一九六六年四月三日　雨

　　"你太老实，明天起早点到学校去不好吗？何必要赶现在天黑又下雨走。"母亲劝我。

"我要去。"我回答。

她哪知我心中的事，晚上到校，要备课，要批改作业，明天上课不慌；省得明天还要起早，又慌张赶学校，再则，明天早上学生早读，老师不在班上不放心，要是发生吵闹或是打架引起麻烦就不好了。

我背着沉重的包，撑开雨伞，打着手电钻进漆黑的雨幕。出发时间是八点半，因白天帮助家里做点事耽误了时间。走了四十分钟到了江湾街，过了江湾街还有十多里路就难走了。要是走大路，要经过绵延八里长的一个村子，名叫八圩村，这条路一到久雨天，路难走是全县都出名的，姑娘都不愿嫁到这里。另一条是小路，要近好几里路。这小路要经过一个村庄，叫姚港村，过村庄就是一片方圆几里空旷的田畈。基本上没有什么路，就是在田埂上七弯八拐地走，而且还要过一道道以木条或石条当桥的大小不一的沟壑。我踌躇了好多会，还是选择走小路，到姚港村虽然泥泞路滑，还是可以走。过了村庄之后，就出现许多料想不到的情况，沟里水都是满盈盈的，有的木桥都漂移了，每到这样地方，我只好找最窄处跨过去。跨是跨过去了，但裤脚都全湿，走时胶靴里叽啦叽啦的。过了道道沟，前面还有一条大沟也到了，这沟上是石桥，可河沟里的水与岸齐平，连石桥的影子都找不到。我用电筒照着，上上下下找了好多时，才隐隐发现一处水下面露出一点石头的影子，石桥的那一头一点也看不见，看形势，那一头肯定陷下去了。我想试探涉过去，但又不敢，心里一阵冰凉，觉得边下有"鬼"似的，我知道，越是这样，我越要静心。我望一下远村灯火闪烁，心里好像好一点，但孤单、寒战不散。谁知道在这漆黑的旷野里能遇到这样危险的我。我想往回走，再择老路而行，但是很划不来了。于是，我还要试着涉过去，我将包裹甩到沟对面，胶靴脱下也甩过去，裤腿卷得很高，伞收起扣紧当探杖用，打着电灯踩着石桥慢慢前行。石桥确实是渐渐往下斜陷的，越涉水越深，卷起的裤腿挡不住了，我就任它湿了，下身全在水里，水淹到半腰了，离岸还有一米左右，我一下滑倒，人全在水里，挣扎中喝了不少水，幸亏岸在边，我手触到岸，使劲地爬了上去，我都要哭了，我收拾好东西，又向前走，前面又遇到一片白水，我还是不信邪，不是鬼作祟，是久雨的原因低处田被淹。我一往无前地淌过去，这段艰险的路终于走完了。可是，在到学校不远的地方，我又遇到"鬼"，把人真的吓死了。一个披头散发的人影迎面走过来，我吓得急忙侧转到半深的庄稼地远处蹲下，足有二十多分钟我才出来继续走。

深夜快十一点，我终于到达学校。第二天清早，老吴老师第一个见到我，他有些惊讶地问，你怎么来得这么早？因为不是一言可尽，就没说详细。只问那路上"鬼"是怎么回事？他说是当地一个女疯子，晚上经常乱跑。

啊！我心里的鬼才算跑掉。

后来到了江湾中心小学，也写了一篇日记。

一九六八年十一月十日　晴

都说无为县潘家泊那地方鱼多，价格便宜。因为那地方有一个湖，叫青山湖。每年十一月以后，就陆续有人到那地方买鱼。买的一般都是鲫鱼。买回家后腌好晒干，留着过年吃，又香又酥，口感非常好，有客人来也好图个方便。那地方有我隔着一层亲的亲戚，我喊姑妈。一天，学校为了改善老师伙食，听说我那地方有这么一个亲戚，就托我到那地方买些鲫鱼回来。我既愿意，又有些顾虑。因为那不是我真正的亲戚。而且也只是小时候父亲带我去过一次，到现在已经这么多年了，人家可会理我。校长叫后勤人员多拨点钱给我，买点见面礼进门。就这样，我答应了。

潘家泊离学校有四十多里路，都是步行。买鱼的人都是天还没亮就去，下晚回家。我是星期天起大早去的，快十二点到达。姑妈见我都不认识。我介绍之后，她就特别客气起来。本来中饭都吃过了，她忙着重新烧给我吃。我这时拿出我在路上买的见面礼放在桌上，接着到厨房跟姑妈说我的来意。姑妈说，这事好办，等一下我去买，价格要便宜些。姑妈将满满一碗鸡蛋面端到桌上，看到我买的见面礼，说不要这样，钱都难。我说也是学校钱买的，校长叫这样做。以后就聊一阵双方家庭情况，姑妈说，姑爷早去世了，三个老表都成家了。我说我父亲也早已不在了，家庭有母亲和三个弟弟，一个妹妹。姑妈说我搞得不错，当国家教师，一表人才。聊之后，姑妈说给我买鱼去，我把钱递给她，说买四十斤。她就挑着我带的两只篮子出门，我说我也去，你挑不动，她说你别去，你去不好，我挑得动。不到一刻钟，姑妈回来了，篮子是空的，她说渔场昨天的鱼卖掉了，要到下午五点渔船回家才有鱼。

这下我特别失望，本想买好鱼就赶回学校，不耽误明天工作。没办法只能晚上走了。下午五点钟到了，这时老表们也回来了，鱼是他们去买的。买好后，我说我晚上还要回去。我话刚出，他们所有人都惊讶，话也马上都出来了：

"你瞎讲，哪个晚上还走路？"

"怪人，怎么讲出这样话？"

"怎么，在我家住一晚，谁把你杀掉啊？"

这时大老表站了起来，走着说："你是孬子，我没见过你这样人。不走，不走，要两天。"

我被这气势真的压住了。我怕他们真的认为我是孬子，就竭力向他们解释：

"我真的有特殊情况，学校的事不能耽误。一是明天早上学生上早读，班上没我在，怕学生吵闹，甚至是打架惹出麻烦；二是说区检查组明后天要到我们学校检查教学工作，我教的那个班作文还只做三篇，按进度还缺一篇，我明天上午上第一节课就要布置学生写作文。你说我不赶回去咋办？"

其实还有一个东西我没讲，就是我从来就没有旷课的习惯。

"你是为公事嘛，耽误一下有什么要紧，真是，你这人太老实。"大老表继续说。

最后统一意见，明天早上起早点赶路。

其实为着工作，说我孬子还不是今天大老表第一次说。有一次中午，一位学生家长客气请老师吃饭。开席时，各人都站在桌前不肯坐下，原因就是都谨小慎微，怕坐错席位不雅。我这人性格一贯对这种情况出现就厌烦，就这么随便坐何尝不可。在东道主安排下，三方都坐好了，只有上方三个人在拉扯。三个人分别是校长、主任和一位年纪大的老师。我们那地方农村习惯，坐上方（也叫上横）的人一般是年长或地位高的人。他们三人拉扯总没有定夺。这时，我看了一下手表，到上课时间只有一个多钟头了，我下午第一节还有课，于是我说，校长主任不坐我来坐，下午还要上课有什么扯头。这样，宴席才得以开始。可是，席完之后，就有人说我是孬子。

原来，这下使我明白，"孬子""呆子"，往往就是这么被人造出来的。

再说姑妈，老表们和我统一意见住一晚之后，其实我当时在想，住一夜就住一夜，住一夜就是为了在名义上适应他们的想法，实际上我打算在凌晨一点半就开始走。路上行五个小时，就可以在学生早读之前到达学校，就可以不误各样工作。所以，我上床就一直没睡着。到一点时，为了不惊扰他们，就悄悄起床，洗漱之后，将碗橱里昨晚剩的饭热吃了，最后来到姑妈门边，轻声的、带撒谎地叫：

"姑妈，天快亮了，昨天晚上剩的饭我热吃了，现在我走了。"

"那好，以后要是买鱼还来。"姑妈蒙眬地答着。

夜当然是漆黑的，但走起路来又不是显得那么黑。反正我也不知道怕，黑路我都走惯了。路上偶尔也遇上人，有的好像在地里做事，也像偷什么似的，也有擦肩而过的行人。这种情况，心先是颤颤的，越来越紧张的，心紧缩了一下，也就过去了，又轻松如常。就这样一路混里混沌，用了近五个小时到了学校。鱼挑歇下来，上身里衣湿透，人发软，但不觉得这是累。因为心里得到充实。

两篇日记虽然有些长，但却是我那个时代的生活经历。

十七、岁月留痕

林杰，是位很有口碑的中心小学校长，他待人谦和，说话从不得罪人，受到广泛的尊敬。但也有人说他精明阴险，城府很深。有一天，他突然出现在全县教师县城集训陈洲区批斗大会上，他高高的个子，低着头，站在批斗会台前。教师们都感到惊愕，这么个好人怎么也受批斗。和他同天批斗的还有一个人，她叫林凤，是位女老师，家也是地主成分。

批林杰时，场面是跌宕起伏。

第一个发言的叫刘明，是安排好的中心发言人。每批斗一人，都是中心发言人鸣锣开道。

"林杰，男，四十四岁，家庭地主成分，陈洲区中心小学校长。此人看似文质彬彬，道貌岸然。其实是心怀叵测，极端仇视新社会，思想极其反动。现在，就来分析他的一篇日记：

一九五八年五月一日　雨

清晨起来，打开窗户望望天，天是乌蒙蒙的，我的心一下凉了半截。昨天还是天晴日朗，今天怎么一下就变成这样。怪不得老语说，天有不测风云，人有朝夕祸福。昨天晚上和家人都说好了，今天到铜陵市去玩，顺便买些东西，这下希望全落空了。我急不过又走出门外望望天，看看天到底怎么样？不料更糟，一道亮晃晃的闪刷下来，我吓得急忙躲进屋。刹那间，就是一个霹雷在屋上空炸开，震得窗棂咯咯地响。接着大雨就倾盆而下。不过我又想，急雨肯定会一会停掉，又见雨过天晴。我就再等一会看……"

发言人把日记念到这里，就开始分析批判。声音高得整个屋都像在颤。

"林杰出身于地主家庭，从土地改革到他写这篇日记只相隔九年。这九年时间，他就一直对新社会不满，牢骚无处发泄，就借'五一'这一光辉的劳动人民节日，写天气如何不好，又如何恶劣，来发泄他沉闷已久的心情。'急雨会雨过天晴，我就再等一会看'，这一句明显就是他设景寓情，含沙射影。就是说他失去地主家庭的享乐生活只是暂时的，过不多久还会东山再起，卷土重来。大家都知道，那时候正是蒋介石叫嚣要反攻大陆顶峰时期。他这样写，就是与老蒋遥相呼应。"

一阵呼号之后，会场上吼着要林杰彻底交代自己的反动思想罪行。林杰仍是"精明"，他认为交代就要说新社会好，共产党好，毛主席伟大。讲得越"深刻"，时间越长就好。于是，他便从昆仑山发脉，讲马克思、列宁主义的诞生，讲毛主席如何领导中国人民革命，终于推翻"三座大山"，人民翻身得解放过上好日子。最后说，我每想起在革命斗争中牺牲的烈士们就心中难过。可我是地主家庭出身，思想立场没有很好地站到人民大众这边来，犯了一些错误，今天应该受到大家批判，我表示耐心接受，一改前非，重做新人。

林杰就这样的拉扯讲了一个多小时。但他避而不谈他写日记的事。他认为那天天气确实如此，他不可表态"承认"这个与思想不符的东西，一旦"承认"了，就可能算是严重的政治错误，以后就无抬头之日。

会场又轰起来，又相继有人发言，说他狡猾，不老实，想蒙混过关，尽说些隔靴搔痒的话，有人还喊着叫他跪下。

这时刘明又发言：

"你不要披着羊皮尽说些革命大道理的话。你就说你那篇日记为什么要那样写？"

"那篇日记也是我平时常写日记的一篇。那天天气确实是这样。我不会编造的。"林杰答，神情是极其认真的，眼睛睁得老大。

"真的这样吗？"刘明进行辩驳，"为这事，我们特别对你认真负责，我们专案组所有人员专门讨论过，从一九四九年到你写这篇日记时间总共只有九年，对每年的'五一'节清早的天气都一一的进行回忆，都认为你写日记的'五一'那天，早上天气是好的。你还是老实一点交代为好。"

这时，会场又呼起口号。正当还有人举手要发言时，区领导张泉发言：

"好了，上午时间到此结束。老林，你在午休时间好好考虑一下，下午继续对你的问题进行批判。"

午休时间两个小时，林杰根本就没睡，他反复琢磨着下午到底怎么应付，如果说假话，今后要给他制造一个冤案，他死到土里都不服气。他在床上翻了几回身，想到有一个小时候同学叫吴平，现在在县人大办公室任主任。他想找他谈谈心，听听他的意见。又想到在这种风头上，老同学可理会他？他看看表，离下午再批斗他还有一个小时。他昏昏然的一下忘掉一切，起身径直向县政府匆匆走去，他问了一个人，就找到老同学住处。他轻敲门，又敲门，门开了，见面的是老同学爱人。他向她介绍。老同学爱人说老吴在午睡。她进房敲醒老吴。还好，老吴见林杰亲热如故。二人在客厅坐下，老吴向林杰递茶。林杰见老同学这样，也就轻松了许多。他就把他的情况向他一五一十地讲了，并且重复地讲：

"那天天气确实是这样，叫我怎么去承认我思想反动要写这篇日记呢？"

"我说你老林啊！讲起来你是精明人，这样的风头你不顺势而下咋办呢？你就讲是嘛！到最后定案时还一定要查清楚的，你不信共产党办事历来都是认真的吗？"吴平劝解林杰。

"事隔九年了，怎么能查得清呢？"林杰问。

"行，安庆气象站有资料。我们也为某些事查过的。"

林杰听吴平这样说，心中像巨大的石头顿消了。他又看看表，急着跟吴平说了声"谢谢"离开了。

下午，不到一个小时，林杰的事就结束了。

批林凤，却让许多人唏嘘不止。

林凤，女，三十二岁，出身于地主家庭，她娇生惯养，生得姿色撩人，人把她称作教师中一朵最美的鲜花。批斗她不仅是有政治上问题，也有严重的生活作风问题。

林凤低头站在台前，她今天没怎么打扮梳妆，只将头发向后拧成一股，用紫头绳紧紧扎着。她知道今天是特别丢人的时候，她怕批斗她的人踢她、搡她，还可能要她跪下，或者还有料想不到的要对她怎样。她泪水不断地往下淌。她想着要是妈妈还活着，能安慰她，心疼她，她也不会这样胆怯无助。

中心人发言之后，会场又呼口号。

"我发言！"林凤本校一位老师这时举手站起。前年"五一"那天，邮递员送报到学校，《安徽日报》上头版登着中央领导接见外国来宾的照片。她说上面怎么没有毛老头像。我们听她这样说，都觉得惊讶，毛主席是全国人民的伟大领袖，还没听说过谁称毛主席是"毛老头"。这说明地主家庭出身的她，时刻在仇恨毛主席。还有一次，全校老师集体在办公室学习毛主席著作《反对党八股》这篇文章。她说文章最后"第11条，最后一条"这句话重复、啰唆。后面一句应该省掉。从这一点，又看出林凤不仅是仇视毛主席，还反对毛泽东思想，污蔑毛主席文化水平不高。

发言过后，会场上又激烈呼口号，叫林凤跪下，要她好好向大家交代。

林凤被人不由分说地连摁带压跪下了。她哭诉着，五一那天的事真不记得了，即使真说了，也只是口语说惯了，对年老的人都称了"老头"。《反对党八股》上"最后一条"，我是说了可以省掉。因为我教学生写作文，要求的是语句要简洁。所以我也就随便这样说出来了。这是我的大错，难道伟大领袖毛主席学问比我差吗？我糊涂、乱说……

林凤从头到尾是一边哭一边认错，脸也绯红，不停地拿手帕揩眼。

批斗内容这时一转，批她的生活作风问题。这是她今天最担心也极为难堪的事。

林凤生活作风上确实有问题。大概姿色姣好的女人，总是要被一些男人的虚情假意所欺骗。她也没能经得起诱惑，做了第三者，造成人家夫妻关系不和。她丈夫是个农民，大老实人。她的婚姻是父母小时候就许的。丈夫也知道妻子在外面有这方面事，但他毫不见怪她，他还跟人说，我老婆生得漂亮，当然有人要她。他不以为耻，反以为荣。也有人说，他怕老婆，妻管严。

有一次，是六月份很热的一个星期天午休，杨树乡街上空荡荡的。一个漆匠进了她的房间。这时门关了，窗帘遮得严严实实。不过，这窗上面还有一节风窗，左右各一片，因为窗帘短遮不上去。就在这个时候，有两个混蛋鬼瞄着跟上来，还特地歇一会，爬上窗台，透过玻璃，把里面丑事看得清清楚楚。混蛋鬼下来又喊来许多人来看热闹。

因为这事稀奇，人来的不少。妇女们有的呷嘴说，"贱货！"一个三十多岁的妇女调皮地朝里面喊，"林老师，快开门，外面有人找你。"有的人向这妇女眨眼，叫她不要喊，你真缺德，坏人家的好事。过一会门开了，林凤问谁找我？漆匠在屋里装着讲些生意话，还用手指着，"这抽屉桌还要把旧漆全部刮掉，麻烦啰！就算十元吧。"三十多岁妇女指着两个混蛋鬼说，"就是他俩找你，他怕你不在家，站在窗台上望。"林凤虽然这方面已经是老手，但今天的事实在太难为情。她的脸是红，是白，是忧郁，是不在乎？都说不清。然后用手理了一下披到脸颊上的散发，回转身跟漆匠说，"就这样吧，你走吧，免得人好笑。"

这事一下被传开，第二天，漆匠老婆到学校来大闹，林凤吓得不知跑到何处。她的房门被打开，蚊帐撕成片吊着，镜子被砸碎，那嵌着各式美丽的倩照相框也被摔到屋边水塘里去了。然后又去找校长论理。校长有什么办法，拉拉扯扯地说了一通就了事。

遇到这次批斗会，众人格外兴奋，吼着要她老实交代问题，还有的吼着让她跪石头。她战战兢兢地又哭又求饶，无比凄惨。看她这般，许多人也没作声了，只是叫她认错。她就认错，"我错了，从今以后我再也不那个了。实际上这些事也不是我主动情愿的，都是被压迫的。"

"谁压迫过你？你讲具体些，还有哪些人？"有人追问。

林凤知道这话问得别有用心，她急快地说出一个人知的事例：

"就是原先乡里唐干事。有天晚上八点半左右，是个有月亮的晚上，我家访回家，正沿着江堤骑自行车，恰好碰到他也骑车往乡里去。边骑边聊了一会，他就向我提出要求，并拦住我的车说，今晚是我俩好机遇，也算是天赐良缘了，我老早就喜欢你了。我断然拒绝，他就动手和我撕扯。我是个女同志，怎能敌过他。我推脱说，这个地方不行，回去再说吧。他仍不依，拽着我的车推走了一截路，以后下了江堤，拉着我进了一个废弃的窑洞。我嫌脏，不肯。可他还拽着我不放，并迅速从门口抱来一捆玉米秸秆，就那个了。"

林凤此时非常单纯，也不知道什么是丑，什么是不丑，索性把事情的前因后果一齐讲清楚，免得再追逼。

这时主席台上另一位领导王美其校长讲话了。

"小林啊！这些事你不能做啊，这不仅是不道德，而且还影响别人家庭夫妻和睦。你们校长也跟我反映过你和那漆匠的事。希望你今后一定要改邪归正，端正自己行为，做一位好教师，我们期待，我们欢迎。"

林凤连忙点头，"谢谢王校长，我今后绝不犯这样错误了。"在领导授意下，林凤颤颤地起身，批斗算结束。一位比她大些的女老师上前挽她。她这时更伤心，她简直以为妈妈到了，泣不成声地哭，直叫"好姐姐"！

尘
海

实际在批斗林杰、林凤之前，各乡就已经组织教师学习文件、写大字报。我们江湾乡学习组有一位叫刘中和的老师，写了一首古诗，被人写了大字报。老刘的诗是这样写的：

　　　　三月春天景色浓，
　　　　到处人欢溢笑声。
　　　　我在窗下锁眉苦，
　　　　何人能知教书辛？

　　就这么一首诗，有人拿他大做文章，说他借诗寄托他政历不好，受新社会人歧视而对现实不满。老刘生性胆小怕事，还没等开批斗大会，就吓得投水而死。

　　心直口快的周大发老师，本就对刘中和的死痛惜在心，现在又看到对林杰和林凤进行无厘头批斗，他更有想法。他在和人散步时说，"刘中和古诗我看过了，哪有什么反动。再说，林杰写那天天气不好，都没办法证实那天天气到底怎么样，就说人家反动，逼迫他承认。对林凤那样更不应该。她是个平常女老师，说话有些随便，就那样整她。那些丑事也都摆出来讲。"

　　不曾想，批斗林杰、林凤之后，只隔两天，周大发就被打成"保皇派"，接受群众批判。

　　批斗周大发，也只少数人态度激烈，就是所谓积极分子，大多数人都是冷冷清清。因为周大发是正派人，大家都欢喜他，知道他一贯讲真话，人听了心服口服，所以都不发言。他向大家说："批斗我不要紧，我就忍受一下，大概不会死。不过你们可要想想，世界上最怕'认真'二字。共产党是最讲认真的。我相信，一切冤、假、错的东西总是有出头日子的。再者，说我是'保皇派'，我这人水平低，连'保皇派'意思我都不懂，我怎么去保呢？我知我心，我不是保皇派，我不反党，不反社会主义，我的心是纯的，我的人也是纯的，我只是有一个'毛病'，爱讲直话。"会场一时僵局。领导以后又把他材料报到县，实在批不下去了，以后就不了了之。

尘海

　　这周大发实在是个奇人。果然不到三个月，学校放寒假了，全体教师又到县参加平反昭雪大会。许多在暑假中红得发紫的人这时却站在台前受到老师批斗。江湾中心小学周敏也在。老师们都叫周大发上台发言。他说："要我发言干吗？开这大会不就是我发言嘛，也真是！"

　　我一直没有对任何人写大字报，发过言。原因：一是我从潜江调回时间不长，对人事情况不甚了解；二是看这情况，我不会去做积极分子，找点什么去装腔作势表现一下。

　　一天，中心小学校长兼学习小组副组长周敏找我谈话。他说你初调回来，对人事不熟悉，不了解，可以理解。可是，不参与到这次运动中来，就会脱离组织，脱离队伍。你在新新小学也有一段时间了，应该对你校姚顶峰和老吴老师情况有所了解，不一定要写政治上的，工作情况和生活作风方面的东西也可以写写。

　　周敏这样一谈话，我觉得有些道理。我就把姚顶峰的虚荣心，工作不踏实，又经常外出不在校等方面事用大字报写出来了。姚顶峰看过之后，十分不高兴，看我脸都是黑的。随后，他也写出我的许多大字报贴出来。大字报上说我写反动小说和电影剧本，还有许多内容不健康的日记。这一下，把所有人都惊呆了，认为我这个看着不起眼的人还有这大本事，望我的眼光有惊奇、有敬佩、有陌生。这时周敏又找我谈话，问我可是有这回事？如果有，就要派人和我一道回去，把这些东西拿来给大家看看。

"文学和美术是我一贯的爱好，"我开始解释，"我是写过小说，但都是短篇的，有一篇题目叫《说媒》，在《皖江日报》上登了，是写一个媒婆给一个小伙子说亲的事。说我写过电影剧本，那是子虚乌有。有过这样想法，但还没有能力写，也订了一份《电影剧本》杂志，供学习与消遣之用。我的这些情况在与姚顶峰平时闲聊时谈过。现在，姚顶峰就是把这种闲聊的东西来个'飞跃'写成大字报。"

也不知道是领导相信我的话，还是看透姚顶峰的为人，姚顶峰的大字报也就无人关注了。仅留下几句议论就收了场。

"还是党员、团员好！政治上有保障。"

"也不一定，关键还是为人。"

不管怎样说，我是获胜而收兵。姚顶峰加上也爱写古诗，在小组会上也受到批判。

十八、裂　变

姚顶峰这人连小孩脾气都不如。自大字报事件后，对我处处刁难，说话硬邦邦的。

一天，一位家长来我房间和我谈他孩子的事。家长走后，他来我房间板着面孔问我：

"可是你讲我有肺结核，跟人吃饭不分碗筷，太不自觉。"

我愕然，马上又说：

"我忘记了，要是的话，可能老吴老师跟我闲聊时谈过。但不是这样说。"我平静地回答。

我话还没讲完，他就劈头盖脸地朝我面颊打了两耳光。我顿时头晕眼花，一时发蒙，本能地捂起了脸。等清醒过来，想拿桌上茶杯砸他，又克制了。我是人民教师，是共青团员，要是闹出动静来，学生都跑来看热闹，就被学生笑话了，还影响了老师在学生心目中的威信。我冷静下来，简单地收拾一下东西，背着包出了门，我来到老吴老师门边，跟老吴老师说，老姚打了我，学生也在场，我现在头疼发晕，明天到县医院看一下。何时到校，要看情况。

第二天我到县医院，医生检查时，我只说头痛头晕，其他没说。以后就拍片。医生看片问我，你过去头痛过没有？

"没有，昨天开始头痛、发晕。"

"你摔过吧，头受撞击没有？"

这时，我才把经过讲给医生听。

"啊！……"他就在病历上写上"击伤性脑震荡轻度。"医生问我你是住院医还是开药带回去。最好是住几天。

"开药带回家吧，我没带行李来。"我沉思一会回答。

"那好。不过你起码要休息二十天，时间越长越好。"

医生开药，一共一百八十多元。

我在家待了一个星期，周敏校长来我家，问我身体怎么样。又说是他连累了我，不该叫我写老姚大字报。我只谈我身体情况，我把医生开的病历拿给他看。以后，我还是言归正传地说了一番话：

"我也认为老姚打人与我写他大字报有关。他这人报复心很大。他那天借口是说我讲他有肺结核病，跟人在一起吃饭不分碗筷。其实这事，我写大字报根本就没提，我也考虑写出不雅，他会更不高兴，也觉得没必要写。正因为大字报没写这个，大概他是为着避免人说话，就以此为借口行凶打人。对他这种情况我只是一种感觉，到底说没说我记不清楚，也许跟老吴老师闲谈时可能说过，但全意还不是那样说的。"

"不讲这些了，好好养伤。"

说着，周敏就离开了。

又过了一个星期，周敏校长，教导主任汪直年，还有学校会计三人都到我家里来了。这回是买了许多东西来看我。这次来，是正式劝我早点回校上课。说有家长到中心小学反

117

十八、裂变十八、裂变

映了，你走后，学校语文课从来没上过，作业也没做。家长和学生都反映我非常好，工作认真负责。都希望你尽快回去。还说以后学校负责人叫我当，把老姚调走。并提到再过八天，县教育检查组要来我区检查，每个乡抽三至五个学校作重点检查。最后才谈到我，你是一位好老师，又是共青团员，对老姚的事就别多计较了，有什么思想以后再说，尽量提早到校上课，做好迎检准备。

"不行！"我说，"论工作，我比你们还要着急，我教的学生我不爱吗？领导把我分到那样的学校，工作到现在，我都没有一声怨言。道理你们都比我懂，什么矛盾？什么事？做工作都要从纲抓起，纲举才能目张。如果不叫老姚在公开场合向我承认错误，我就是休假时间到了，也不会去学校的。你们买的东西请拿回去！"

"小陈，你别理解错了，我们今天来主要是来看你的。但看你，有些事要向你说也是自然的。"周敏带头说。

"是的，是的。你别理解错了。"汪主任和会计也迫不及待地说。

"我不是不懂礼，最起码主要是来看我的嘛。问题是要你们懂得事情大纲，把大纲之事解决好了，一切矛盾都会迎刃而解。"我带着歉意继续解释说。

过了三天，就是离县教育检查组来检查的日子还有四天。周敏竟然领着姚顶峰来我家，我马上惊异，接着顿悟。我礼貌地让座，沏茶。老姚将手上拎的东西放在了桌上。周敏说，今天我带老姚来看你，就是老姚要向你道歉的意思。区委副书记今天要来芦村小学开会，我特地过来通知你也要去参加会议的，你马上跟我们一起去开会。中午在学校吃饭。

我问开什么会？

"还问，不就是为你两人的事嘛。"周敏答。

到了会场，区委副书记吴怀德在场，他是分管教育的，还有大家都熟悉的胡秘书也在，区中心小学校长王美其也来了。除这些，芦村小学校长和几位老师也参加会议。会场在小学东头的一个教室。

我先一一和领导、老师们握一下手，然后坐下。

会议开始了。先是胡秘书带学毛主席著作《为人民服务》。以后就是吴书记讲话。他说，今天虽然参会人不多，但事情重要。随后，他结合《为人民服务》思想精神，总结全区教师的思想状况。渐渐地，他的语气加重了，"我看没有哪位教师不知道列宁说的'教师是人类灵魂的工程师'这句话，既然知道，为什么又做不到呢？当一名合格的教师，首先就要事事处处、点点滴滴是学生的模范。只有这样，你向学生说话，学生才会听你的，学生才会教得好。否则，你就不是合格的教师，你就没有权站在人民讲台上。陶行知先生说过，'教育者必须先受教育'，这话是什么意思？就是说你当老师教育学生，就要自己先受教育好，先生先生嘛！当然陶行知这话意思不是一句就能解释好，它的含义是很多的。我讲了这么多，大家应该知道，我主要是针对姚顶峰同志。姚老师在县里受到过批判，可能有情绪，大家理解。但小陈写你大字报是关心你工作上的事，你应该谢谢他才是。可是，你非但不谢，还动手打人，这是你犯了严重错误。作为老师，为人师表，你是明知故犯。小陈被你打伤了，在县医院检查是脑震荡，按道理是可以追究你刑事责任的。但我们还是以保护你为主，你要在会上好好地检讨自己，向小陈赔礼道歉，使他能愉快地投入工作。"

胡秘书接着补充，"老姚同志，你打人的事，我们已经调查清楚了。幸好小陈同志没有还手，不然给学校造成的恶劣影响还要严重。这一点小陈同志就做得很好，有觉悟，有自制力。也正如吴书记说的一番话，'教育者必须先受教育'，他做到了。你今天应该认识错误，在会上做深刻检讨，使小陈能愉快地走上工作岗位。再过两天，县教育检查组就要来我们区检查了，今天就要把这问题解决好，不然，就要影响县里对我们区的教育工作检查。到时，你的影响就更大了。"

姚顶峰站起来，马上要开始做检讨，却被区中心小学校长王美其打断了，"等一会，我要说一点。小陈这位老师工作精神实在可嘉，特别请老姚认真听一下。这是一位学生家长最近向我反映的。这位家长说，有一天他到小陈房间，桌上放着一本自己装订自己写的日记本，封面上写着'钟摆'二字，他征得小陈同意，翻看了。小陈说这日记一方面是写自己的事，另一方面也是为教学服务。为教学服务就是为着学生写日记，做作文，选择性的用来做范文，训练他们把文章写好。其中有一篇较长，是写他一次星期日晚上冒雨赶到学校的事，路上遇到的困难和危险读起来叫人惊讶，可惜这篇日记不在这里，要是在，读一下让大家听听多好……"

王校长讲完了这桩事，又说，"这样的好老师在我们区都难找。你老姚当初向我们要人，是那么急迫。小陈当时初调回，我们不了解他，算你运气好，就把他分到你们学校。他这人工作是默默无闻的，却又扎扎实实，你却不识黄金，不注意他，不关心他。反而对他冷漠，还动手打他。你老姚想想可有愧？"

王校长讲完，会场上有的人直咂嘴。

我的"钟摆"日记写工作方面的事很多，主要是记叙文，方便为教学服务。我为什么把日记本叫做"钟摆"呢？

有两层意思：一是比喻我自学上进要像钟摆那样不停；二是我要好好工作，像钟摆一样丝毫不松懈，不停留。

最后，姚顶峰站起发言：

"各位领导，老师，大家讲的话和对我批评完全正确。只怪我做错了。我这个老脾气总改不掉。通过今天会议，特别是吴书记的话，使我深受感动，我以往那样行为，是根本配不上当老师的。在此，我一并向各位领导、全体老师作深刻检讨，我特别要向陈十老师说一声对不起，在此向你作赔礼道歉，你所医的药费由我承担。今后，我现在说许多漂亮话没用，那只有看我的实践了。我的话结束。"

老姚讲话之后，我也做了简短的感慨发言。

会议结束，大家共进午餐。一通百喜，席上，大家谈笑风生。老姚先陪吴书记一杯，说："感谢领导重视教育，敬重老师，在百忙中来开了一个十分圆满的会议。"然后，对其他领导和老师也都一一作陪。最后又单独陪我一杯，说："弃旧迎新，和衷共济。以往我算对不起你了。"

没话说，我也一杯干净。

我因为酒量实在有限，不敢冒行，站起来向大家说：

"吴书记，各位领导和老师。因为我很少喝酒，酒量不够，不能一一奉陪大家。在此，我首先要感谢吴书记，胡秘书，王校长召开了这次不寻常的成功会议。也非常感谢周校长和老师们对这事的关心。现在离医生建议病休时间还有两天，我明天就去学校上课。"

后来才听说，这次会议为什么吴书记亲自来了。原来，周校长、汪直年和会计三人买东西到我家，没有化解我和老姚的矛盾，学校又没人上课。周敏校长就到区中心小学向王美其校长汇报。王校长说，这事不可怪小陈。重点是像老姚这样人不可放纵。二人一商量，就来到区委会，把情况向分管教育的区党委副书记吴怀德做了汇报。吴书记认为这事有相当的严重性，又面临县教育检查组几日内要来区检查。他未雨绸缪，先派了一个跟老姚关系还好的民政干事唐林到新新小学找老姚谈话，向他说清这桩事的严重性，并让他要勇于承认错误。后又派两人专门去调查事情真相。这些准备工作做完后，才决定在离我家最近的芦村小学开一个相关人员参加的会议。

尘
海

梅竹情深

你总不语误了莺莺谱
老了西季顺荒芜何苦
我身残心碎泪转雨那
我不诉为宇听揍住情
笺语心难陈天注一生
为你红楼梦无

丁之去了

十九、评工资

　　在新新小学待了几年后，我又被调江湾中心小学了，这是我读高小时的母校。调到江湾，也算是荣调吧，挂名是任全乡学校少先队辅导员，也叫少先队大队辅导员。其实一贯来，谁也没有把这项工作当作什么职务来看待。回想我在这个学校读书时，甘淑君老师在我毕业时送我的一本笔记本，上面写着"继往开来，不断进步"寄语，就很惭愧。现在，转来转去，又转到母校里来了。不知道有没有辜负了她。幸亏甘老师已经不在这个学校了，不然，见到她还真的有些不好意思。

　　学校与我当时念书时候没有多大变化，只是老师基本都换了。全校有八个班，十五位教师。校长就是周敏。教导主任和会计，就是跟校长到我家看望我的两位。教导主任叫汪直年，也是在运动中在县里受到过批判的。会计姓杨，叫杨福庆，还有一个副教导主任姓钱，叫钱迎发。杨、钱二位在运动中是江湾乡学习小组骨干分子，不过，现在职务仍是各就各位。

我除少先队工作以外，还代四年级语文课兼班主任。我调来之后，校长周敏跟我谈话的机会多了。他说老姚那个人许多不是，说刘中和是个胆小鬼不能经事的人，他的死又不是我逼的。他越说越激动，说，现在我不还是党员，我不还是校长。不过，我马上又要调走了，也可能是上面要回避一下我在老地方因为受冲击所带来的影响，也可能还是组织上对我进一步的信任。我要调到家乡一所中学，据说是任副校长。

　　他说这些之后，语气变得和缓，跟我说，你年轻，人很好，今后好好搞。你调这里来，是一次很好的发展机会。

　　其实，领导对我说的这种鼓励性的话语，我只当有而无之。我明白，这些话作为领导是惯用的一些套词。真正真心的也有，是少数。

　　没过一个月，校长周敏真的调走了。同时调来的校长叫刘宽，四十多岁，瘦高个。调来的还有在县被打成"保皇派"的周大发老师。我和他又谈了起来：

　　"你是怎么调来的？"

　　他哈哈一笑，"你不知道吧？我家就在中心小学附近，步行两百米就到。我老早就要求调回来，这次如愿以偿。之前领导找我谈，要我到沙塘小学搞四个人的负责人，我没同意，不得死往碓岩里爬，我调回来多好，回家到学校不要再跑多少路了。"他说话轻松自若的样子。

　　"看来，你也不是官馋者。这样性格的人我特别欢喜。我也与你一样。当官要凭真规格的，投机取巧、奉迎攀上捞来官的，也被人瞧不起。"

　　"说得很好。"他肯定我，"你是个好同志，既老实，又有道德，又有气质。你好多事情我都听说了。"

在江湾小学，我工作不到一年。老师遇到了一件大喜事——调整工资。

当时，教师工资都很低，生活困窘。到调整工资时，全乡一共有四十九位老师，除去刚工作一年，工资还没定级的五位年轻老师外，剩下四十四人都一门心事想争取到调资，大家也谈不上什么高姿态，由于财政较紧，只有百分之四十的人有调资机会，调资条件是：一是工作表现和实绩；二是工龄长短；三是前次未调。由于工作表现和实绩，那时还不能有效量化，是很难界定的事。这样一来，手上有点权的人，以及和领导走得近的人，就能轻而易举进入调资名单。还有一种小混混，这类人刁灵嘴快，脑筋活络，如果不给他们调，校领导的麻烦也就会不断，领导无奈，为息事宁人，这些人也能顺利调资。唯独剩下中间的一批工作踏实、人很老实的，就被排除在调资之外。最终，问题扑面而来，调，基本变成了争；喜，变成了忧。

我虽然是少先大队辅导员，但在他们眼里不屑一顾，平时也和领导走得不近，也就被挤出调资对象。周大发因为在县被打成"保皇派"，后又顺利平反，有了一定影响力，所以顺利进入调资范围。没想到周大发看到这样混乱的调资，在会议上开始放炮：

"这样的调资太不像话，完全乱套。文件上清清楚楚地讲了，主要是看工作表现，不论职务，不论关系。陈十虽然工作时间不算太长，但也是教了多年的老教师了。他不仅水平高，业务强，而且工作诚恳、踏实，有责任心。他教的四年级语文，学生不仅成绩好，而且学生写的作文屡次受到检查组表扬。全区三个乡中心小学都派语文老师听他的作文观摩教学课。这样的人不评，怎么服人心？我首先承认我比不上他，我要求把我的名字换上他的名字。"

说着，他走上台前，将做记录的汪直年手上的笔拿到自己手里就要修改。刘宽校长赶紧插话：

"不要改，名字还可以提嘛，按规定，提名不超过百分之四十五。评好后，先交到乡党委审查，最后还由区委批准。有什么不合理意见，还可以直接向上面反映。"

依刘校长的话，我和周大发都评上了调资教师，但仍有许多踏实肯干有业绩的老师没有评上。

哪想到，调资问题又发生了戏剧性的变化。国务院紧急下达文件，通知这次调资，取消40%的限制，所有符合条件的教师，每人平升一级。

刚刚评上的人惊讶，没评上的人惊喜。后来得知，据说各地教师因为调资矛盾激化，出现人命案。有一位教师工作十分勤恳，教学成绩显著，两次被评为县级先进工作者。只是性格单一，不爱说话，不善处人。五年前的调资中，没有评到他。他一直苦闷沉默，睡不起床，经人相劝，也慢慢平息。这次调整工资，按照条件，他都符合了，可是结果出来，他又未被提上，他气得发晕，吐血。晚上在床上睡不着，想着，他必须要到乡政府找书记投诉。他急得糊里糊涂，半夜十二点，他起身穿好衣往乡政府赶，外面漆黑，还下小雨，他打着手电，走了一个多小时，到了乡政府。乡政府大门紧闭，他又喊又敲又操，没人回应。只好转到后墙一个窗边又叫。这时里面有声音，他问书记可在家？里面的声音一下严厉起来："不在，不在。神经病！谁现在来找人。"

他又悻悻回到家。天刚放点亮，他越想越气闷，从床底下翻出半瓶农药，一口气喝干，然后躺下。等家人发现，已经无法救治了。

尘
海

听说了这些事情，老师们心里都很沉重。但是，必然还是党的阳光普照，中央及时纠正，人人心中欣喜与感激。

周大发在调整工资时，对我的关心，我很感激。我说，"周老师，你对我太关心了。为我说话，还坚持把你的名额让给我，我真的要感谢你哟！"

"因为你值得我一提嘛，我这人就是看不惯歪风邪气。"周老师回应。

"当时，我也觉得不合理，但我并不就此罢休。我也打算写信到区、到县、到省，直至中央。让上层知道这样的评工资是一大错。果然是吧！我还没写，国务院就下发文件改正过来了。"

"哎呀！那你更厉害。你会写，我不会写嘛。"

"会写，还要胆大。我这人就是不怕，因为我始终是站在人民立场上说话，为国家兴旺、匹夫有责而写。"

随后，我又谢他对我工作上的评价。

四年级是个大班，有五十五人。学生成绩差，又参差不齐。作文水平和三年级初学差不多。怎样提高他们的作文水平，开始真是很费劲。急不得，恨不得，只有慢慢来。每次改作文，注意把他们作文中的典型错别字、错句等情况一一记录下来，到上课时，又逐一写在黑板上进行公开评论，纠错。效果不错，但就是花时间多，影响教学进度，到期末时，别的老师课文都基本教完了，我还有好几篇没教。但教无定法，只要对学生有效，少上几篇课文又何妨？我仍不紧不慢地重点进行作文教学，还把学生修改前的作文用小黑板抄好，上课时挂在黑板前，和学生共同批改。再将批改好的作文转写到另外黑板上。这样前后对比，让学生在比较中感受到，就好像从前住着又小又窄、邋遢不整齐的房子，一下搬到宽敞明亮、摆设气派的房子里一样舒服。

学校没有图书馆，学生基本没有什么课外书。为了提高学生的阅读能力，提议学生每人买一本书，全班55个学生就有了55本书，然后交换着阅读，阅读量就很可观。我把这样形式叫作"班上无形图书馆"，但要买55本不重复的书，让学生自己买的话就容易重复，何况也只有到最近的城市——铜陵市，才能买到不重复的、又符合学生阅读口味的好书。那时候，让学生自己去一趟铜陵，家长也不会放心，我更不放心。于是，我就提议学生，每人交来买一本书的钱，我不忍心叫学生多交一点，就按6毛钱交，由我统一去铜陵新华书店购买。学生都很高兴，很积极，回去就向家长要钱了。我抽了一个星期天，把书买回来了。因为书价不相同，我跟学生说，按交钱顺序发书，每人一本。书价不同，要进行退补差价，拿到的书如果超过6毛，要按书上的定价补交。定价不足6毛，则退还差价。我用纸把各人交的钱和找零的钱放大写出来贴在教室墙上公布。结果，出差费和路费不算，我还倒贴了九元多钱。

谁知，我费尽苦心地做完这件事，校长刘宽找到我，问我可是向学生收钱到铜陵市去玩，可是还买书回来向学生做生意？我气不打一处来，问是谁说的。他说是家长反映的。我要把校长拉到教室去看公布的账目，他看我认真起来，就说没有就算了，下次不要向学生乱收钱。

你说我听这些，气人不气人！

后来，教导主任、会计、周大发及有些老师到我教室来看，都说，这是哪一个瞎讲，太没良心。小陈实实在在是个好人，都是为着把孩子教好，反讨没趣。这时一位家长恰好来找我，说他小孩只交六毛钱，我看书价有九毛二分，应该还要补交三毛二分，现在送来。我说算了，事情都结束了。他说，怎能算呢？我听孩子说，老师为孩子买书还自己贴了钱，又耽误星期天休息。

这时，教导主任几个人又你一言我一语地说：

"小陈教书很负责，你的孩子真是碰到这位好老师了。"

"小陈家庭也不够好，本人在学校吃饭，好菜舍不得端，尽端小菜吃。"

"可是，还有人不了解情况瞎讲。"

风波过后，如同向池塘里扔下了石子，生活又回到往常。

后来，刘校长也向我做了道歉。特别是提到评工资的事。他说，你实在是个好同志，我们自私了，官僚了。

二十、回芦村

　　两年后，听说江湾中心小学要开设初中班了，教中学的老师在全区教师中物色调配，这时学校就决定我担任初中语文课程教学。我没有推托，这么多年来，我已经系统自学完了高中主要课程，参加了安庆地区中级师范函授班，自学了大学文学专业课程。我是有信心的。

　　就在这个节点，没想到中央又下了文件，农村小学教师要回原籍当老师，学校要下放到大队办，公办教师跟民办教师一样，拿工分得报酬。虽说教师经过了10年的折腾之后，也渐渐不感到恐慌了，但"臭老九"的地位并没有改变。据说山东省的侯振民、王庆余两位教师写信给中央，建议农村公办小学下放到大队办，公办教师取消拿工资，跟民办教师一样拿工分得报酬。这样一方面公办教师可以再接受贫下中农再教育，另一方面，农村教育大权直接可以掌握在贫下中农手里。没想到这样的建议居然被上头采纳并全国施行。

　　我回原籍之后，自然就在芦村小学了。此时芦村小学一共有八位老师。八人中就有五位是民办教师。公办教师回原籍还有一个显赫有名的人，他就是林杰。林杰这人在县受批斗之后，境遇有些说不清，说是牛鬼蛇神，他应该得到平反，说是他是当权派，他又挂不上边，然而他却不能官复原职。从县回校后，只是跟其他牛鬼蛇神教师平反一样，在学校当一名普通教师。也就好像他以前当的校长不算是校长一样。学校里对他也是议论纷纷。一种说法，当时抓阶级斗争很严，他家是地主成分，又不是共产党员，下面贫下中农对他原来当区中心小学校长本来就有意见。区党委也有这方面意识倾向，加之上级要求，区、乡级中心小学校长必须配备共产党员。原先的副校长王美其是党员，自然成了区中心小学校长；第二种说法，上级对"文革"中出现的少数人的典型问题不适宜作一刀切平反，待最后定夺答复。不问哪种说法，反正下面人管不了。

公办小学下放到大队来办，管理权就在大队了。根据上级指示精神，在大队党支部领导下，建立贫下中农管理学校委员会。管理委员会成员多少，根据大队人口规模确定，最低不少于三人，最高不超过五人。

有一天，一位六十多岁老汉来到我家。老人叫瞿加友，是隔壁村的老实巴交的农民，我以前就认识。他来和我说一件事。

"芦村大队党支部昨天召开了一个会议，研究成立贫下中农管理学校委员会之事。研究决定，管委会成员核定三人，大队副书记黄越忠一人，我和你都是，分我当主任，分你担任学校校长，黄越忠抓总。"

我听了之后，很感到突然，我说：

"我行吗？我这人当校长没有官架子，管不好人。"

"就是要没有官架子的人当校长，你不要说二话了。大队党支部定好了，是让我来通知你的。明天，大队书记林明要到学校召开贫下中农管理学校委员会成立大会，你还要准备发言。"

"不行，不行。还是选别人好！"我继续要求。

"再说也不行了。这是党组织决定的。你是教师，应该懂道理。支部选人也不是瞎选的，认为你是根生土长的农民孩子，父亲在旧社会也受过压迫和剥削。"

他还和我谈起抗日战争时期，他和我父亲给鬼子做苦工的事，这也是我从未听说过的。"一次，鬼子在江湾街建碉堡，我和你父亲迟到还不到一分钟，鬼子就用铁棍打我们。打过之后，又用打火机打火烧我俩腋毛。这时，村保长来向鬼子讨饶说好话，鬼子这才歇手。"

瞿老的话让我很震惊，我答应了。翌日，贫下中农管理学校委员会成立大会在学校门前操场召开，学生由班主任带领，带着凳子在操场上列队坐下。主席台后面墙上挂着"热烈庆祝芦村大队贫下中农管理学校委员会成立"长长的横幅。会议开始放鞭炮，分管副书记黄越忠带领大家学习毛主席语录，接着大队书记林明讲话。他讲了大约四十分钟，先谈贫下中农管理学校的伟大政治意义，又讲管理方式和寄于期望。再由黄书记宣布贫下中农管理学校委员会成员名单，并带头拍手欢迎。

最后是新校长讲话。新校长讲话就是我讲话。我讲话也是鬼扯，我先向大家讲我的名字是怎么来的。陈十就是"诚实"，是我小时候破门念私塾时，老先生考我给起的。向大家说透亮点，我是个大老实人，什么事我都讲究实，虚跟我不搭界。人说"耳听是虚，眼见是实"，我就是这样的人，但也不要理解错了，我也不是那种不开窍古板的人，譬如说，你叫我当校长，我就要以身作则，以身作则就是实，不以身作则就是虚。校长以身作则了，老师自然会动起来，比你夸夸其谈说一万遍好得多。不就跟火车一样嘛，火车要有头，头动了，车厢也就动了。而且动向都是一个向，没有哪一节车厢自己改向乱跑。车头也不曾说，你们一定要跟我走，不走我就揍死你。所以，车头和车厢都是平等的，没有什么高低之分，它仅仅只是带头而已。我想，许多学校为什么校长和老师关系搞不好，可能就是校长这个火车头有毛病，高高在上，自以为了不起，颐指气使，光指挥别人要怎么样，自己却是以校长自居，养威压人，其结果呢？适得其反，在教师中，造成感情四分五裂，让自己一败涂地，有人甚至当面指着鼻子骂："你认为你自己就是官吧？你是在给人现丑！"一个人，你想要受别人尊敬，首先就要自己先尊重自己，先尊重自己，就要以德感人，有一个成语叫"德高望重"，不就是说你德高了，望就重了，别人就自然尊敬你。

我一股脑儿夹汤夹水地讲了这么多，而且语调有些沉愤、激昂。这当然与我的秉性和经受有关。也许是讲出了老师们的感受，老师们热烈鼓掌。

这校长我委实不愿意承受的，现在既然任了，就得好好干下去。开始说公办教师要取消工资，和民办教师一样，记工报酬。我想，这样，今后家庭生活会更困难。我便找离我家不远的一个叫周树堂的人学画像，以后好挣点钱补贴家用。周树堂是自学成才的人，年年在外面闯江湖，搞得还不错，我很羡慕他。过了一段时间，教师工资依然照发，并没有和民办一样记工分，心里有点安慰。但既然学了画像，也没必要丢掉，也就继续着文化、艺术方面的自我提升。当了校长，自学时间就少了。不过，既然教师身份没变，工资也没变，我对做校长倒有了点兴趣。从这以后，就把学校当作自己的家一样，事事处处都关心学校。

学校下放到大队办之后，大队分给学校一块菜地，大约四分地左右。我安排徐华老师管理菜地，他也是我在芦村读书时的同学。因为他是学校会计，兼搞后勤，由他管合适。但种地得由老师们一起来。因为老师都是农村人，对田间劳作也熟悉，虽然脏点，累点，也都能接受。每次劳动，我不仅积极带头，而且非特别情况，都始终坚持到最后。有一次放晚学后，全体老师开始挖地种菜。刚下地时，母亲来喊我回家，说山里两个老舅爹来了，叮嘱我一定回去，不能让两位老人说你不懂事。在这么多老师劳动时，我当然不能离开，我叫母亲先回去。老师们看我过了好一会都没走，都劝我快回去，别讨老舅爹骂。我一笑，老舅爹又不是别人，会理解的，我便继续干到天黑收工。

除田间劳作外，还有教师值日，也和老师一样安排，而且始终如一地把值日工作做得很标准。办公室地扫好，桌子、椅子抹干净。报纸理好上报夹，让人一进门就感到舒服。如果有哪位老师请假或是来迟了，我也代替做好。这样只多两次，三次，这位老师来了，就觉得有愧，不愿下次再这样了。这正是我想要达到的目的。

对老师，我从来都把他们当兄弟姐妹一样，从不恶声变脸批评。他们有什么困难都及时给予关心体贴。譬如说老师有事要请假，要和善地答应，也不要去计较请假次数，必要时，还主动问他可需要再请假。这是因为可能有人认为请假多了，有特殊情况又不好意思再说，要给他们放松心情的环境。就像我在全旺小学一样。老师请假，课程我给他们代。有时有冲突，不好解决，就安排一下别人，别人也很乐意。

尘
海

因为都是这样，就成了一种自然和谐的认可。这都是因为我的宽怀而产生的效应。还有每逢节日，各班出班刊，有的老师不会搞，我就去一面指导，一面帮助搞，给他画刊头，版面设计，美化，一一具体过问好。

有一次，江湾乡有两位干部过来找我调查一个材料，了解姚顶峰有无男女关系问题。说在新新小学时，青年人晚上经常到学校搞文化活动，有个女青年是军婚，后来意外怀孕，婆家闹了起来。问我晚上在学校，可发现过姚顶峰与那女青年有过什么值得怀疑的迹象。你是共青团员，要对组织负责。

这事我真不知情，我不会因为姚顶峰与我关系不好就落井下石。

"没有。"我坚定回答。

"你好好想想，只要有点什么迹象都可以说。"二人继续问。

"没有。有时只是一两个女青年到他房间谈笑，有没有那种事不知道。正如你们所说，我是团员，要对组织负责，更重要的是对老姚个人负责。尽管我与他关系有过不好。"

事情也就此结束。

这时已是中午，工友要准备烧午饭，我急忙跟工友打招呼，叫他多打两个人的米，多准备些菜。留他们二位吃了饭。饭后，我拉着又为这两个人垫付了餐费。老师们都很客气，叫我不要拿钱了。我说，那怎行？不要破坏规矩。

学校下放到大队办不到两年，也就是我当贫下中农管理学校校长不到两年，芦村小学各方面焕然一新。校园变美了，校风变正了，老师变和气了。一致受到社会好评。县年度评比，芦村小学被评为先进单位，我也得到奖励和表扬。

母亲知道这个消息，也为之高兴。母亲说，这下你调回来多好，不但能当上校长，把学校工作搞得这样好，而且能照顾到家。人家都跟我说，你养的儿子有出息，当校长，受表扬，以后一定还会有大前途。

母亲开心，我却当心。我劝慰母亲：

"当这校长有什么了不起，和普通老师没两样，照样上课，反而比老师还吃苦得多。你千万不要跟别人说这些话了。别人要是跟你说，你就说我儿子哪有什么了不起，不还是跟老师一样教书吗。不过你有一句话说得对，我回来，能更好地照顾你了，你身体又不好。我要是没回来，你发心口痛，我都不知道。现在，只要你心口一痛，我就去喊医生来，打一下针，配些药，你就不痛了。其实你心口一痛，看你难过的样子，我的心也就痛，痛的感觉虽然跟你不一样，但也不比你好受，你不痛了，我一切也就好了。"

"还是你孝我，伢子，你懂事。男孩你也是顶头的嘛，从小就惯你，今天你不忘母恩，是我的幸福。"母亲说着，又突然问起我，"你也是党员了吗？"

我一愣，心里明白，党员对母亲来说，意味着一种更高的荣誉和地位，是一种名声。

"我还不是呢。"我说，"不过，我也准备写入党申请书了。"

那时入党真的不容易，况且，我入党的想法和母亲不一样。母亲是狭窄的，私利的。

确实，入党一贯是我望而却步的事。能顺利入党，可以说是祖宗三代都得经受全面考验。马列主义我虽然不怎么精通，但我也看了不少文章，尤其是《国家与革命》和《共产党宣言》这两部书，使我大开眼界，让我进一步认识社会和理解社会。人类要想彻底解放，过上幸福、美满的生活，就必须要打碎旧的国家机器，建立人民当家作主的社会主义国家。然后再通过漫长的一段时间发展，逐步过渡到共产主义社会。到那时，人与人之间没有剥削和压迫，没有尔虞我诈，都把劳动当作生活第一需要，社会财富能大量涌流。实行各尽所能，按需分配，人人都像兄弟姐妹一样亲切、关怀。整个社会就像一个美满、幸福的大家庭一样。要实现这一美好憧憬，只有依靠中国共产党的英明领导才可以圆满实现。这些，都识在我脑海，知在我心中。我想，我即使不能成为一名共产党员，也愿意为这种美好的社会理想而奋斗。现在回到了本乡工作，口碑舆论也不错，我考虑很长时间，就写了一份入党申请书递给了大队书记林明。递交时，双方神情都很慎重，林还说，好，我收了你这份入党申请书。

递过申请书之后，就是期待。没想到却听到一种说法，让我很受刺激。一次，隔壁大队的一所学校名叫高钱的校长来我校，大家聊到入党的事，他说入党申请书并不是想写就写的，得由组织上确定你是党员发展对象，再派一名党员和你谈话，叫你写你就写。我听了这话，身子一下冷了半截。不过我可记得党章上说，"年满十八岁的中国工人、农民、军人、知识分子和其他革命分子，承认党的纲领和章程，愿意参加党的一个组织，并在其中积极工作。执行党的决议和按期交纳党费的，可以申请加入中国共产党。"他为什么会有这种说法呢？难道所有的规章制度到了操作层面都是要变形走样的？不管怎么说，我写入党申请书没错，我无须跟他辩驳。或许他在有意刺激我，人的古怪现象说不尽。

几个月过去了，事实确实不理想。我写入党申请书希望落空了。据内部人员透露，我的入党问题也经支部讨论过，虽然大家都认为我本人条件不错，但有人说我小叔家是地主成分而被搁浅了。

我既失落，又无奈。工作我可以做得更好，但成分如同先天，我再努力也无法改变。我把这种情况跟母亲说了，谁知母亲还能说出不是一般水平的话，入党不入党无所谓，只要把老师当好，把学生教好就对得起良心。我呢，当然还是老样子，没有因为不能入党就消极厌世，做一个不是共产党员的布尔什维克，也许比那些有名无实的共产党员还要有意义。

尘
海

二十一、"官"被填埋了

"怎么搞的？小陈校长当得好好的，怎么说不当就不当了。贫下中农管理学校怎么说停就停？"

"上面的东西说变就变，真叫人不理解。"

老百姓愤愤不平地议论着。

贫下中农管理学校成立还没多少时间，上面又有新的精神，取消贫下中农管理学校，教育仍由国家掌管，学校下放到大队办就此消失。因此，我的贫下中农管理学校校长也就此终止。林杰这回彻底平反了，官复原职，重新担任小学校长，便接替了我。

想不通的老百姓自然是这样议论着。幸好我对做官本来就不是馋巴巴的，根本没把这当回事。这样一来，无官一身轻，省了许多心思。毛主席说，"捧得越高，跌得越碎"。亏我不信捧，没有跌碎。

有许多教师就经常聚在我房间。

一位姓张的老师说：

"区里这样做很不对，贫下中农管理学校又不是我们一个学校，其他大队贫下中农管理学校校长为什么仍当校长？有的还调到别的学校当校长去了。陈校长是个好校长，为什么对他不闻不问。"

和我就在本校念小学的老同学徐华老师说：

"这里一定有原因，只怪陈十校长太老实了，肯定是得罪区里某某人了。"

"得罪什么人？"我问。

"还要讲出来，就是为吃饭收他钱和粮票的那个人。"

大家都恍然，突然想起了什么似的。都知道，这人叫李加银，四十开外年纪，刁钻，量狭，任区宣传干事，代管教育。徐老师说吃饭收他钱和粮票的事，让我想起了以前的事。

那时干部下乡到哪个单位吃饭，就是到私人家吃饭也是这样，要主动交钱和粮票，每餐按钱四毛，粮票半斤计算，这是区政府规定的。但各单位执行情况又有不同，有的人会主动交，有的人并不主动交。也有主动交的，单位又不肯收。一般是主要干部交不收，不是主要干部和一般社会人交就收了。几个人一起来的就收了，单身一个人来的就不收了。我的做法是，一律平等，人人都收。一次，李加银因公事来我们学校，他吃过午饭之后，把钱和粮票先递给我。我说，徐老师是管账的，你交给他就行。他交了之后，跟我们说了许多话，他说你们学校做得好，我到别的学校都不收，你们学校收了，做得对，不过要做到人人都要收。我们都说，我们学校不管是谁都是一样收，这个你放心。最后，他向我们挥挥手走了。一切看来都是假惺惺的。

他走后，徐老师对我说："陈校长，你可明白他为什么把钱和粮票要直接交给你？"

"理解。但制度不是针对一个人的。"我答。

"你是校长，今后还要往上升，对这些事要灵活一点为好。"

果然，徐老师的话被验证了，这还是贫下中农管委会主任瞿加友到区里找张泉谈话时听说的。

瞿老对学校这样的突变也想不通，便到区政府找分管教育的区党委委员张泉谈谈这事。张泉这人十分规矩，是个党性强、处处能以身作则的好干部。有一次，他在我校吃午饭，因事多，忘记付钱和粮票，回去后，还特地用一个信封装着四角钱和半斤粮票及简言，叫邮递员带到我们学校。瞿老和张泉也是老相识。他找张泉，其实还是为我的事。他担心我年轻，校长歇掉之后思想上受不了。张泉很尊敬瞿老，看见瞿老来了，急忙泡茶、请坐。

张泉说，"山东省侯振民和王庆余两位教师写信给中央，建议农村公办小学下放到大队来办，学校由贫下中农管理。可是在实践中，涉及很多问题不好解决，实际就是行不通。比如说，教育思想，教育经费，课程设置，时间安排，师资培养与调配等等方面都不能协调统一，尤其是经费问题，农民负担会更重，对普及教育和教育质量的提高都无法保证，教师队伍也无法稳定。教师队伍不能稳定，谈何教书育人，谈何教育发展，谈何为国家培养合格的人才。其实，教育工作历来都是各级政府管理的，也就是全民都要关心。大队这一级实际上是没有能力承担教育事业这些的。"

他又讲了些林杰平反复职和我的事。他说："老林平反复职是清理文革少数遗留下来的问题。这次，县审干办公室下文给我们，文上说，关于林杰问题现作出彻底平反，恢复校长职务，请陈洲区党委予以协调安排。经我们研究，鉴于他是非党人士，区中心小学校长由共产党员王美其担任。林杰

二十一、「官」被填埋了

因贫下中农管理学校终止，就在他所在学校恢复校长职务。你讲的陈十老师我也就照实跟你说，这情况我们也知道，他表现好，工作不错。我们本打算在原校保留他继续任校长，将林杰调出另任。只是在研究过程中，李干事提出他的意见，说小陈同志人太老实，不善管人，什么事都是自己带头干；另外，交际能力差。因为人事工作是他具体搞，我们也就没说多话了。这事林杰也来找过我，他说小陈不错，校长还是让小陈搞，他还是当教师。他这人都知道，说话虚实难测。我怕他没有恢复到原来区中心小学校长位置有思想看法，也做了他的思想工作。他却惊奇起来说，张委员千万别误解我，我来确实是为小陈说话的。我说，你没有那种想法就更好。是呀！毛主席在《为人民服务》一文中提到'我们一切工作干部，不论职位高低，都是人民的勤务员'。"

瞿老跟张泉谈了近一个半小时。离开后就直接来到学校走进我的房间，要和我谈这些事。这时候恰好是放过晚学，徐老师和张老师也在我房间，见瞿老来了，其他教师也都慢慢聚了过来。瞿老把到区里和张泉说的话一齐说了。说了之后，大家都为我的事喋喋不休地议论着。议论中，又谈到瞿老不知分晓的吃饭收李加银钱票的事。

瞿老听之后惊愕起来，嘴里直念着，"这坑死人！李加银竟是这种东西，猪狗都不如。依我看，这样的人不告他一下不行。告他，要写清楚搞学校工作到底要什么样的人当校长，老师又喜欢什么样的校长？严格批评李加银阳奉阴违、高高在上、脱离群众的贵族老爷思想，要把那天吃饭收他钱和粮票后他表现出小气巴巴的样子写出来。"

这时候，徐老师望着我又说：

"不假吧，你就是太老实。那天要是不收李加银的钱不就没事。"

"不，钉归钉，铆归铆。我还是老话，做人不是让人暂时愉悦，要让人最后懂得自己。"

最后，瞿老又提议将这事写来信向上面反映，并指名要经常给人写诉讼的张老师写。写好之后，他先盖章。

第二天，张老师就把来信写好了。

××领导：

我们是陈洲区芦村小学教师。学校有八位老师。在贫下中农管理学校时候，贫下中农推选陈十老师当任校长。自他任校长后，学校各方面工作都搞得很出色。老师教学好，学生成绩好，教师团结好，学生纪律好，学校环境好，被区政府评为"五好学校"。取得这样好的变化，主要就是陈校长领导有方，老师都非常尊敬他，爱戴他，也一致受到社会好评。可是就这么一个好校长，在学校下放到大队办，贫下中农管理学校被取消之后，他的校长之位也就没有了。从别的学校来看，贫下中农管理学校虽然被取消，但贫下中农选任的校长仍继续留任。有的被调到别的学校当校长。唯独陈十这么一个好校长却没有适当安排，太有失公平。后来经过了解，都与陈洲区教育直接管理者李加银有关。

李加银来我校用餐时，因陈校长没有拒收他的粮票和餐费，一直耿耿于怀。现在居然把一个勤勤恳恳、处处以身作则肯干工作的好同志、好校长说成是不善于管人，什么事都要自己去干，把按规矩办事，收他在学校吃饭的钱和粮票说成不会交际人。从而，使这位好同志在区委会研究人事工作会议上，因他的意见而未得妥当安排通过。听其言，知其心，此人不仅是心怀卑陋、狭窄，而且还是拿旧社会做官当

二十一、『官』被填埋了

老爷作风来要求新社会干部，这也正好说明此人因不适合当新社会领导而应当从政府机关中清除出去。

读以上来信意见，请上级政府下来调查，核实事情真相。做到还以公正，惩褒分明。

此致

敬礼！

陈洲乡芦村小学全体老师敬上

信写好之后，大家都说写得很好，有说服力。瞿老和全体老师都签了名，盖了章。当日就寄到陵阳县人民来信办公室。

以后，虽然没有正面答复，但是第二年开学，李加银已从区政府调出，调到隔壁乡一所小学当教师去了。

尘
海

二十二、婚 犟

没有爱情的婚姻不仅是不幸福的，也是不牢靠的，随时都有崩裂的危险。何况我的婚姻更有特殊性，都是母亲一手包办。虽然不能违拗母亲，但我也是暗暗打算：大不了先结婚，后离婚。

成婚之后，本就带着很多不如意，经过一段时间后，又有许多新的问题出现。一是总看她那白发不舒服，心里想到的是冬梅那样的美，她差得太远了；二是她文化知识太浅，没有什么共同语言；三是她太不懂男人的爱好，她对女人怎样穿着打扮为美，没有一点学问和感悟；四是在招待来人方面，我与她性格恰恰相反，我热情，她冷淡。农村俗语叫不答人。有时为这些事使我急得冒冷汗，气得发抖，不堪忍受。离婚的心事就愈加强烈。人与人之间的关系本来就应该真诚，信用，和和气气。真的不知道人在世，还要出现各样因为人而产生的各样苦恼，这都是缘与互相的不真诚所引起。民国时期的女作家苏绿绮在一篇文章里说得好，"皮面的笑容里寻不出半点真心，彬彬有礼的周旋里藏着骇人的虚伪。真诚的我，如掉进冰窟，多么凄切，多么伤心。"我的婚姻就是因为一开始就包着许多不真诚而如今掉进冰窟……

我离婚态度不是天翻地覆的吵架，也万不可搞阴谋触电。何况那也不是我的性格。我也知道，纯粹靠和气协商，好结好散不行。最重要的是不能让母亲再受气，她身体本来就不好。剩下的只有采取了冷暴力，冷漠，排斥，不说话。一段时间后，就干脆住校不回家，想对方觉得这样下去没意思，能主动提出分手。

可是，四年过去，仍无结果。芦村小学，离家只有两百米之遥，但我长时间住校不回家，母亲看这样也不饶。有一个晚上，母亲抹黑到学校找我。我虽然是个年轻人，但在母亲面前还是像孩子一样，她是晚上八点半左右来学校，进大门时遇见徐老师，就和他谈起我的事，我听见她声音，猜她肯定要我回家，我急忙出了房门，沿着走廊走出学校后门，躲进很深的棉花地里去了。她找不到我，又问徐老师。老实的老徐说，不在，就躲到什么地方去了。她就沿着走廊，从我走的路线出学校后门，像用喇叭喊话一样地叫我：

"陈十，你今晚一定要回家，何秀把孩子送给我，一人在房间把门拴着，多少人都来叫她，她都不开门。她说你心里没有她，她干脆死了算了。她还说你有一张女孩相片，你经常偷看。你要是不回去，真要出事情的，你书也教不成，我又怎么活？他娘家也不会饶你。"说着，她声音发颤了。

这下，我的心骤然缩成一团。我只好现身出来，跟母亲回家。我在家只歇了几个晚上。为了避免功亏一篑，我不断地对她说，"不管怎样，婚都是要离的，我俩都这样过不下去有什么意思？我离婚并不是为着追着哪个女孩。我纯粹只求解脱，而且死心塌地。那女孩相片，只是一张戏剧照片，因

尘海

为她美丽，所以我经常看她。"

那张照片其实并不是冬梅，而是和冬梅长得像的年画。在和冬梅相好时，记得放寒假回家过年，在江湾街一家年画店里，看到一套连环戏剧照年画，画中有一女演员剧照很像冬梅，便把这一套两张年画买下。过年三十那天，我把两张年画贴在堂心墙上。大年初一，大妈问起我在外面可是谈恋爱了。当时我还有些害羞，问了多少遍，我把大妈带到堂心，指着那幅像冬梅的剧照说，学校边有一个女孩跟我很好，样子就像她。她也是唱戏的。大妈听我这么一说，把头伸到剧照边仔细看。看后，笑得两眼眯成一条缝，说盖这一方，我还没见过这样的漂亮的姑娘。年过完之后，我要回到学校。我怕走后，贴在墙上的画要被失落，就干脆把画取下来，并把那像冬梅的剧照剪下，放在专门夹件的书页里贴着，以便于经常翻看。

四年里，我不断做着离婚的努力，也愈发的想念冬梅。跟冬梅分手时，恩爱不成，只好义结金兰，称兄道妹，并承诺今后一定会经常去看她。可调回凌阳后，如人在江湖，身不由己，又哪有机会去300里外的地方看她呢？有时时间有了，又不敢去看，毕竟她现在已经是有家庭的人了。尽管她当初也是被迫捏合的婚姻，若真是去见了面，遇上没趣的话，一介文弱书生又怎可堪受？

但不见一下冬梅，我又心神难安。于是，我跟人说，我去潜江办事，顺便看望一下好友。我打算这样做，先到和我关系很好的大队会计邹龙家，叫他带我去冬梅家。这样也好使冬梅和其他人觉得自然些。

等到放国庆节假，我把东西买好，起清早步行十里到陈洲上小轮，像过去一样，在安庆歇一夜，第二天再乘小轮溯江到潜江县沟口码头下船，再步行十五里到达邹龙家。到时已经是下午四点，见面时，热情寒暄不绝。吃晚饭后，我把来意向邹龙说了。谁知他听后一脸阴沉，半天才说：

"恐怕不行，我也不会带你去。去了，不仅冬梅不理，王长贵还要骂我们。"

我听他这么一说，身子一下凉了半截，心在发冷，发跳。莫非冬梅以为我已经忘记她了，或是把我当作口是心非的人了。第二天就起程回家。不过，一路上心里泛嘀咕，估计邹龙已经知道我和冬梅谈过恋爱，是怕惹是生非。

从此之后，冬梅的印象在我心里也渐渐淡漠，以后就没有再去了。

婚也离不掉，冬梅也渐渐忘了。日子还是得过下去的。这一段婚姻也如老马拉车一样，经历了稍微平和期、疙瘩期、决离期、勉强期。

平和期，就是结婚开始时期，大约是两年时间，这个时期虽然我不爱她，总不至于马上就提出离婚。第一个孩子是女孩，就是这时出世的。起名叫陈平，是大妈给起的，她的意思女孩只要这一个，给平掉，好下一个生的是男孩。

疙瘩期，顾名思义，疙瘩期就是关系转入不平坦。时间是一两年。第二个孩子男孩，是这个时期出生的，起名叫陈忆。是我起的，"忆"字意思是回忆冬梅的意思。其实，孩子出生前后期，就已经是决离期，我彻底的离开她，住校不回家。出生那天早晨，我刚起床漱洗完毕，突然麻奶来学校找我。麻奶是我邻居家亲戚，脸上有白麻，人家惯称她麻奶。因为她常来，村里人都很熟悉她，和我家更熟悉，常和母亲谈聊。虽然有七十多岁，但仍然健谈、硬朗。她来了，我不感到奇怪，我知道她可能知道我与何秀不和气，是母亲叫她来劝我的。我客气地请她坐，还泡茶递给她。她这时开腔说话：

"你这伢子怎么这么不懂事，讲起来你还是教师，那样漂亮的老婆，你怎么对她不闻不问，家就在边上，晚上也不回家陪老婆。怎的，她比你丑啊？她就是文化比不上你，头上有点白发有什么要紧，世上夫妻哪有那么配得全。"

她还举出许多男女条件不相配的夫妻例子给我听。

我只是听着，一言不发。她这时又突然大笑起来，又说：

"伢子，就听我一点吧。今天晚上就回家住。你可知道，我是来向你报喜的，你那漂亮老婆今天早晨又给你生了一个胖小子。你就快回去，我要吃你喜蛋才走。"

我仍没有反应，而且听她的话，我越发不高兴，她哪知我现在处在什么心境，她哪知青年人谈什么胖小子有多少欢喜。算了，老人来了，起码是给我通了消息。我拿三十元钱对麻奶说，你把这钱带给我母亲，由她看着办。我不回去。

她走后，我心中好烦。原想着，没有养孩子离婚最好，养一个离婚也行，养两个就麻烦些了。就这样养一个忧一个伴随着我。最后还是肯定，反正都是要离。

决离期，就是四年住学校不回家时期。第三个孩子就是在这个时候出世的。是男孩，我把他起名叫天加。就是认为不打算再养孩子而又添加了。其实在我听说她又怀孕之时，我决定要带她到县城把胎打掉。她没作声，我理解算是答应了。出发那天，我和她起得很早，我怕小轮赶不上，没搞吃的就走了。步行十里到陈洲江边小轮码头。到时，离船到时间还有半个小时，船是从铜陵大通开过来的，到这里是第二个停靠点。我买好船票就四处走走。她一人在候船室东边屋山墙下捧头坐着，样子很沮丧，还不时地擦着泪水。触此情景，我的心也一下寒了起来。我虽然是四处走走，可心里也在时不时地无可言状的跳动。现在看到她这般，惶惶的开始自问怎么办？离船到时间只有十分钟了，只有五分钟了……上不上船，就凭这一刹那来决定她肚里孩子存在不存在，也就是说船来了，一上船，孩子就没了，不上船，孩子就保下来了。同时也想到，她在揩泪，也可能在为肚里孩子伤心，似乎想着，肚里孩子在哭着叫妈妈：你别去，我要活嘛！我还想着，她总是不作声，像羊羔似的，这也是一种力量。船到了，我投降了。我走到她身边淡淡地说："不愿意就回去吧。"

尘海

勉强期，孩子出世了。这时就想把大孩和小孩名字都改一个字，大孩陈平改为陈梅，小孩陈天加改为陈天冬，第二个孩子陈忆不用改。三个孩子名字各一字就构成"忆冬梅"。可是又想，大孩名字是大妈给起的，为着尊重老人保留了。小孩的名字也有他的独特意义，索性也不去改了。小孩特别好玩，比前两个孩子更好玩。我的心从此一下又变软了许多，对家庭也没那么抵触了。虽然谈不上幸福，只是勉勉强强往下过而已。这时，我开始体会到，旧社会为什么会出现抢亲。原来是，把女人抢到家后，孩子一养，由于孩子好玩占住了心中位置，女人就忘记了旧怨，被迫的婚姻就变得这么过了。这样一来，我是男性，好像也有这样的体会。只不过我是难对付一些而已。

最后我想叹息一声，青年人是多么的没用……

二十三、耻　辱

　　中秋节，我是老规矩，总要买些东西去看望干爸干妈。干爸干妈格外的开心，弄了许多好菜，买了好酒招待我，还请来本村一位姓唐的老师陪我。干爸、干兄我们四个人就着桌上的菜，先喝起来了。干妈继续在后厨忙这忙那的，没工夫上桌。四人兴致盎然，海阔天空地侃大山。

　　唐老师是个健谈的人。说着说着，就说到了他们学校校长了。这位校长姓王，先是民办教师，通过多次考选后转为公办教师。一转公办之后，就变得异常活跃起来。他认为，当民办教师的时候，底气不足，没法启动自己，现在成了公办教师，就有盼头了，入党，当校长愿望就易实现。从此，他家请吃不断，先还藏着掖着，后来就肆无忌惮。多数是晚上，请的都是干部，主要是乡教委的人，有时还专门雇车接送。吃完之后，每人还送一包好香烟。除了吃请，还送礼，对于那些当劲的干部，经常还送点鸡呀鸭的各类土特产，也许还会花点血本送些什么贵重东西，也说不清。虽然是放了点血，但好处就是，一年就入了党，两年就当上了校长。

当上校长后，就是另外一副做派。颈子歪了，说话声音硬了，对教师颐指气使的，还动不动就训人。有一次学校开教师会，唐老师因为学生家长有事，迟到了两分钟。校长就黑着脸说，"我说老唐啊！讲起来你也是教师，开会时间不按时到，叫我会怎么开？你上课，学生迟到你高兴吗？"唐老师解释，校长又说，"是开会重要，还是跟家长谈话重要？事情要分主次嘛！"

尘海

唐老师就再没作声。会后，有人跟他说，校长还是你的学生呢，怎么连你的面子都不给？

说起学生，唐老师就更气不打一处来。一九七二年，唐老师所在学校还没有五年级，学生念到四年级就到中心小学念去了。恰好这年学校开始有五年级，当时的这位校长四年级念完就在本校念五年级了。唐老师代五年级语文兼班主任，看他学习还好，就叫他当学习组长，还在班上经常表扬他。以后他考上初中，念完高中就当上了民办教师。没想到当年的关心，如今都变成了白眼狼。

"唉，不说这些了。"唐老师端起酒杯站起来，对我说：

"今天你干爸干妈客气，把我请来陪你，现在我首先陪你一杯吧！"说着，咕咚一下。

不由分说，尽管我不爱喝酒，也同样站起，一杯喝尽。

"人要拍马屁啊！"这时干兄发言。

"我就看不惯这样的人。做人要有人格，没了人格，做再大的官也都不是人，人们恨之入骨。"我反驳干兄。

"现在改革开放，国家经济发展了，是大好事。问题就是有些人思想意识变得落后要管一管。"唐老师说。

这时干爸开始说话，被唐老师打断了。唐老师又说：

"慢一下，校长的故事我还没讲完哩，校长碰到我这样的人好过，有一次碰到我校马老师就不好过了。马老师是个年轻人，脾气刚直，爱憎分明。有一次上课，校长发现他不在课堂上。校长就找到他的房间，看到小马正在倒茶，就开始训他：

"你可不像话！学生上课你在房间。我还没见过像你这样的老师呢！"

马老师这时像干柴着火一样怒了起来，语气却不重：

"你没见过我这样的老师，我真的还没见过你这样的校长呢，我能天天在学校上课，你三天两头的不在学校，我比你好得多。"

"我是校长，你是老师。你怎跟我比？我公事多，你可有公事呢？好吧！哪天我打个报告给领导，我当老师，你来当校长吧。"

"谁当你这个拍马屁拍上的校长。当你这样的校长还不如当我这样的老师。"

"好了，好了。不管怎么说，我现在是校长，你下次要是再这样，我有权扣你的工资。"

"好笑！也不怕我要揍你。明天我还是这样，我等着你扣呀。"

校长这一下气得脸泛紫色，人也失踪了。后来才知道，他是到乡政府汇报去了。可乡政府也没有人来伸头，也许他们本就知道他是什么货色，也许马老师确实不好对付，多一事不如少一事。"

"嗯！"唐老师说到这，叹了一口气又说，"真是八百代没有做过官。就连他父亲也是这样。有一次我到乡政府办事，乡教委递给我一个通知，叫我带给王校长，叫他后天来教委开会。第二天星期天，我骑自行车上江湾街，路上碰到他父亲，就把通知掏出递给他，叫他转递给儿子。他一脸神气地说，我儿子是校长，这通知是给校长的，你直接递给校长好了。我一肚子不高兴，便把通知甩到他篮子里，你这死老头，你顺便带给你儿子，他不更早看到吗！其实我知道他父亲的意思，他儿子当校长了，是怕我们不敬重他。"

"做这样的校长确实不如做老师好。"我感叹着。

"我赞成你的观点，做官要正派的做官。不脚踏实地地做事、做人，靠奉迎攀上、投机取巧去做官，就会遭人恨，不受人拥护，到头都以失败告终。"唐老师接我话说。

"这样做人没错，但是现在这样做人是要吃亏的。"干兄接唐老师的话说。

"唐老师跟我是一样的人。"我说，"就是吃亏也要这样做人，那样的邪门歪道终究是走不通的。韩愈还说过，'与其有乐于身，孰若无忧于其心，与其有誉于前，孰若无毁于其后。'这两句话是什么意思呢？第一句是说，与其得到快乐在身体上，不如没有忧愁在心上；第二句是说，与其当面受到赞誉，不如背后不受诋毁。譬如说你校校长，他那样做人好吗？他就是不懂这些道理。"

"哎呀！我佩服你这人不简单，有学问。"唐老师端起杯，站起来又向我敬酒，却被干爸阻断，说："我干儿子平时不大爱喝酒，酒量有限，我陪你一杯吧。"干爸和唐老师干了一个满杯，接着说前面被唐老师打断的故事。

有一次，他到县城老亲戚家，见一位老局长和老伴吵嘴。老伴骂老局长，"别看你是个老局长，过去吃香。现在谁瞧得起你，不知意思！"

老伴骂的意思是，她隔壁有一位年轻局长，别人都往他家送东西，高档烟，高档酒，家里多的是。还有鸡呀，火腿

尘海

呀，吃不掉还送给亲戚。可老局长不但没有人送东西，连请吃也沾不上边。两家相比，一个是家里什么都有，来人不断，热热闹闹；一个是家里什么都没有，冷冷清清。其实老局长不是别人不送东西给他，问题是他绝对不收。他跟人说，办哪样事，都有个规定，有个原则。我身为局长，是为人民服务的，不是收东西为哪一个人服务的。这样一来，因为人托他办事成功率低，什么事就不找他了，请吃也不请他。有一天，不远的一户人家请年轻局长吃晚饭，也把老局长请去了，大概也是看"老"的面上。老伴是个很要面子的人，先是高兴，后想到老头这次去不讨好，肯定在座位上要失面子，便悄悄也去了，在外面隐着听。饭局开始了，果真不出她所料，老头被安排在下等位置上，上位都是年轻局长和同僚们。老局长表面很稳重，就是那种"随便哪个位子"高姿态。实际心里当然有感觉。大家坐好后，老伴气呼呼走到门前，"老高，家里来人了，你这酒别吃了，赶快回去。"老局长知道老伴脾气，正好心情也投合，就向在场人告别离了。

"我看那老干部真不错，能坚守正气。可是还有许多老干部就不能这样，像烂番瓜一样，别的瓜烂了，他也跟着烂了。"唐老师接着说。

唐老师这时又"四娘，四娘"的叫干妈也来上桌。不知是按哪样关系叫的。因为农村妇女家里来人时一般不上桌。干妈没有来，却被唐老师拉上了桌，马上举杯要陪干妈酒。干妈不知是激动，还是能喝，也不作声的一杯喝了下去。

"四娘，你真有福气，讨这么个好干儿子，又有水平，而且这么大还来看你两位老人。我真是少见哩。"唐老师说。

"你说对了，我干儿子有道德，十岁讨我们做干爸干妈，一直到现在，每年过年过节都来看我们。他在潜江念书和工作时，节日虽然没来看，但一放暑假、寒假就来了。不仅你夸奖他，这一方人都夸他。都说他不是一般见识的人。"干妈说。

这时，唐老师望着我，那眼神专注，敬仰。他又跟干妈说："四娘，你还没上桌，我就说了，你干儿子不简单，有学问。我的话比算命先生说的还要准。"

"唐老师，你太客气了。"我接上说，"我这人也是一个经常被人瞧不起的人。"

我开始说我的故事：

我在贫下中农管理学校当校长时，学校有一位女老师，叫曾莲，以校为家。丈夫叫黄金楼，是退伍军人，乡武装部长，也是芦村人。我们彼此关系都很好，平时他家来什么人吃饭，就喊我去，我家请客吃饭也不少他。我不任贫下中农管理学校校长之后，两家关系就慢慢变了。有一次，他家请乡里、区里人吃饭，就在教室拼了餐桌，厨房也在教室边。干部还没来时，我和黄金楼坐在教室里闲谈。干部来了，我又和干部相谈，因为干部和我都很熟悉，有的关系还很好。开席了，干部都陆续而坐，我还和两个干部坐着相谈。已经坐在席上的乡党委书记叫我，"陈校长，你还不上桌啊。"

"我们是家里人，迟上桌不要紧。现在我不是校长了，你要喊我老师了。"我答。

"我知道，你不是校长，你总当过校长嘛，只要我没喊错就行。来，快来。"

这时老黄走过来，他叫和我谈话的两个干部上桌，可对我望都不望一眼。我立刻会意，半言没发就走开，浑身麻

尘
海

木、冰冷。我来到徐老师房间，徐老师问我，你怎么没去吃饭呢？我说我和他不是一家人，怎么会在他家吃饭呢？其实我的心在跳，我万不该跟书记讲，"我们是家里人，迟上桌不要紧"这话。这是我平生以来遇到的最陌生、最难为情的一件耻辱之事。徐老师接着跟我讲了许多，说老黄想往县里爬，想调武装部搞什么干部，上面关系打通了，就是等乡一级给他写鉴定评语。这消息是他老父亲跟我讲的，我家跟他家在一个生产队，他父亲到我家买鸡，总共在我队买了十几只鸡，还有鸡蛋等，这些东西就是送给武装部的。你不知道吧！今天请吃就是这个目的。

故事讲完。

唐老师说，"这样做是气人！怎么说呢？君子不计小人过。别看他当个乡里小武装部长，狗眼看人低是实质的小人也。"

干爸说，"这样人多得是，请吃不是白请，吃的人都是有对象的。如果有旁人在里面，他就认为被请的人要认为他这餐饭不是专请他们的。"

"啊！有道理，在这样的社会环境里，我显得多么幼稚。"干爸这样说，我方醒悟。

这餐饭吃了近三个小时。

最后干爸举杯，全体干杯结束。

二十四、有人说我不会用钱

在请吃请喝及送情送礼之风盛行时，因为我没有那种花钱混官的思想，所以，我对于送情送礼想做官这种事，根本就没想到。也就是说，在这种氛围里，我简直是一个不谙世事的幼稚小孩，根本不知道社会上还存在这种"做人学问"。因此，就出现"有人说我不会用钱"这话。当初，我还不理解这话的意思，后来我才理解了，我不禁为之勃然好笑。

芦村小学还有一个女老师，叫阿兰，也是民办教师，只有高小文化程度。虽然这样，但她比谁都混得好。别的人高小文化程度，甚至是初中程度，都先后被辞掉，而她却稳坐钓鱼台，而且后来还转了正，入了党。这不是她运气好，都归功于她爱人，爱人叫白加庆。白加庆本来是个砖匠，后来发起来，在芦村乃至全乡有了名气。他听说现在发展党员要倾向劳动致富对象，觉得机会来了。他的一个老表是在外面打野鸭的，也发了财，还入了党，后来做了乡里一个挂牌的乡官。于是，他花几千元在老表那里买好多野鸭送给乡区干部，村干部也略有沾光。后来，乡干部就向村干部授意，白加庆顺利就入了党，当上村主任。阿兰真正红起来就是从这时候开始的。她深刻体会到趋炎附势和"会"用钱的作用。从此，她家请吃不断，都是乡里干部多，有的还不知是什么干部。当然白加庆也喜欢被别人请，因为他是村主任，又和上面关系好，村里人，包括教师在内，有想入党的，有为计划生育的，有在纠风处理中找靠山的，都喜欢请他送他。他基本来者不拒。这样一种风气里，我却始终我行我素，见惯不怪。可是阿兰时不时地跟我讲，你不会花钱。我开始并没有领会，还当作说我不会生活，乱花钱。有时我还跟她辩驳，我怎么不会用钱呢？用钱不就是买米、买油、买盐，买我所需要的东西嘛。后来我才想起，她根本不是这个意思，是说我没有奉承她，给她家送情送礼。估计按她意思做，我的入党，我的提拔，就不在话下了。

要说请吃喝，我也经常请。不过我请人吃饭不分干部和群众，是亲热、客气。譬如说，每年正月开学时，老师都互相请吃，这习惯原是我引起的，而且一般都是从我家开头。我的想法是，正月家里有些菜，将老师们请到家欢聚一下，热闹热闹多好。因为形成这样规律，阿兰家也就省不了要请老师吃饭。一次，全体老师在阿兰家吃饭。她爱人白加庆，这时已荣升副乡长。说实在话，许多老师到她家吃饭都觉得脸上有光，因为她家是乡干部，有好烟好酒招待，还能和乡干部喝酒。大家到齐了，堂心摆着八仙桌，老师八个，正好八人满座。桌上摆着各式茶点，大家兴致盎然，捧杯谈笑。有人就直接说出，在阿兰家做客，就是图点福气，茶叶是高级的，糖果吃起来香奇味怪。有人问阿兰这糖果是外国的，还是中国的，阿兰说不知道，上面有外文，叫小何老师看看，他懂英文。小何老师看后说，不简单，还是美国加州出产。这时张老师可能太激动，喊了声"阿兰"：

"你嫁了这么好的老板，带我们都沾点福气，这么高档香烟我还没抽过呢。"

"什么福气？都是人家客气，我哪有钱买。你们不也客气吗，吃你们的，喝你们的……"阿兰在忙厨，一边回答。

开席了，阿兰先有一段开场白：

"我老公到乡里开会去了，不能陪大家。他叫我把酒席办好一点，要尊重人类灵魂的工程师。这菜也不知道搞得可有味？是请我大嫂来为主搞的。我大嫂还是个土厨师呢，虽然大场面没经手搞过，乡间一般小酒席都请她。"说着，大嫂也走了出来和大家见面。她清秀韵溢，也和大家道了客气。其实这大嫂并不是她家胞大嫂，只是本村人而已，以往他们两家关系并不好，只是阿兰家搞发了，巴结她才转好的。其实，阿兰说她爱人的一些话都是自圆其说的，白加庆自搞发了以后，不仅是瞧不起一般人，对教师也一贯不看在眼上，还是把教师当"臭老九"样的。请上面干部吃饭三天两头，请老师吃饭从来没有过。要不是我带头正月请老师吃饭，形成规律，一般老师是不可能到他家吃饭的。按理说，正月老师好容易来他家团聚一次，恰好今天就说是开会，难免使人不能确信，老师虽然没有人追问，但只是心照不宣而已，知道他架子大。无论怎样，他应该在家亲自操持。而且，即使是开会……

阿兰开始陪酒了，她的酒量可真不小，每个人一杯一干二净，每人陪时都先说些客气话。到陪我时，又对我说出老话："陈老师，你这个人各方面都很好，就是你太规矩了，这个社会要学会用钱才是本事。这是我们家里人讲话。今天没什么菜。好，这杯酒祝福你聪明、进步！"她干净利落，"咕

尘
海

咚"的声音都没有。她跟我说话时，许多人都朝这边望过来。似乎觉察到我听这些话可能不高兴。委实说，我虽然心中如触电一般浓灼，不好受，可表情还跟平时一样，我也一杯酒喝了下去。我想着，她陪人酒，人必然还要回敬她酒，到我回敬她酒时，趁这时，我也要像回敬酒一样"回敬"她几句。我等了好久，终于该我回敬她了，我举杯站起：

"阿兰，我这杯酒是谢你的了。也谢你跟我讲了一句真心话，'我不会用钱'。不过你别用心，打个比方，《红灯记》戏里李玉和跟鸠山讲的一句话，'你我是两股道上跑的车'。你用钱是你的用法，我用钱是我的用法。我俩怎可说谁会用钱，谁不会用钱呢？实际我知道，你用钱比我是要'聪明'些，能钓到大鱼煮着吃，惬意、幸福；我用钱稀里糊涂。我就像外面大自然一样，风云雨雪，冷暖更替，千秋不变。但到最后，人都认识到，人类不能离开它。还夸它重要、美好。"

阿兰这会儿酒已半醉，听也半醉。混里混沌地跟我说："好，陈老师会说，不简单。"转身应付别人去了。

酒席进行两个多小时结束。大家向阿兰告别。没走几步，老师都谈起我对阿兰说的话风趣有力。还不知道阿兰懂不懂意思。有的老师说，能在她家吃饭都是你的功劳啊！不是你带头请吃，老白会请我们吗？真正客气还是你这个人。

"陈老师你们还不知道吧？他家做屋，队里人送情，他不但推辞未收，而且自家买菜买酒请队里人来白吃。"徐老师接这位老师的话题说。

这是这么回事，我家住的一龙三间土坏房还是在一九五几年做的，现在破得已经不能住了，墙壁裂了几道缝，晚上屋里点灯，外面都看见亮。只好拆掉，重砌，砖瓦结构，面积也扩大了些。到上梁时，队里有人就八块十块的来送情，我同情老百姓手头都不宽裕，一律推辞未收。以后，为了表达我的高兴和不辜负他们的敬重，就自己买些菜和酒，一家一个人请来团聚。这事确实一时被传为佳话，都说有人请吃是请对他有用的人，意思是说不是白吃，陈老师请吃是对老百姓有感情，客气。其实陈老师也穷，可对人不穷。

白加庆做了副乡长后，还没当两年就犯错误了。他家有一个老亲戚，有一天到他家，说有一件事要请他帮忙。并送来五百元钱，两只老母鸡，还有好烟好酒，用蛇皮带装着。这位老男人对他说话很有艺术，先不说是自家的事，说他亲家儿媳生了两个女儿，现在想生个儿子。按政策，农村头一胎生的是女孩，可以再生一胎，如果再生的是女孩，那就不准再生。老亲戚说亲家儿媳在外打工，现在又怀孕了。求白副乡长跟村里搞计划生育干部磨合一下，就别通知她回家参加妇检。白副乡长见到老人带来了东西，估计求他办事一定会有所表示。但也不好一口答应，先说这事难办，却又话锋一转，既然你老来了，我就尽量办办看呗。老亲戚听出了意思，急忙把带来的五百元钱从口袋里掏出，连同带来的东西送给他，老白只是从嘴里冒出"喊喊……"装着想不收的样子，可经不起推送，就把老亲戚五百元钱和东西都收了。后轻声对老亲戚说，"反正叫她别回来就是。"后来老亲戚儿媳孩子生下来了，果然是男孩，到罚款时，只是出点很少的钱做做样子。

世上没有不透缝的墙，有人写信给县计划生育办公室举报。县里一查，事情属实。还带出了老白的生活作风问题。他主抓计划生育工作，免不了要跟许多年轻女人接触，便暗度陈仓，搞权色交易。他还跟人说过，现在改革开放，男女关系这些事是难免的。果然，自己就闹出了笑话。

一天早晨，乡里的干部都端着一碟菜在食堂吃稀饭，突然，一个年轻漂亮女哑巴走了进来，眼睛向人脸上扫着，然后盯住了白加庆，走了过去，对着白加庆做着哑法，又指着自己肚子，意思是说我肚里有孩子了，这孩子是你的。

这时，现场气氛立刻紧张起来，没有一个人说话，这种气氛，有的人大概感到窒息得很，就端着碗出了门。白副乡长倒显得沉稳，他端着碗把女哑巴带出大门，用手做哑语跟女哑巴交流，女哑巴用拇指和食指做数钱的意思，白副乡长一个劲点头，尽快将她打发走。以后，孩子生下来了，白副乡长无须任何人动唇舌，出钱了事，联络人将孩子抱走，由远地方人收养。

还有贪污挪用的事，他在芦村任村主任时，上面规定，在江堤外五十米以内的老百姓土地要征用植防护林。每亩地补偿六千元，可这笔钱一直被村委会截留，没有发给老百姓，老百姓问理由，老白只是说，农业税没有收起来，这钱暂做农业税统一上缴解报了。可到后来，这钱始终没有和老百姓兑现，尽管老百姓吵着要也没用，以后就不了了之。上面派人来查，结果状况是，这钱大部分被干部私分了。老白在私分之前，就已经挪用了不少。以后，这位上任时间并不长的白副乡长被开除党籍，开除职位，回家当老百姓去了。

白加庆重新做了砖匠，阿兰见我再也不说"我不会用钱"了。

像阿兰这样会用钱的人很多，我没想到她夫妻二人会用钱当上干部之后会倒霉这么快。我知道这样的人迟早或者说归根结底没有好后果。

二十五、和扳罾渔翁散聊

　　住在长江边的人家虽然都很穷，但却也享受到别处享不到的好处，其一是美丽的江景，其二是鲜美的江鲜。

　　我自歇掉贫下中农管理学校校长之后，空闲时间多了，常到江边溜达，有时带着一只篮子，顺便到扳罾佬那里买点江鲜。扳罾佬是一位上了年纪的老人，慈眉善目，身形精瘦，面容也被常年的江风雕饰得酱紫古朴。老人坐在狭小罾棚的坐板上，见我一来，总是很客气地把屁股向一侧移过去，留一半位置给我。我也很乐意看老人扳罾，讲古。老人姓高，八十多岁，但硬朗、善谈。年轻时是农民，到六十多岁后，他就开始在江边扳罾，过起逍遥自在的日子。老人讲起古今来，是如数家珍，无所不知。和我讲长江有多长，讲陈洲的来历，讲江对面的九华山，讲抗日战争和大兵渡江的情形等等。

　　这次我来，刚坐下，他直接就问，你现在当校长了吧？还是你们好，每月拿工资，旱涝不愁。我说我不当校长，当老师。他说当就当了，要瞒我干啥？我说真的不当。他又问，党呢？党入了吗？我说也没有。他说那你就搞得差了。我说那有什么办法？这些问题并不是我感兴趣的，我便故意岔开话题。

"我听人说，抗日战争时期，我们村有两个人被鬼子打死了，是不是有这回事？"

"是的，鬼子太凶残了，打死两个人，一个姓汪，一个姓高。鬼子一来，村子里人都跑光了，只有他两个被鬼子抓住。鬼子叫他们到村子里抓鸡，搜鸡蛋。姓汪的机灵，借机就溜走了。姓高的害怕，转身跳到荷塘里想躲避，鬼子跟后一枪，人在水里翻滚几下就不动了，血染红半个塘。姓汪的溜走后又被鬼子发现，也用枪打死了。"

说完这个，好像不尽兴，他又给我讲了一个很长的抗日战争故事。

一次在离陈洲街不远的江堤上，一帮鬼子从江堤上下来，朝村子里走。通向村子是一条小路，两边是很深的玉米庄稼地。走着，走着，后面一个鬼子进到玉米地里屙屎，却把一个在玉米地里拔草的人吓了一跳。这人可不是一般人，是一位新四军游击队队长，叫张彪。他这次回家主要是侦探敌情的，顺便帮助家里做点农活。没想到就遇到了鬼子。他琢磨了一下情形，其他的鬼子都走远了，只有这个鬼子落了单。他一不做，二不休，像老虎抓猎物一样，猛地扑去将鬼子按倒，用衣服捂住鬼子的嘴，又拳、又捏、又咬，不到两分钟，鬼子便被弄死了。张彪回家后，老婆问他嘴上怎么有血？他什么也没说，拿起抹布揩揩嘴就走了。恰好这一天，江湾街那边也发生一件事情。一个鬼子进到一个杀猪的家里，鬼子推开一间房，发现杀猪家刚过门不久的新儿媳在纳鞋。鬼子狞笑，叽里呱啦要对新媳妇发兽性。杀猪的在院子里正杀猪剖肚，听到屋里有动静，猜测不是好事，杀猪刀都没放下就进了屋，又进儿媳房间。他见鬼子下身赤条强扯儿媳裤子，杀猪的想都没多想，像杀猪一样将刀刺入鬼子喉管，再将尸体剁得细碎，抛到屋后河里喂鱼了。

当时，江湾街住着鬼子一个营的兵力。强迫老百姓在两个主要路口筑了两个碉堡，碉堡眼洞架着机关枪。白天，鬼子下乡扫荡，有时晚上也到处掠夺。这天，鬼子营部每晚例行查点人数，少了两个鬼子。鬼子头子大发雷霆，抓来所有汉奸斥问。汉奸也不清楚情况，之间就狗咬狗地猜疑，又被鬼子当场杀掉一个，鬼子怀疑他是通新四军的。可杀了一个汉奸还是没有查出失踪的两个鬼子，鬼子们便把江湾周边群众及小孩一齐赶到江湾街后不远一个大坟窠，一共有三四百人，四周用机枪架着。坟窠周围也是很深的玉米庄稼地。台前坐着鬼子头目，两边站着许多鬼子和汉奸，鬼子有拿插着明晃晃刺刀枪的，有腰挎大刀的，有腰挂盒子枪的，一派杀气腾腾。一个戴着黑色眼镜的汉奸开始说话：

"乡亲们，你们不要害怕，皇军是不杀你们的，把你们找来，是因为有两个皇军下落不明，现在就请你们提供下线索，知道什么情况都讲出来。讲出来之后，你们就统统回去。如果你们都不讲，我作为中国人，也无法保护你们了。"

汉奸说完话，很长时间也没有人说话。鬼子头目叽里呱啦了一阵，汉奸又重复：

"乡亲们，你们别把皇官搞火了，我是赤胆忠心地为你们好，想你们平安无事，就是希望你们谁知道情况，就在这关键时刻讲出来，讲出来就太平无事。"

"我们不知道！"

"不知道！"

……

人群中嘈杂起来。

这时候，鬼子头目又叽里呱啦了几句，许多鬼子就到人群中拖小孩出来，连母亲抱着喝奶的孩子都不放过。这些小孩挤堆在一起，哭哭啼啼，那些正吃奶的孩子和还不会站立的孩子都仰在地上，哭得撕心裂肺。鬼子又端来一挺机枪，压低枪口对准了孩子们，戴黑眼镜汉奸好像也有点紧张，又跟群众说：

"乡亲们，你们快说呀。"

……

突然从人群中走出一个妇女，就要去抢他的孩子。与鬼子一番撕缠，当即被鬼子刺死。眼看血腥屠杀就要爆发，突然，从周围很深的庄稼地里，像箭一样窜出许多黑乎乎的影子，迅速干掉四周端着机枪的机枪手，又冲向鬼子头目一伙人。全场顿时一片混乱，鬼子纷纷流血倒地，侥幸活命的也夹在人群里逃跑。两个碉堡里的鬼子看到人群如鸟兽逃窜，以为是发生地震，也吓得弃枪乱跑。黑乎乎的影子势威更烈，对鬼子穷追不舍，鬼子营部垮了，头子死的死，藏的藏，损失惨重。

这些黑乎乎的神秘人到底什么来头？老人轻轻咳了一下嗓子，又娓娓道来。

在江湾街与陈洲街之间以北五公里地方有一个湖，叫陈瑶湖，湖中小岛星罗棋布，芦苇丛生。其中有一个大岛叫王家泊，这岛上驻着新四军，其他岛也有驻军。人数有上千人，主要负责陈洲这一带的军事江防，以游击方式抗击日寇。队员有外地人，有本地人。他们白天是农民、商人、杀猪的、打铁的等，和普通群众没有分别。日夜游荡在陈洲一带几十里范围的地方，侦察、刺探敌情。他们穿的是便衣，遇到个把两个鬼子，一般都能就地解决掉。他们从不打常规战，遇到较大敌情，一般是披着蒙面黑套，佩带短枪匕首，出其不意，像出巢的乱蜂直拥敌阵，近身肉搏。敌人往往是措手不及，败阵溃逃。江湾这次袭击战，就是新四军营部得知军情，派张彪为首一共一百多个游击队员，凌晨四点，利用很深的庄稼地做掩护，潜伏到江湾街大坟窠周围玉米地，伺机攻击，终于取得预想的胜利。

渔翁谈的抗日故事，出神入化，我听着，既惊心动魄，又欢欣鼓舞。

"那张彪后来呢？"我问。

"嘿！后来当然是当了大官了。解放初，据说在山西省任市委书记，以后不知道当什么了。"渔翁答。

"这也是应该的呀，他为人民立大功，受人民爱戴，该当如此。"

"这也是各人的命啊。"渔翁谈兴不止，接着又谈起抗战时期一位先生的遭遇。说是在陈洲几十里外的汤沟乡，有两个新四军穿着便衣假装到乡下买树，到中午时，两位新四军无处吃饭，有一位先生好心，留他俩吃中饭。这时，来了一个讨饭的，先生接过他手上的碗盛了一碗饭，还拣了好菜给他。其实，这位先生还不知道眼前两个人就是新四军，更不知道讨饭的原是鬼子雇的探子。探子只要发现一个敌情，都能从鬼子那领取大洋一块奖励。那讨饭的也不知是想骗鬼子大洋，还是真认识买树的人就是新四军，直接就把情况跟鬼子报了。鬼子急忙派人过来，新四军已经走了，就把先生抓起来。审问、拷打也逼不出什么名堂，最后还是被杀了。你说先生死得多冤枉？幸好解放后也把他划为烈属。

扳罾佬讲完这个故事又讲起了自己的经历。说完之后，老头叹息一声，哎！人生一世，还是个命啊。

"命运这东西既是存在的，又不可全信"。我听老人说这样话，也就想说说我的认识，"但人不能就轻易地认命，不去尝试改变，这又是大错。过去统治阶级就是利用'宿命论'这东西来愚弄人民，便于他们统治。说他是命运好，你们命运不好所致，你们无须反抗。"

渔翁听我这样说，一面点头一面说，"还是读书人懂得多。"

"高爷爷，你刚才还问我可当校长了，可有入党了。我说两样都没有。你说我那就搞得差了。入党也要做出成绩呀，譬如说张彪，他当市长，因为他勇敢作战，为人民立了大功。现在不打仗了，荣誉和地位也不能拿命去换了，即使你做出点成绩，但也不一定就能入了党，做上官。"

渔翁听我这样一说，呵呵一笑，朗声说道：人心厚道，吃饭睡觉。

接着，他又讲起过去他向我爷爷借钱的事：有一年，国民党拉壮丁，我只有一个儿子，也要拉。夫妻俩哭着求饶，看我俩伤心不过，就改口说，交三十块大洋也可以了事。三十块大洋，可是巨款呢。为了儿子，即使倾家荡产也都筹钱。便向亲戚四处求情，好容易凑到二十块，还缺十块实在没法再借到，离限期只有最后一天了，我夫妻俩急得团团转，都半夜了，想来想去，就想到你爷爷。你爷爷在本村家境算是比较好一点的，最近又卖了一口猪，手头上应该有两个子，问题是我和你爷爷平时没什么交往，不知道怎么开口。但过了今夜，我儿子就要被抓走了，只好硬着头皮去敲你爷爷家的门。你爷爷排行老五，我就五爷、五爷地喊门。

喊了几遍，门开了，是你爷爷。你爷爷说，这三更半夜的，有什么急事吧？快进来。我一边打着道歉，一边把情况和你爷爷说了一遍。你爷爷二话没说，回到里屋，拿出十块大洋来，放在我手上。我夫妻二人也不知道说什么好，想都没想，就下跪感激。你爷爷一把搀着我，嘴里不停地说，家家都有难事，互相帮衬下就好了。可以说，我儿子的命是你爷爷保下来的哟。

　　真有趣，二人谈了一下午，看样子，老人仍是兴趣十足。

　　天快晚了，我就打算回去。他却嗫嗫地说：

　　"陈先生，听说你会画像，能帮我和老太婆画一幅吗？我按你开的价给钱。"

　　"当然可以。要什么钱呀。"

　　"不给钱怎行？给，一定给。"他边说，边到罾边取鱼篓，足有三斤活蹦乱跳的鱼，全拎到我跟前。他叫我拎回去，不用称了。我不依，硬是称了斤两，付了钱。

　　一个星期之后，两张像画好了。也是下午，我放晚学后，将两张像送至罾棚。这次我没带篮子，怕他硬要给鱼拉拉扯扯。他一见我就说，"你当校长的事我全知道了，你还瞒着我。那姓李的是狗屁，诬良为盗，把你这么一个好人说得一无是处。你校长下了，他的乌纱帽掉了，也是报应。这是徐老师到我家借东西和我聊讲的。"

　　我哈哈一笑，说这事老早就过去了。人啊，不要想着做什么官，要想着做什么人才是。

　　说完，就想早点离开，怕时间一长，老人就会硬塞点什么东西给我。果不其然，老人看我要走的样子，一把拽住我，先是掏钱，我坚决不收。拉扯不下，老人说，你要是真不收钱，就把我篓子里鱼都带回去，不然我不让你走。我只

尘海

好答应，他把篓子取上来，把鱼倒在自己篮子里，足有四斤，叫我连篮子拎回去，下次来，把篮子带来就是。

太阳下山了，晚霞鲜红，江水流金，远山黛影重抹，九华山庙宇，在夕阳余晖的映照下，远远近近在褐色山影中闪烁。我紧紧握着老人的手，感慨地说，这大自然好美，这地方多美，这鱼多鲜，生在这地方的人虽然经受过多少风风雨雨的苦难，但大自然总不会亏待。

二十六、教 委

尘
海

　　到了八十年代，教育机构称作教委。全称叫教育委员会。从中央到乡镇，每一级都这样称。乡教委，是最基层的教委，广大教师的利益靠它维护。这里，我要谈的是乡这一级教委。

　　乡教委一般有一个主任，三至五个副主任，两个会计，办事人员五人以上，还有教研组等名堂。人员配备没有什么标准限制，很随意。在学校混得好，有关系的老师，包括小混混类型的人，也可能调到教委的。教委人多了，吃喝开支自然也就大。一年下来，少则上万元，多则几万，让常常拿不到工资的教师深恶痛绝。

　　教师的工资都由教委发。公办教师工资和民办教师每月发的四十元钱是国控乡筹，也就是说，乡财政每年在上缴国税总额中扣除国家规定的教师工资总额，再由乡教委给教师发放工资。国家这样做的目的，是为教师工资提供保障，让经济效益好的乡、镇可根据财力为教师多发点。殊不知，一到执行的时候，却适得其反。不仅没有多发，连教师原有工资也不能按月发放，有的拖几个月。教师本来就靠这点工资养家糊口，拿不到工资，在社会上更被人瞧不起。

有一次，我恰好在离学校不远的小店门口遇到大队书记，两个生产队长，一个女生产队会计，大家也没什么急事，就站在小店门口闲聊。小店主人姓丁，见到他，我总有点不好意思，因为还有赊账没还清。姓丁的很热情，先端出一把椅子给书记坐，后端出两条长凳给我们坐，两个队长坐一条，我和女会计坐一条。又忙着给书记、队长泡茶递烟，把女会计和我就晾一边了。我和女会计都感到不自在，我是男性，更是难堪。

"老丁，你不给我递茶递烟我不怪，我是女的，这里还有一个人类的灵魂工程师，你怎么就这样无礼。"女会计揶揄着。

"啊哟！我说话忘记了。"老丁边说边抢着向我递茶散烟，又投机取巧地说一句，"我记得你不吃烟。"

我轻推，"多谢你客气。"

在给女会计递茶递烟时，女会计还是埋怨，"你忘记了，书记怎么不忘记呢？茶我喝，烟你舍不得，就给你省一根吧！"

我为舒缓自己，也插话："别批评老丁，做人不都是这样嘛？递茶、递烟从大人到小人，小人马虎点不要紧，大人可不能得罪。"

老丁脸有些涨红。我们走时，他还特地冒出一句："陈老师、张会计，哪天我请你们，我去接。"最后又重复喊一下我，"陈老师，噢！"

老丁最后重复喊一下我，或许他还想起了一件不小的事，他小儿子现在是二年级，以后还要经过我教呢。

我的工资由于经常不能按时发放，家里要买点油盐酱醋的，总要到小店里赊账，一次接一次地赊，小店的人就不给面子了。实在不能赊账了，就硬着头皮跑到教委低声下气地向会计处借支。有时借不到，心里无名火也压制不住，追问乡政府本该给我们的钱，到底用到哪里去了。会计有时也会耐心解释两句，乡政府办企业把钱垫下去用了，总共欠教委二十多万元呢。

我既震惊，也无奈。谁能拿石头砸得了天呢？顶多就抱怨几句，继续回去过那种没有尊严的日子罢了。

"老陈啊！我们理解你们的苦处，可惜我们又不是大人物，不能说了算嘛！"在场的教委主任周主任发言。

"那么你们教委的用钱是从哪里来呢？"我陡然探问。

"我们用钱毕竟是少数，教师工资是庞然大物。乡里再穷，办公经费少不了要拨给我们的。"

"哎哟，办公经费是少不了的，教师工资就能少得了吗？真是扯淡！"

"老陈啊，我俩不要张郎送李郎了，说来说去还是原话。"

相比公办教师，民办教师的日子就更难过了。民办教师每月国家只发四十元钱，也不知道是叫工资还是叫补助。只有公办教师工资的五分之一。记得以前都是跟公办教师一样按月发，现在变成一年都难得发一次。公办教师虽说也拖欠，平时有时候也能发点。所以，民办教师情绪如何的不满更可想而知，但是又不敢去教委闹。原因是，有小道消息说，民办教师要大批转正，成为公办教师，要是得罪他们，谁都怕对自己转正有影响。

传言不久真的变为事实了，但不是所有的民办老师都转公办，文件规定只有五十五岁以下可以转公。这下五十五岁

尘
海

以上就闹起来了。当时全乡五十五岁以上的教师一共十五人，他们就联合起来，组织了八个人到教委去问情况，并顺便把所欠的工资要到手。这天，教委一帮人恰好都在家，他们一进办公室，面孔都不好看。教委周主任，见到这帮人架势，知道来者不善，急忙又是"请坐"又是泡茶的招待。

"周主任，这次民办教师转正是怎么回事？是不是五十五岁以上的人不给转，有这样规定吗？"一位姓姚的老师先发言。

"你们都听说了？我正要开各校负责人会议传达哩。"周主任一面说，一面从抽屉里拿出文件指着给他们看。

看过之后，有的更加愤怒，有的很绝望，就你一言我一语：

"有啥办法！我们该死。"

"不认功劳，也该认苦劳啊。"

"早知现在，何必当初，干了这么多年民办教师，如今还落得个革命的不如不革命的。"

"明天到县里上访！叫上面一定给我们一个说法。"

最后说话的是叫何新的老师，他这人大炮，早憋着一肚子气了，这时恶狠狠地发出最后通牒。

接着，大家问起拖欠工资的事。

主办会计李会计开始先说话：

"这事别急了，年里还有两个月，乡政府答应和我们结账，看他们能给我们多少钱。我估计以往欠的不能付清，今年的一定能给。反正不管给多少，首先要把你们付清。也不怪你们有意见，快一年了，也没发过一次给你们。"

"也不说年底了，今天就想想办法先把我们八个人的钱付掉，付我们八人也要不了多少钱，三四千块钱。"有一人发言。

"你讲死话，不结账。我哪来的钱呢？"会计答。

"你们是老毛病，老师来领工资没有钱，吃起来几大桌就有钱，听说你们一年吃喝招待都花去几万。今天我可把话说清楚，我们不把钱要到就不走！不说了，明天我们到县里一并反映。"何新开始放炮。

"老何啊！你是听哪个说我们吃喝招待一年要花去几万？你说话可要负责啊。"周主任顿时严肃起来，神色不好看。

"这话叫我怎么说呢？我说了，你不就要找他吗？反正这话你听了，起码可以参考，引起注意。"

"你不要听人乱讲，我们有账可以查。"

"谁给你查？我来查啊！上面查，哪个说得清，都是吃吃喝喝，好哇好的，他们查也没用。"

"不讲了，不讲了。现在只讲钱。今天不能解决，我们就到县教委去。"八人中又有一位发言。

教委一帮人这时都哑口无言。

好半天，周主任离开座位，把胳膊一甩："你们等等。"他来到乡党委办公室，把这一棘手的问题要抛给乡党委。乡党委几个人正在开会。周主任把情况一说，党委觉得事态严峻，特别是老师们，如果到县教委去投诉，一定会兜底说出他们的所为。于是，就当场决定，办农窑厂之事暂停，抽出资金把拖欠的教师工资发掉。

这一闹真的有效，八位老师居然当场就领到全部拖欠工资。可他们喜笑却不颜开，更加沉重的东西，还是忧着五十五岁以上的人得不到转正。他们暗暗商定，事隔两天，还是去县教委。

过了两天，八人来到了县教委，一看人事科人满为患，争论不休，好像也都是反映乡教委不好，主要就是讲工资拖欠不发的事。他们八人就在走廊里来回踱着，没有进人事科的办公室。但又特别注意里面的情况。打算一旦有人也向科长反映跟他们一样的事，他们就挤进去，一起反映。不一会工夫，守株待兔，兔子真的来了。有两位年纪大的老师坐到科长面前，上来就问科长，五十五岁以上的老师为什么得不到转正？八人一听情况，马上进了办公室，挤到这两位老师身边，一面向在场的人说，对不起，我们要反映的事与这两位老师相同，不耽误你们，现在我们就来听听科长怎么说？科长见为同样的事，一下涌来这么多人，本来就很耐心的劲儿这时变得更精神起来，客气地说，"今天人多，没处坐，就站一会了，对不起。"

那年纪大的老师继续说：

"我们从二十岁就干民办教师，已经干了三十几年了。工作跟公办教师一样干，可待遇只有公办教师的五分之一还不到。开始是跟社员一样，拿工分过日子，后期改拿国家每月四十元补助，就这样的艰苦，几十年来我们一直坚持到现在，从不叫苦。盼星星，盼月亮，年年月月，都在盼国家今后可给我们转正。终于盼到现在，还落了个空，我们这么大年纪了，退休以后怎么过？你们这样做，讲理不讲理？年数干得多，反倒被一脚踢开，年数干得少，却轻而易举地得到转正。我们急切希望县教委及时把我们的意见向上面反映，盼望能得到纠正。千条理万条理，归结起来只有一条理，不要把革命的人排在不革命的后面。"

"是呀，我们今天也是专门为这事来的。"八人中有一人接后发言。

"你们……"

何新要发言，却被同伙使劲捏了一下大腿，怕他在这种场所要放炮。

"好，你们别多讲了。"科长把手向大家摇摇，接着说，"你们的事情，你们的心情，我都理解。你们所说的道理我也感同身受。像你们这样类型的人全县有三百五十六个。我们打算把你们的意见结合我们的认识写一份报告给上级政府。我想这在全国来说，也是个普遍的大问题。我想，国家迟早是会总体考虑这个问题的。这是我对你们的答复。我只能这样，好不好？"

八人就没讲什么离开了。他们肯定科长的话客观、具体，没有的说。

他们走进一家小饭店，准备吃饭后回家，却又遇到也有两位教师在谈论他们上访的事，因为痛痒相关，情趣合一。八位老师里面有人就问：

"你俩也是今天到县教委来上访的吧？"

"是，你们也是吧？"两人回答。

"你们是反映什么问题？"

"我俩是公办教师，"接着就愤愤地讲了一大堆，"现在教委搞什么名堂，领工资没工资，评级别教委吞。我们乡一共有一百多教师，国家规定，教师每年工作怎么样，思想表现怎么样，年终每个人都要写述职报告，由学校校长签意见，后报到乡教委，给各人评定优秀、一般、较差三个等级。如果连续三年都优秀，就可以提升一级工资；如果连续三年都较差，就要调离工作岗位或被辞掉。优秀级别是按教师数的百分之三十评定。这样，教师为了连续三年都争取评到优秀，起码是不被连续三年都评较差，谁都勤勤恳恳工作，都相信教委会公正摆布教师命运。殊不知教委却是年年把优秀级别数总体侵吞，伙子里排队分享。你说气人不气人？我们问县教委人事科，你们是不是有这样规定？科长说我们不会有这样规定。政策强调，教委和教师名额是分开的。你说作为教师，对这里的黑白怎么搞得清？"

八人回家后，我和他们谈论许多，更是为他们鸣不平。于是，决定写一封人民来信寄给中央，急切请求撤销乡一级教育委员会机构，回复过去以区中心小学代管行政事务模式。

信寄过之后，大概是官大，不见答复函。但后来"教育委员会"机构就真的从上到下被撤销，一律都恢复了从前模式。我不知道这与我的信有没有关系，但变化确是事实，也是满心的欣慰。

尘
海

二十七、统　考

　　在农村中小学，都要搞统考。统考不仅考察学生的学习情况，更成了套在教师身上的紧箍咒，其实，目的主要就是在这一点，全盘的不信教师人格。拿我们乡来说，考前三名奖五百至一千元，考倒三名按前三名的奖励额度罚款。统考一般安排在每学期结束，全县参与。试卷由县教委出题，印制，密封。开考前一天，由各乡教委派人将全乡各校试卷领回，放在乡教委处保存一夜。第二天清晨，由各校的总监考老师到教委领取试卷，按规定时间将试卷送进考场分发。各班监考老师是两人，都是同科老师对调，老师是不能监考本班的，甚至不能在本校监考，防止作弊。这样，监考别的班，就会特别严格，不严的话，别的班成绩就会超过本班，自己就要受损失。这样一来，每个监考老师都像一只狼一样，虎视眈眈地盯着每一个考试的学生。

　　如此这般，那些想作弊的老师考场上就没有戏了。但如果一个人丢掉人格的话，办法是有的。有些精于算计的老师就会打试卷进入考场之前分发环节的主意。毕竟是统考，外看很紧，内控却松，不像高考那样严格。因为是县里老师出的题，他们就想方设法打听一下，作文题呀，数学的压轴难题等。更有胆子大的，他们能将领回来密封好的试卷，拆开再封好，神不知鬼不觉，不漏一丝痕迹。题目一旦泄露，本班的学生，本校的学生，就能迅速得到试卷题目。

在统考时，各校校长也使尽了浑身解数。对来校监考的老师百般殷勤，好酒好菜的招待不用说，还会向监考老师另外送两包好烟。按规定，考试时不准任何人进教室，可有的校长就明知故犯。据说，有一位校长考试后半小时捧着茶杯进教室，名义上叫学生要遵守纪律，要听监考老师话，实际在跟监考老师扯三拉四地聊，谈工资，谈进步，谈组织上对你印象很好，实际就是分散监考老师注意力，给本校学生放水。在这个时候，窗外扒窗的校外学生向教室里扔纸团，发声音，教室里就马上不安静起来，学生趁机拆纸条，看答案。考场纪律一旦乱了，就是两个监考老师再严厉，使尽浑身解数，也难以应付。

还有更绝的老师，懒得玩猫鼠游戏，而是在考前暗示学生，在考卷上做上特别的记号，在阅卷环节，就能轻松放水。

这样一来，看似公平的统考，已经变成了恶臭的腐败场。平时老实教学、质量过硬的老师分数上不去，名次得不到。相反，那些平时教学不怎么样但精于心计的老师考出来的分数相当高，名次也由他们拿。统考，成了许多老师和学生深恶痛绝的赘物。

还有，各校在考前也是不敢怠慢。统考前一个月，学校便把其他课程都停掉，只上统考科目语文和数学课。临考前十天，放晚学后还要加课，有的加一节，有的加两节，有的还搞到晚饭后，等着家长送晚饭。校长对于放学后再上辅导课，是一半欢喜一半忧。若不抓紧吧，他担心别的学校超过自己，若放松吧，又怕有的老师学生家长都有意见。结果就是校长睁一眼闭一眼，明里不表态，暗里却鼓励。

这种情况一久，也会闹出事情来。林玉青就很不认校长的账。他是民办教师，教语文。下午放学后他已经加班上了两节课，校长嫌他时间少，要求他再加一节课。他不同意，校长说他懒，二人就吵了起来。林老师本来就看不惯这种高强度方式，学生也受不了。这次和校长一吵，就势甩手不干了，在家里待着不来上课。校长这下慌了，马上就统考了，这不是半路拆桥嘛。而且一旦传出去，他当校长也难以交代。当天晚上，校长叫了教导主任一起，到了林老师家赔礼道歉。

"老林啊！算我错了。不过，你也要为我想想，讲起来我也是顶个校长头目，别的学校都这样搞，我们不搞怎行？学生考得好，不仅关系到你的利益和荣誉，也是学校和全体师生的荣誉呀。好了，好了，就算我错了。现在你还是到学校去，学生怎么搞都由你了。"

林老师看校长这般低声下气，气一下消了不少。

"林老师，校长特地为这事来了，刚才也向你道歉了。明天还是回到学校上课吧。这个节骨眼上，不能任性。你也是一位踏实肯干的教师，领导对你印象也很好。只怪上面要搞统考，其实我们也不喜欢这样搞。"主任也苦口婆心地劝说。

"去啊，去啊！不去在家干什么？民办教师干了这么多年了。怎么会说不干就不干。"林老师爱人生怕老林丢了工作。

林老师没吭声，算是答应了。

我和林老师差不多，也很排斥这种野蛮的统考和迎考。这样搞，不仅对学生的成就没有什么大作用，更不好的是让

尘海

学生也在这种弄虚作假中习惯了，甚至学会今后做什么事也弄虚作假，道德、情操上受到摧残。陶行知说，"千教万教教人求真，千学万学学做真人。"所以统考也好，不统考也好，我教的班语文、美术、体育三科都上，学生学得高兴，我教得有劲。在统考获得名次上，偶尔也得过二名、三名，但多数还是被挤下去了。可有人还是说我这人真不简单，我的成绩是真正考出来的。我还有一个最起劲的东西，班里的学生程度齐。家长都要把学生往我班上送，要我教。这方面，我倒成了红人。连隔壁村有的家长托关系，买东西往我家里送，要把孩子送到我班要我教。弄得我招架不住，直到班上爆满无法收为止，但东西坚决不收，我体会老百姓的困难。请吃更是频繁，有时不仅是请我、校长和主任，还请全校老师都去。大家吃过饭之后，说沾我的光。校长和主任也和着说，我们不想前几名，我们就要像陈老师这样勤苦实在的教风，学生学得好，家长很欢迎。校长还说起一位中学老师跟他说过的话，说我校升上初一的学生好教，尤其是作文写得比别的学校都好。难怪有一次，我上街路过中学门前，遇到教初一的田老师和我说，你真有两下，你教的学生作文写得非常好，我跟他走到他房间，他拿出一个叫鲍小云的作文递给我看。这篇作文题目叫《我最难忘的老师》。作文写：

> 我最难忘的老师是陈十老师。他三十多岁，红润的脸蛋，斯文、俊秀。他对学生特别和蔼。学生都欢喜他。说我最难忘，还并不是因为这些。主要就是他教学特别认真……

这篇文章共有七百多字。我看完之后，也觉得写得不错。不仅主题突出，语言也非常通顺流利，没有重复啰唆的地方。通篇文章老师只改了两个字，得九十八分。随后，我就和田老师谈我教学的感受，自然也就谈到我对统考的看法。谁知，他与我特别有同感，他骂管教育的有关领导是昏王，不懂教育，把教书育人的教师当牛马。接着，我俩又谈起唐代柳宗元写的《郭橐驼传》这篇文章，古人早已懂得怎样理政道理。写文章劝诫皇帝，使皇帝得到醒悟，为什么到今天，一些教育管理者却仍是像什么都不懂的粗人，真叫人不可思议。

尘
海

我看，这个可能也不是与中央有关，是某一层领导作为。城市小学、高中以及大学就不搞统考？我认为教育工作是要靠软实力，过去，乃至解放初哪搞过统考，人才不是照样培养出来。教师是知识分子，都有自尊心，是特别有人格的。着重还是要因势利导地发扬和尊重他们的人格起作用，像解放初那样，领导不定时下去看看教学情况，提提意见就行。

田老师可能是教语文的原因，他一下兴致上来，拿出课文《郭橐驼传》就朗诵起来。

最后，变成了我俩合诵："……问者曰：'嘻，不亦善夫！吾问养树，得养人术。'传其事以为官戒。"诵罢，相视大笑。

历史总是向前的。又过了一段时期，国家形势发生了大变化，不仅是农村中小学那样的统考没有了，贪官也少了，社会上送情送礼现象也基本消失。

一天，我又遇田老师，这次遇到正恰中我的心怀，正想和他谈我心中的感受。主要就是中央提出在全党开展"群众路线教育"这一大事想跟他谈谈。我进他的房间，先打开电脑，叫他看我写的一篇博文：

报上登了题为《照镜子，正衣冠，洗洗澡，治治病》的文章。文章说……特别是有的领导机关、领导班子和一些领导干部形式主义、官僚主义突出，奢靡之风严重。主要表现在理想信念动摇，宗旨意识淡薄，精神懈怠，贪图名利，弄虚作假，不务实效，脱离群众，脱离实际，不负责任。这些问题，严重损害党在人民群众中的形象，严重损害党群干群关系，必须加以解决……

看后，我说：

"中央这样决策，是件大快人心的好事。人民早已翘首以盼。这样之后，国家形势明显大有好转。尤其是习总书记提出的'不忘初心'伟大教导，更促使全国人民上下一条心，奋发向上。相信，中国梦一定能实现。"

"是呀，我也有共感。这些年来，就没看到农村中小学搞那样的统考了，而且许多陈规的东西也进行了改进。"

随后，我俩还谈了一下分别后的情况，便告别了。

二十八、流产的改行

　　调回芦村小学，莫名得了头痛病。有时上课时发，就只能停下课，伏案休息。我怀疑这与姚顶峰那次打人引起脑震荡有关。村里的医生建议我去大医院检查一下。我就去了与家乡一江之隔的池州地区医院检查。在门诊室，医生问我做什么工作？我回答后，他开单叫我拍片，检查后医生说，你有颈椎病。这种病与你职业有关。你是教书的，除上课时间站立之外，其余都是坐着看、写，用脑筋。久而久之，就诱发颈椎骨增生，骨增生，就要挤压血管，使血流不能畅通而导致大脑供血不足，头痛头晕就是这么来的。除这样原因之外，还有与晚上睡觉枕枕头有关，枕头不要太高或太矮，要适中平直。我又问可与上次有人打我头部有关，医生说不是不是。我又问："这种病怎么医治？"他说，"这种病没有什么好的治疗方法，即使是开刀手术，效果也难达到理想。唯一办法，最好是避开伏案性工作。"

　　"教师这行怎可脱离伏案性工作啊？"我说，"除非是不当教师。"

"改一下行当然更好。如不能改，跟领导讲一下，在教育这行内部调整一下工作。我可以在病历书上写一下建议。"接着就写了"患颈椎骨质增生病，不适宜从事直接性教学工作，建议给予工作调整"的医嘱。

回家后，我把医生写的建议拿给校长和老师们看，他们也很赞同我调整一下工作。校长说：

"那你还要写报告，报告写好后，连同病历交给乡教委。由乡教委签意见，再转县教委批准。事情有点复杂。"

"我看你就别走了，你专代我们学校美术课，主课不要你代了。我们在一起这么多年，难舍难分啊。"一位老师这样说。

"你要是同意，我就正式跟乡教委说说看。主课就不代了，除代美术课外，代搞搞学校收发和打打钟就行。"校长也赞成。不过，他多添了"收发"和"打钟"工作。可能他认为，只上美术，觉得我工作太少了。

"这样来，岂不是大材小用了。小陈是个红教师，乡教委能听我们这样说吗？"又一位教师发言。

我来到乡教委，乡教委主任看了我的材料后，说了许多，我一一解释，最后他问我要改什么行，如果跳出教育圈，他没有这个权。教育这行，除校长、主任、教师三样之外，其他工作都是非正职人员，也就是说级别不一样了，是低一级范畴。叫你去干教务员、收发员、管理员你愿意吗？即使你愿意，这些事也只有中学才有配备。我们乡有三所初中，这三所中学人员都配齐了。除非是调出陈洲乡，或者是高中部。这样做，我们更没有权，那是县教委的事。不过，如果是这样，你离家就远了，照顾不到家了。我说你老陈啊！你就别想这种心思了，区乡领导跟我们说过，你在贫下中农管理学校时校长当得非常好，很受群众欢迎。后来，上面规定，贫下中农管理学校终止，没把你安排好，现在林杰校长明年就要退二线，领导想法由你继任这个学校校长。这样，不仅使你恢复了荣誉，又能继续照顾到家，这有多好。

真没想到，主任不仅是话讲的多，而且讲出来的东西使人出乎意料。时间这么久了，真是半夜里想起大花猫。此时此刻的我，心境对此冷漠淡远。因为我深刻体会到，要真正当一个好校长实在不容易，我又是头痛病，能承受得了吗？我不可能为贪图荣耀而回避，我真的只想换一个既单一、少费思，又能适应我兴趣的工作做。于是，我便开口对主任说：

"主任说话很有水平，字字精当，句句有理。尤其提起领导对我的信任方面，我真是很感激，并请主任代我传言谢谢党委！不过，你要明白：我的报告是说我有头痛病，需要调换一下适宜我做的事。当校长虽然荣耀，但我现在不适合去干了。"

"怎么不适合呢？"主任这会又重新看我交给他的东西。看后，没说多话："好吧，我给你批吧。"

我拿批好的报告又想着，县教委里人生面不熟，求领导办事都得要带点东西过去的，不然人家不会理你。我平时就十分鄙视请客送礼之歪风邪气。但现在面临的是切身利益，也只能丢掉那份不值钱的清高。

去县教委前一天，我再三考虑，贵重的我没钱买，便宜的又怕别人看不上。算了，还是带点农村土特产吧。其实家里的土特产也不多，花生、芝麻勉强只管过年吃。我把家里花生、芝麻都拿出来用秤称了一下，数量太少，拿不出手。干脆单买十五斤花生一样了事。怎样把这一袋花生送到当事人呢？确实是个难题。办事送情送礼虽然成风，但具体办也都心照不宣，不能冠名堂皇大摇大摆地送，而且教委里面人比鬼还灵，你要是拎着鼓鼓的包或是鼓鼓的袋进教委大门，人的眼睛从各处瞟过来，看你往哪里走，进哪道门，这样叫人多么不好意思。但是无论如何，这事总是要办的，心里一沉思，好吧，去了再相机行事。

早上，我拎着一蛇皮袋花生，夹着小黑包，上了汽车，一个多小时就到了县城，走了一里多路，在离教委大楼不远的一个地方停下。这地方有一个卖报亭，我去打听，教委人事科在几楼，科长姓什么？他的回答是一问三不知。我就继续向前走，看到教委大楼前有一个漂亮的小房子，估计是传达室。走到门口，看见里面坐着一个人，约莫五十岁。我客气地叫他一声大爷，我把这袋东西放你这里一会行吗？

他没有正面回答，只是说时间不要太长，一下班他就要锁门。我说行。趁这机会，我又问人事科在几楼，科长姓什么？他还算客气，都给了答案。我道了一声谢，夹着装件的小黑提包走进大楼，上了三楼，沿着过道向前走，找到人事科门牌，门敞开着，里面正案坐着一个五十岁模样的男子，正在跟两个人说话，肯定这就是陆科长了。我进了门，从口袋拿出早备好的一包上等香烟，笨拙的拆开，一人散一支。陆科长示意叫我坐下。大约十分钟之后，两人离开。我开始叫一声"陆科长"，我把我的来意向他说了一遍，然后把带来的东西递给他看。他看完后问我：

"你会写美术字吗？"

"会。不过我更喜欢的是画画，我还是县美术家协会会员。"我答。

"那更好，会员证带来了吗？"

"没有。"

"那你就到县文化局开个证明来，有作品拿来更好。现在你就去开，我等你。"

一个小时后，证明开过来了，我说，"作品家里有，今天没带。"

科长看过证明之后又说：

"现在钱黄中学需要一名教务员，汤口中学需要美术教师，你认为哪个工作合适你，你选择。"

科长说的两所中学名字我都知道，也知道钱黄中学是高中，汤口中学是规模较大的全初中；钱黄中学离家远，有九十里，汤口中学离家近，有三十里。不过我在想着一个东西，我是小学教师，能往高级中学调任教师吗？我问之后，陆科长说：

"可以，你有特长嘛，现在就是美术教师缺。"

"好，那就到汤口中学吧。"我说。

"那很好，这个学校是所老学校，条件不错，马上要设高中部了，编为县三中。学校离你家路又不远，你要同意，初步就这样定了。调令在暑假后期发出。"

我真没想到我的事今天就这样顺利地得到解决。我一下轻松得简直要飘起来，特别感觉到以前自学美术的功夫没有白花，也不仅想起区文化站刘站长知我画画挺好，来找我，说县文化局以政协名义要在全县征集美术作品搞一次画展活动，叫我要画一幅画递给他，结果我的一幅作品被评获得金奖。以后就吸收我为县美协会员。

还幸亏陆科长是个务实的好领导，没有弯弯绕绕。

虽然我的事情顺利解决了，但花生一定还要送给陆科长的，纯粹是为感谢吧。但又不能直接说我带了花生来，便想打听到他的住址，等会直接送到他家去。我便假装跟陆科长闲聊。

"陆科长，听你口音你像是安庆人吧？"我故意问。

"不是不是，我家住在后山，离这里有三十多里。"科长答。

这时又进来两个人，又是跟陆科长谈事。好烦，我只好和陆科长握一下手离开。想找个什么人再打听打听，便转到了食堂，和炊事员闲聊。终于打听到了，陆科长并不天天回家，住在教委大楼后面的陵阳中学一个房间。我赶快来到传达室，准备把花生拎出在别处暂时回避一下，等下班后送给陆科长。谁知，花生袋不见了。门卫跟我说，我叫你早来，你怎么不早来？我到一趟厕所回来就不见了，我不可能把你东西驮着走吧。我又气又恼，哭笑不得。

"上次也有一回，有个人把一大包东西放在这里，也被人拿走了。后来我听人说，有一种鬼人，专门瞄准，偷人家送给机关里的人东西。不过，你也不是什么太贵重东西，别恼了。"门卫安慰我。

我极为懊恼地离开，我总猜测，那门卫老头不是好东西。

来日方长，陆科长的好事，我永记在心，或许能有机会再表达谢意，或许是留下那么一点遗憾。

自此，我就在家里一直等调令。想着，也许是邮递员送到我手中，也许是校长递给我等。可是，暑假到了，暑假要结束了，暑假结束已经上课多时了，都不见有调令。有一天，我到陈洲乡有事，遇到了一位熟悉的女老师丈夫，他见我惊讶地说，"你不是调走了吗？怎么还在这里？"

我特别惊讶，我问你怎么知道我的事？他说他上次在县教委人事科给他爱人开调令，陆科长对他说，请你回去跟陈十老师讲一下，叫他来人事科拿调令。这下我全懵了。随后他又解释，因为路远，我没有及时跟你讲，我也以为你会知道，会去拿调令的。

真是坑死人了，谁知道调令还要自己去拿。

第二天，我急忙赶到县里。陆科长跟我说，"你怎么现在才来，我托了好多人给你捎口信，叫你来县开调令，总不见你来。现在情况变了，你们乡教委主任来我这里，要把你留下，他说你是一位很好的老师，根据你的实际情况，给你安排任乡教委教研组顾问。他们这样安排，也是我们县教委按上面指示统一部署的精神：对确实教学水平高、工作兢兢业业、德高望重的同志可以提任为乡教研组顾问。这样，对提高教师教学水平和全面提高教育教学质量都有好处。又考虑你便于照顾家，所以事情就这样决定了。汤口中学已另派人去了。

我一下如碰倒了五味瓶，陷入深深的沉默，主要成分是不高兴。

"好吧，就这样，你回去吧。"陆科长说着，又忙于接待人了。

我回家来到乡教委，心情并不乐意，我猜测我发生这种情况，肯定与他们背后干预有关。但又觉得他们确实是为我好。

教委主任见我很客气，把事情经过一五一十地说了出来。并表示他们的歉意，也说出是为我好。

怎么办？我只有默不作声了……

尘
海

二十九、入党重提

春天，一个星期天的上午，日丽风和。江堤上绿草如茵，青翠欲浮的岸柳，稀稀拉拉的飘出"雪花"，有一大朵在低空忽上忽下，又径直向我头上飘来，要到边时，却又避开离去。

我在江堤上骑着自行车，迎面遇到区中心小学校长王美其，他是星期天没事在散步，我下车招呼，他问我从哪里来？我说上陈洲乡政府办事，现在回去。他叫我停下，有事跟我说。我俩就在堤沿席地而坐。

"今天正好，我准备托人带信哩。"随后，他说我如何如何的不错，接着又道，"支部开会研究过了，这次发展三人你也被列入对象，你就写份入党申请书交来。"

"那好！我写好后交给谁？"我喜出望外，简直不敢相信这是不是真的。

"交给我，就这两天写好交来。"

他又谈起在贫下中农管理学校时，芦村书记跟他说过我写过入党申请书，在讨论时，因为个别人提出我小叔家是地主成分未被通过。说你这样的好同志未被通过真是可惜。书记还说，你不仅为人好，工作好，又能认真学习马列的书、毛主席著作，有很强的共产主义信念。申请书写得很深刻，很感动人。因为那时入党，对政治出身问题要求很严。现在不同了，重在个人表现，支部一贯对你很重视。所以开会研究，作这样决定。

二人谈了一个多小时握别。一路上，我一直在想王校长这个人。他确实是一位好校长，而且也兼任小教党支部书记。他不仅是年纪长，资格老，更可贵的是正直无私。或许有人问，这样的好校长，为什么进不了教委班子呢？回答很简单，改革开放以后，由于政治工作不像从前，干部思想变得懈怠，升官作兴拍马，可这点对他来说是水火不相容的，当然也就用不上他。其实我对他这样性格很是欢喜。我早已就对他非常敬佩。那次，我与老姚关系恶化，就是由他牵头找区领导配合，终于把这桩棘手之事，秉公道义，十分圆满地解决好。未处理好这件事之前，我被姚顶峰打伤没到校上课，老姚到区中心小学找他，来个恶人先告状，说我如何如何的不对。后又无耻地说没人上课怎么办？却被王校长劈头盖脸地批评一顿。他说，在小陈还没有调你学校的时候，你三天两头地来找我们要人，现在给人给你，你又如此恶劣待人。现在小陈被你打伤了，伤医好后，他去不去还是个问号。如果他真的不去，你也别来找我了。现在，你干脆回去反省自己，课没人上，你要多吃点苦，自作安排，像没有给人之前一样上课。他这样为我讲直话，我始终不会忘记的。也难怪在芦村小学开会时，他也这样说。

因为上述原因，我对王校长就有一种长辈似的尊敬。他喜欢吸烟，吸的是大众化"龙泉牌"香烟。这种香烟在当时

尘
海

只卖二元五角一包。自他告诉我写入党申请书之后，有时我到他那儿去，就买一条这样的香烟带去。其实我这样做也想了许多，就是怕人说我想入党对王校长小哄小托，更怕人说我为这事买这样香烟送给领导成笑话。殊不知我的想法：做人平平淡淡才是真，避免别人产生异想。我一共送两次，第一次王校长推三阻四，第二次坚决拒收，还批评了我，说了许多道理，我只好依他把香烟带回，以后我就是要送也不送了。

我的入党申请书递过之后，没想到，两个月后，正当要填考察表时，又说我不作数，我成了一场欢喜一场空。

后来了解到情况，王校长已到年龄，要退居二线，他的工作包括支部工作全部移交给了新校长。新校长就是乡教委副主任张悦。这人拍劲太大，从下面一个普通小学校长升至乡教委副主任，在乡教委混了两年，觉得自己权不当劲，不吃香，无油水可捞。他一直盯着王校长这个党政工作一手抓的职位。他又上蹿下跳，打通了县教委，同意他保留乡教委副主任身份，又接任王校长全盘职位。填表时我不作数就是在张悦上任后突然变化的。

我急不过，来到中心小学找王校长问问到底是怎么回事？我绝不怀疑与我给王校长送"龙泉牌"低档香烟这事有关。王校长听我诉说之后，怔了多会，似乎预感到此事有蹊跷。因为他爱人跟他说过，有一天晚上九点多，她路过张悦门前，一个五十多岁的男子拎着一蛇皮袋东西进张悦家门。她停步侧看，那男子从蛇皮袋里拿出两只鸡、两瓶酒，后又从身上掏出红纸包塞给他儿子，说，这点钱送给孩子买套衣服穿，不成敬意了。后坐下，张悦递茶，那人又声音很低的谈他入党的事。

王校长一怔之后，跟我说，别急，等我查问一下。

经调查得知，按规定，发展党员五十岁以上的人要受名额限制，当时我正好五十岁，五十岁以上的人连我在内有三人。张悦上任后，我的名字换成了章家其。王校长找到他一说情况，张悦这时料想势头不好，如果情况照他所为发展下去，他会身败名裂。他就将东西和红包全部退给了章家其。并说这事不好办，就后批吧。接着，他就亲自将入党考察表送到我家叫我填，此时，他就说我如何如何不错。

王校长问清情况后，又马上找到乡党委书记王兴如，向王书记汇报了我的情况，但没有说他爱人那天晚上看到的情景。王书记对此事很重视，还专门派人到我工作过的学校访问我的表现，以证实王校长的汇报可确实。后来又通知张悦到乡，问张悦可是这回事。张悦面容失色地向王书记检讨说，我初接手这项工作，情况不了解，把事情做错了。现在事情已经纠正过来了，陈十的入党考察表已经填了，是我送去叫他填的。

可王书记仍是照样批评：

"老张啊！你这人怎么这样简单，这样的事怎么就自己说了算，你要开支部会通过啊。这样搞，叫你当校长怎行？陈十是位很好的同志，你不知道吧。"接着，王书记就把派人访查的情况又跟他说了。"好吧，有错改了就好。你回去……"

张悦心里有事心里惊，赖着对王书记说，"我虽然工作上有错，但我的行为是端正的，我决不会做以权谋私的事。"

"哎呀！好了，好了，我不是说了嘛，错了，改了就好。"

张悦离开后，心里一直愣着，时不时地抓抓头。他在想，王书记对他总是说，"错了，改就好。"是不是有人向他汇报过，他先收了章家其钱物准备把他事办好，后来看不行他把钱物又退还了给章家其，难道这事真的被人知道了，要是这个意思，是多么的难为情，这样对他今后各方面都不利。不过，他逢事也很老练，他不必再想许多。时间一长，不就照样什么事都没有了。

其实这事他是真的讨了便宜，除掉王校长没有跟王书记讲出这话之外，就什么人也不知道。完全是他做贼心虚而已。

后来，乡政府召开村、乡两级干部会议，王书记又在大会上特地提出这事。他说，现在改革开放，我们干部务必要头脑清醒，搞经济建设，发家致富，不是遇事不讲公道，以权谋私。这里有一例可以说明，我们通过走访，有位老师对工作一贯勤勤恳恳，任劳任怨，默默无闻，成绩突出。除此，他还能自觉学马列的书、毛主席著作，思想先进，有坚强的共产主义理想信念。可有个别领导在他入党问题上，做手脚，这样的干部能称职吗？还好，幸亏他能及时认错，进行纠正。不然，是要追究责任的。你说这样的好同志不吸收入党，还会吸收谁入党。

王书记在台上说，会场上不少人眼睛向张悦这边瞄。张悦仍是老练，瞄就瞄，一散会不就没了。

一年后，我入党的事批下来了。同时批下来的还有两位五十岁以下的老师。七一那天，陈洲乡小教支部在陈洲中心小学召开三人入党宣誓大会。会场设在五年级一班教室。参加会议的有四十五名党员，满满一教室。王美其校长早已来到会场，他坐在人群中，大家有些惊异，因为他一贯都是坐在台前的人。主席台上没有什么特别布置，只有一条"入党宣誓大会"横幅挂在教室上方，桌上摆着两只热水瓶和几个茶杯，组织委员李小苗坐在上面。张悦不见在，李小苗说张校长请王校长去了。这时，大家笑着指着王校长，"王校长早

二十九、入党重提

就来了，他坐在大家中间。"李小苗马上请王校长到主席台前就座。王校长说，"不用不用，我已经退二线，都由你们主持了。"这时张悦进了门，说："王校长不在家。"大家轰然一笑。会场上此时人声直呼，"王校长不上台就座，我们不开会走了。"在张悦和李小苗执意要求下，在大家的促使下，王校长只好上了主席台就座。

开会之前，组织委员给大家发喜糖、喜烟，这都是三位新党员各自买好递给组织委员的。

组织委员拿到我的一份时，马上惊讶起来，糖果是最高档的，香烟是最高档的，而且香烟买的是两条。大家认为我经济条件不够好，建议将香烟退一条给我，叫我拿回退给卖家。我坚决推辞。王校长望着执事的李小苗，笑着说，"陈十这人我知道，他不是乱花钱的人，今天他高兴，就让大家多分享他一点吧。"

大会按常规程序进行：放鞭炮，唱国歌，主持人讲话，宣布新党员批复函，入党宣誓，领导指示，新党员说话，总结。到领导指示程序，先是张悦说话，他说，这次入党宣誓大会本想请乡党委书记王兴如和我们的老校长王美其来给大会说说话，作指示，可是王书记实在太忙，还有会要开。但王校长今天亲自到了，就请王校长给大会作指示，大家鼓掌。

王校长说话：

"承蒙张校长和大家客气，要我给大家说话。不过，我仅仅是说话，是说我的认识，谈不上指示。说错了，请大家向我指出，或批评。"

王校长首先谈共产党员的先锋模范作用。他说，"一切共产党员和要求入党的同志，首先要认识到你为什么是个共产党员，你为什么要求入党。这是个根本，这个问题你不能认识清楚，是党员的你就不够格，是要求入党的，党组织不会批准你。你是共产党员了，你就应该首先懂得和信奉马列主义思想、共产主义信念，你就必须在人民群众中起先锋作用和模范作用，你的责任就要与全体党员一道，全心全意为人民服务，在社会主义革命和社会主义建设前进道路上，努力工作，不怕困难，不怕牺牲，为实现人类的共同理想——共产主义社会而奋斗。可是，在现在改革开放，以经济建设为中心大潮中，有的党员思想变得糊涂起来，忘记党的身份，忘记党的宗旨，搞拉关系，逢迎拍马，以权谋私，没有好处不办事。这不仅是广大人民深恶痛绝的，也使我们党的荣誉受到极大损害，我们全体党员同志一定要澄清思想，相信大局，共产党迟早是要清算和整治内部秩序的，不这样做，共产党就没办法担当历史使命。"

王校长说到最后，又像王书记一样提到我，他说，"这里我要说一下老陈同志，老陈是今天新发展党员之一，这人很早从潜江调回来的，对他的工作情况、为人表现，不仅我了解，恐怕老同志都能了解。他这人最大特点就是诚实、不假，胸襟开阔……另外，从他写的入党申请书也可以看到，他写的东西没有空话，句句见真，对入党的目的写得深刻、具体，看了就知心识意。在我所看到的入党申请书中，别人都是一种形式性、程式化。唯他独特，鹤立鸡群，所以，他受到支部一致公认，决定通过他。"

王校长话讲完，全场掌声热烈，还拖着咔嚓、咔嚓拍照声。

接下来是新党员讲话，三人中，我是最后一个讲话：

"……当我想到旧社会，三座大山压迫和剥削人民，人民过着衣不蔽体、食不果腹、逃荒要饭、卖儿卖女的痛苦生活，就想到马列书上说的必须打碎旧的国家机器，建立人民当家作主的社会主义制度国家之理；当我现在还看到大街上，有撑着架板前行的瘫痪老人喊着大爷、小姐做点好事时，我就心酸地想到马克思学说，要在全人类实现共产主义，实行'各尽所能，按需分配'之深刻道理。我无法理解，有人想入党，就是为着想做官，脑筋竟会这样的简单、卑陋。要懂得，共产党自诞生日起，就意味着责任重大和艰难。所以，你要入党，首先想到的不是享受，想到的是，如何使国家早日富强，人民早日过上美好幸福的生活，想着早日实现伟大理想——共产主义社会。为此，你就必须与全体共产党员一道，百折不挠地为国家为人民刻苦工作。在这过程中，有时还遇到风险和牺牲。直到伟大理想实现了，你才可以舒心、微笑和满足。各位领导，全体同志，今天是我正式成为一名共产党员的大喜日子，也是我终生难忘的一天……"

我的话还未讲完，全场就爆起掌声。个别人还捣笑说，"这家伙多有才啊！"

最后是张悦做总结讲话。他的总结讲话哪是总结，他的心早已是一锅粥，呕得难受。他觉得王校长的话是针对他讲的，王校长笼统地讲，他也笼统地说：

"……过去，我的工作存在不少缺点，看问题片面，办事主观，造成不好的影响。今后，我要努力学习马列主义的书，提高思想水平，做一个合格的党员，把各项工作做好。旁观者清，当局者迷，我如果再有缺点，请大家直接向我提出，如果觉得当面不好提，就在背后向我提，我表示感谢！"

他的讲话不到五分钟，讲完后，脸还是红的。接着就散会。

三十、画　竹

　　画竹不仅是美术，还是文学，人学。画竹，必须得爱竹，懂竹。画竹如做人，不会做人的人，估计也难画得好竹子。

　　一个人，人做得怎么样，在于他的学养水平怎么样。学养，就是学问和修养。拿画画来说，要想把画画这门艺术修炼成功，首先就得淡泊名利。若被名利所累，画竹则不会长久。书法、绘画艺术的成功，是冰冻三尺非一日之寒的事，要通过几年、十几年乃至几十年的勤学苦练才可见东西，也就是说有点像样了，能成为社会人的认可和喜爱的艺术品了。这种认可和喜爱的艺术品，不一定要贴上什么会员、大师的名衔。那些名衔，不是艺术的事，而是江湖的事。既然是江湖的事，就一言难尽了。有才华的被埋没，没水平的会成名，不一而足。再者，艺术的东西，仁者见仁，智者见智，并不是一把尺子量到底。有人说你好，有人说你不好。只有淡泊名利，云淡风轻，才能潜心于艺术。艺术不是为别人创造的，而是自己的情感物化。所以，历史上那些千古留名的艺术家，也不是因为什么头衔留了名，而是靠艺术作品传世。像吴道子、唐伯虎等，他们哪有什么级别的会员、什么级别的头衔。

没有名利之心的人，自然就不怕失败，不怕讥讽，不怕耻辱。当失败、讥讽降临的时候，也只当昨夜西风，今晨已远。有一位画师说，对于一个追求画艺成功者，要"因悟无私无欲，天人合一，不诱于誉，不恐于诽，自甘寂寞，百般磨炼，方可渐臻化境"。此言说得多么精辟和有震撼力，堪作"座右铭"。

总之，画艺是学问，但它的成功更离不开做人的学问。

爱好和兴趣，则又是艺术之路上的重要动力。没有爱好和兴趣，无论你怎样劝他搞也好，逼他搞也好，都是白费。有了爱好和兴趣，即使阻力重重，他仍然乐此不疲。

我家东边不远，有一块较大的竹园，是生产队的，面积约半亩。竹园给生产队能增加集体收入，但对于我，却是一道难得的风景，终年郁郁葱葱，赏心悦目。竹竿挺拔青翠，一碧无瑕，丈高以上，枝叶浓密遮天。它所盘踞范围，毫无杂芜侵进，俨然夕守。每到夏天，我常端着小竹榻进去纳凉，或坐或仰，或看书，或画画，真是一种得天独厚的享乐。后来，我与队长联系，挖上几竿种在屋后。三年后，我屋后便有一片小竹林，我朝夕赏竹与之为伴。

爱上竹子，自然就爱上竹画了。实际上，也说不清是因为爱竹才喜欢竹画的，还是先喜欢上竹画再爱上竹子的。每当看到好的竹画，便如痴如醉。那竿，那叶，那浓淡疏密所构成的整体画面，如身临其境。要是在报上或者杂志上看到吸引我的竹画，就小心地剪下来，贴在一本厚杂志上，时间一久，杂志就变成一本画册了。

为着好好欣赏一幅好竹画，人家又说我是孬子。记得有一次，在陈洲乡一位干部房间和人谈白，他挂历上有一幅竹子画吸引了我。谈完白后，我对他说，这幅竹子画很好，你能不能借给我带回家欣赏一段时间，以后我再送还给你？那干部还真的依了我，取下画给了我。还说，算了，别还了。可是，我拿着画出门刚走几步，就听后面有人议论我是孬子。我顿感一阵酸楚，想着自己可能是真有点过分了。

还有一次，是在陈洲街上，看到一位老男人在街上摆画摊，一边画一边卖。我看见画画的人本就十分欣喜，赶紧走到老人跟前，一面看他画画，一面和他闲聊起来。得知老人是本县津义乡人，叫鲍学衡，是中学美术教师，现在已退休，他的画画得真不错。他正在画一幅喜鹊登梅，特别是喜鹊，画得跟真的一样。他画好后，我直截了当地问，你也画竹吗？你就画一幅给我欣赏欣赏。他欣然乐意，不到五分钟，一幅苍劲有力的竹子就画出来了。我很钦佩老人的画功，又聊得十分投缘，便邀请老人住到家里。老人还犹豫着，我说走十里路，在江堤上乘三轮车不到十分钟就到，明天我再送你来卖画。经我再三劝说，老人就退掉了旅社，和我一起回家。

到了家，恰恰一连下了三天雨，老人不得出门卖画了。我每天都上江湾街买好菜好酒招待他，三天里他都在我家画画，和我聊。老人知道我喜欢画竹子，在我家主要就是画竹子。还一面画一面给我讲解，要先立竿，后生枝，再布叶。到熟练时，也不一定要按这三个程序去做，熟能生巧，画无定法。一幅竹画好不好，就看整体态势，能否达到神形兼具，百看不厌。他又指着我堂心墙上贴着的一幅竹子画，问是谁画的？我说是我画的，因为我爱画竹，去年过年时，就画了一幅做中堂，自娱自乐吧。他夸我画得不错。他还说，重要的是要有好心态，不能急于求成，而是功到自然成。这也就是前面所说的，做人。

老人离别时，他要给我付饭钱。我当然不肯收，请他住到家里，一是对老人的尊敬，二是也想向老人学点东西。老人仍然坚持，我拗不过，就开口说，要不你就把你带的那本《芥子园画谱》卖给我，你到别处再买。他二话没说，就把《芥子园画谱》书拿出来递给我，不是卖，是送给你。就这本《芥子图画谱》，对我后来画竹起了很大引领作用。

此后，我对画竹更是一发不可收拾，只要有画展，哪怕几百里远也都赶去一观，还特地买了一只相机，到处拍竹子，拍竹画。

要想画好竹子，仅仅喜欢远远不够，非得下苦功夫不可。我从爱画画十几年后，才转为主攻画竹。以后坚持每天画两幅，雷打不散的是一幅。如果哪天做什么事回家很晚，浑身很累，又要忙着烧饭吃，洗澡，之后是多么想睡觉，但我还是想着一桩事没有做，还是坚持画一幅，才算能彻底的安心睡觉。如果外出要三天以上，就将画具一套随身带。

平时也格外留心观察竹子。在竹园休闲，或是看到一组好看的竹叶，就端出常用于写生画画的小方桌，拿出画具，在旧报纸上铺上宣纸进行写生画出。小学生走过说我是画家，大人走过说我今后一定会成为大画家，我仅报之一笑，家不家谁去考虑。

画了几十年画，也无所谓成功与失败，自得其乐而已。虽然也是市县的美协会员，虽然也有作品在报刊上发表，虽然也曾在中国书画家协会全国征稿搞竞赛两次获得金奖，都不过是想换个视角看看自己的绘画水平而已。在绘画上，就一直自嘲是"民办教师"。没有公办教师的身份，但并不影响去享受教学的乐趣。

有一次，看报上消息，南京有一个书画展，还有王文娟要来南京演出越剧《红楼梦》。我是个越剧迷，王文娟和徐玉兰主演的越剧《红楼梦》电影曾经一连看过七场。因此，尽管我家距离南京有四百里，仍放下其他事，赶到南京，一为看戏，二为看展。

可是到剧场时，才知不是王文娟本人演出，是她的徒弟。大失所望，索性直奔画展去了。画展上也看到几幅竹子，画的确实好，便用相机拍下来了。看完画展，便在街道上闲逛，在大行宫又看到一老人在摆摊画画，心里一喜，便上前搭讪。老人姓曲，号炳心，正在画一只公鸡，运笔娴熟，构图老道，一看不是寻常画师。一问方知，他是中国美术家协会会员。他说，根据协会要求，会员是不允许在街上摆摊卖画的，不仅画不上价，也会降低画者身份。我说，别管许多，身份不是供出来的，是画出来的。随后我说我也爱画画，主要画竹。他一下就把笔递给我，又铺上宣纸，让出身子，叫我画一幅。他此举也似乎是要考我。幸亏我仗着有两下，心里不慌，看他在画画时我手就痒痒的。我接过笔，先蘸浓墨提起，墨滴在纸上，就势下笔，一气呵成。一组粗犷、苍劲、叠加有序而又伸张韵致的浓丛竹叶灵现在眼前，后又蘸淡墨少许，或连或添，最后根据叶丛分布，向上抽杆完成，用时约三分钟。凝思一会，索性再题一首诗：

青青竹叶连竹枝，
一片纷乱自有序。
丹青运笔乱先有，

有规无规笔游思。

　　曲先生先是凝神，接下惊叹，"好画，这幅就送给我了，我还没见过作画下笔如此大度腾云驾雾的辣劲呢。"随后，作为回报，他也将那副正在画的竹鸡图画完送我了。他说，以画会友，以后我们互相学习，相互联系。我说，我哪比得上你，我还是民办教师呢。他问我说的话是什么意思。我说，我不能像你那样，是中国美术家协会会员。他说，只要画画得好，什么公办民办。

　　啊！你也这样说，反正民办教师也可以努力把书教好。

　　曲先生的画我拿回家之后，我又在竹鸡图上留下一首题款诗，以作互应留念：

学竹虚心节节高，
处世做人永低调。
大气大魄何所在？
不知自己高更高。

尘海

三十一、孩子新话

光阴荏苒，日月如梭。随着时间的推进，孩子如今都已长大成人了。由于改革开放，形势发展，他们都发了。

老大是个女孩，叫陈平，高中差两分未被录取。劝她复读一年，她说家里情况不太好，不愿再念。以后就学了裁缝，去了江苏打工。两年之后，经人介绍，就嫁在了江苏。后来，经过努力，自家也开了服装厂，每年挣个二三十万元，过着小康的日子。

想起她小时候，现在还有点心有余悸。她八岁时，全村和她差不多大的孩子有八个都患上小儿麻痹症，其中有六个致残跛腿，只有两个恢复良好，和正常人一样，陈平就是其中一个，幸运地逃脱了病魔的摧残。

老二陈忆，是个男孩，考上了师范大学，现在市政府工作，具体是什么职务，我不清楚。这些事我作为父亲也不想问。他成长过程很复杂。

他念书天资还可以，但更可贵的是他有志气。他有七八个要好同学，从初中开始同班，直至高中，成绩也旗鼓相当，高中就在陈洲。高考时，八人中只有一人考上。当年的高考，难如登天。全国只招五十万人。未考取的学生，多数是找好的学校复读，第二年再考。孩子把这些情况告诉了我。叫我去找关系。找不到关系进好的学校复读，他就干脆歇书，免得现丑。我心乱如麻，觉得做家长之难开始正式压重了。我这无钱无势的人到哪里去找关系呢？为了孩子，就是走投无路，也要闯出一条路来。整天就反复思量，终于想到了一个人，汪小林。这是我原来在江湾中心小学教书时的同事光老师的丈夫，在陵阳县云山中学任团委书记。云山中学是地区重点中学。按理说，要想找汪小林，就要先找光老师才好。可是光老师老早就调离江湾中心小学，不知在何方？唯一办法只有单枪匹马直接找汪小林了。我本想带孩子一道去，又不愿意孩子看我在人面前那种低声下气求人的样子，此外假使关系打不通，孩子思想就要直接受到刺激，对他身心不好。

定好时间，买了两百个鸡蛋，用篮子拎着，到了云山中学，打听找到汪小林住处。进门一眼就看到了他，我叫了一声"汪书记"，他连忙起来上前跟我握手，让座。我把蒙着手巾的篮子放在门边地下，坐在他办公桌对面。我介绍了来意之后，没想到他没有直接拒绝。我激动得"咕咚"一声喝了一口他先递过来的温热茶。他说，现在各地来我校复读生已经有九十五个，教室是装不下去的，就把小礼堂作教室，现在连小礼堂都坐满了。现在你来，大家也算同行，又是故交了，回绝你又不好，还有两个名额，来了就只有坐在最后面了。我连声称谢。他又带我到小礼堂去看看，到小礼堂大门边，向里一望，桌子摆得满满挤挤的，有些看不到头的样子。我从出娘胎，也没看过这么大的课堂。不管如何，能有

尘海

机会进来就好。便握手再次道谢，那一篮子鸡蛋，连篮子都不要了，赶紧回去报喜。

到了第二年，孩子是在池市参加高考的，考完之后，我又惶惑地去市教委探听消息。正走在教委大楼门前时，三楼窗口探出一个人来大声喊："陈十，陈十，你的好消息来了，你儿子高考录取了。"说着，他又下了楼，把录取信函递给我。信函上打印着"吉阳师范大学陈忆收。"此时我真是乐晕了。我紧握着他的手，连声说："谢谢你了，真的谢谢你了！"

送我通知书的叫章英俊，也是故交。他在芦村小学教过书，那时母亲还在给学校烧饭，老师们都说她干净，炒菜味道好，总是坚持要她烧，所以和老师们都熟悉。我那时在潜江教书，放假回家，也常到学校玩，和老师们都搞熟了。章英俊老师画技不错，我也喜好画画，跟他关系更加亲近些。母亲也对他更客气，帮他洗衣洗被，还送菜给他吃。后来，他因为爱人的原因，调至池市城关小学当老师，以后又升为校长。

孩子参加文科高考，考出成绩超线三分。志愿怎么填？能不能录取？我和孩子都没有把握。为此，又带着孩子过江找章校长帮忙。巧的是，他儿子小青就在池市教委工作，办公室与招生办公室面对面，搞录取工作的张主任又和他儿子哥儿们样好。便叫晚上就在他家住，让小青带我们到张主任家去，听听张主任怎么说。激动之余，人家已经帮了天大的忙了，又怎么好意思再给他家添麻烦呢。便说我们有地方住，在池口码头定好了旅社，早上方便乘小轮回去。吃过晚饭，小青就带我们去了张主任家。张主任三十出头，小青带着我们来了，十分热情，没有一点架子。小青把情况做了介绍，张主任不加思索地说，填"吉师大"，就没有什么多解释

三十一、孩子新话

了。我马上体会到这张主任实在是精明，作为招办干部，他不能说得太多。此后不到二十分钟，就把志愿填好了。小青说，这志愿就放你这里，搞录取时你留心一点。张主任也没说细话，只是"好嘛"两个字，大家握手告别。刚走出门时，张主任爱人跟上来，她对小青说，你回去跟你爸说一下，我乡下一个侄子想转城关镇小学来念书，行不行？接着又说，吉师大是名校，外地要人都先到吉师大，学费也比省内同类学校少一千元。

尘海

我心里稍微一颤，这是拿我之事与章校长关系做交换呢，这下又添欠了章校长之情。

到了池口，住好了旅社，孩子洗后就睡在床上休息。我却心事重重，这个人情怎么还呢？章校长就以后再说，我就想买点什么东西送给张主任。张主任之事是没有时间余地的，因为他一去搞录取工作就决定孩子命运。这时已经快九点了，我在马路上踟蹰，有两家商店还开着门，看样子也快要打烊了。如果再耽误一会，赶到张主任家就会打扰人家睡觉了。可是口袋里钱又不多，不能迟疑了，忐忑、恍惚中走进一家商店，询问烟酒价格。按理送人是要双份，但口袋里钱受限制，就把最好的酒买一瓶，中上等烟买一条。剩下的钱仅够明早乘小轮买船票的钱，店主用红色包装袋装着递给我，我匆匆赶到公交站。

到了公交站，一打听，往城里的最后一班公交刚刚走了。心一下冷了半截。想想也不过6里路，咬咬牙步行进城。到了城里已是十点，汗流浃背。但却不记得那一条巷子往张主任家，隐约记得吃晚饭时从张主任家出来时经过了一条窄街，现在眼前就是一条窄街，就饥不择食地向里走，走了一段，又是小十字街，彻底懵了。便继续向前走，觉得有点像，在一家门缝里亮着灯的门前停住，心里突突地喊了声"张主任"，里面回答：这里没有张主任。又向前走了几步，又在一家亮着的门缝停住，又是喊，又不是。这时看见两个推着自行车行走的男女青年，赶紧打听，"市教委张主任住在哪里？"两青年说，"市教委的人都住在和平路，这边过去还有2里路，你走错了。"我彻底灰心了，看时间已经十点多，即使找到了，人家可能已睡觉，就这点东西特地送上门，还真不好意思。要是张主任拒收，就更尴尬。于是，我反倒轻松起来，算了，不送了。

十一点多，回到旅社。孩子还醒着，我把事情经过一五一十地告诉了他。他没作声，两手枕着头盯着上面什么，多会才说，我都在外面找你好长时间。他又松开枕着的手，在眼上揉着，声音哽哽地说："你把心都操碎了，都是为着我。"我说，"爸爸操点心没什么，只要你能争气就行。"

孩子师范大学毕业之后，分到常市城池中学教书。两年后又考上了公务员，考上公务员之后先在乡政府工作，又两年后调区政府工作，一年后又调市政府工作。我真没想到他进步这样快，道道遇伯乐，或许是他有特异魅力。

可是他也有患难的时候。就在城池中学教书时，有一年春天，他写信给我说，眼睛见物双影，刘校长带他到市第一人民医院检查，是脑部长有一个良性瘤，需要开刀。我从来只听说过腹部、胸部开刀，还没听说过脑部开刀，拿着信的手不禁颤抖起来，一时惊慌失措，六神无主。等镇静之后，也来不及去筹更多的钱，立即带着何秀乘火车赶往常市。找到了刘校长，她详细地介绍了情况，并说医疗费都由学校垫付，后进行报销结算，叫我不要焦心这事。这下，我心里轻松不少。

手术的日子和医生都确定了。主刀是杨医生，是刘校长亲自物色的人物，留美高才生。另外两人，一个是副手，一个是麻醉女医生。开刀前三天，除了焦急，也不知道如何。索性去书店，寻找点相关方面的书籍，也至少心里有点数。于是，我带着孩子来到常市最大的新华书店，共同寻找有关脑瘤的医书看。医书很多，就慢慢翻找。终于找到了一段关于脑瘤手术的文字，"对于脑内良性瘤的手术，除彻底清除瘤体之外，也要将瘤体的外部头骨，头皮，毛发除尽，一切完成之后，再进行再造头骨补合。"我急忙叫孩子来看，并拿笔将这段话抄了下来，准备在手术前和医生交流一下。突然一醒悟，这样做真是太幼稚了。职业医生还要我从课本上去帮他找方法吗？但我心思沉重，即使是废话也要说，好像不说就不放心医生似的。

当天晚上，孩子还主动跟我说要给医生送点红包。我毫不犹豫地同意了。由于手头实在拮据，便给主刀杨医生送一千，另外两个医生各五百，用三个信封装好，还各附一封内容相同的信，信的内容就是在医书上抄的那段话。自我感觉这样是一举双得了，既避免送红包的尴尬，又避免直接和医生说医书上的那段话。我把三个信封装在一个黑色的小拎包里，大大方方在过道里走来走去，就等着碰到三个医生，乘机就把信封递过去。足足用了整整一个上午时间，才完成这一特殊任务。

手术是上午八时半开始。手术前，学校全体领导和部分要好的老师都来了。护士在病房里完成了术前准备，后用推车将孩子推进手术室。校长和老师都安慰我们家属不要怕，孩子女朋友始终守在身边跟着推车走，我和何秀紧随在后，不断叫孩子不要怕。看着推车在长长的廊道上静静地滑行，

尘海

这样的特殊、紧张时刻，一阵巨大的恐惧向我袭来，我的父爱一下跃上顶峰，我扒开人群，头伸到孩子脸边亲吻。

孩子进了手术室，学校领导继续对我和何秀进行安慰，还举了许多谁谁的也是头部开刀，术后都很好。对于学校领导和老师这样的关怀，我感激无比，当场说了许多谢意的话。特别对刘校长说，你真是一位好校长，对我孩子的关心胜过父母，带孩子检查，找好医生，筹钱。有了你，有了许多领导和全体老师，我们做父母的就像有了靠山。

二十天后，孩子康复出院了，医生来到孩子病房，要将红包退还。我们不肯收回。众目睽睽之下，我们也无法坚持，就依承了。只有莫名感动。这个医院医风好到我都不相信了，以前总听说医院多么黑，医生多么黑，难道是我遇到好人了吗？为表达谢意，最后我写了一份感谢信，用红纸放大贴在医院门外宣传栏里。我只有这样做了才能表达感激之情。

老小天加，读的是大专。本也由学校分到国企工作，后因女朋友要求，转个体搞饮食业，现在有房，有车，又花几十万元买了店面房。

他小时候天真，憨厚，好玩。记得有一次，舅舅来我家，他妈打鸡蛋下面条递给舅舅吃，这是一种待客之常道。那时普遍生活都不太好，特别是小孩，见好吃的都馋。他在旁边玩，眼睛不时地向碗里瞄着，最后干脆站着朝碗里望，舅父吃了一些后，不知是看孩子这般样子，还是真的吃不下，还是做礼，碗里还有两个鸡蛋和面，就喊着他妈小姑（小号），吃不下了。孩子慌忙走上前说，吃不下给我吃。这种可爱的样子逗得大人哈哈大笑，又夹有同情、怜惜。

天加小时候就晓得自学木匠，自己有一把小斧子，一把凿子和一把小锯，经常在家丁零嘭郎的忙着。我问他为什么要学做木匠？他说长大后搞钱。到现在，家里他打的两张小凳和一个洗脸架还在用。一次，二爷家屋刚做好，没有地方烧饭，他叫孩子给他砌一个简易灶。我说他哪会这一套？二爷说，我看他什么都会搞，可能行吧？他二话没说，就拿一把柴刀当砖刀干起来，自己和泥，自己搬砖，粗工砖工一脚代。结果，简易灶真的砌起来了。邻居们都啧啧称赞这孩子太聪明。孩子还好玩水，游泳也是自学的。隔壁有一个叫小瘦子的小朋友，比他大两岁，是跛子，他也想学游泳，也是他给教会的。由于洗冷水澡过多，塘里水不够干净，孩子患了肾炎。我便辗转奔波，带他到处求医寻药治疗。开始一个多月都没有明显好转，后来听人说隔壁某乡医院最近调来一位谢院长，说他医治小孩肾炎最拿手。我就马上带孩子找上门。果真名不虚传，他开了几剂中药吃了之后，经检查，"＋"号就全部消失。我开心得给他又是送鸡蛋，又是送鸡。还写了感谢信。他说，写感谢信就行了，送东西就不要客气了。可我依然坚持。并说，你给我孩子病治好了，我再送多少东西都情愿。真正佩服老一辈人的节操。

孩子到了十七八岁，又爱起书法和雕刻艺术，主要是写隶体。本县著名画家汪楠华各种印章都是他雕的，他夸奖这孩子不错。这两项艺术作品后来参加过县、市展览，而且入编。现在，孩子虽然丢掉艺术经商，家庭搞得不错。但我还是为他可惜，因为他的天赋没有得到充分发挥和施展起来，我常劝他说，你到五十岁以后，干脆早退休，在你的艺术基础上继续用功提升。他也表示认同。

尘海

三十二、情到最后时

　　"从来没有忘记你，不断的想起，纯真的爱情故事，爱的回忆。那是远离去，不回头的回忆。甜的，辛酸的泪，牵出我的心意。初次见面就有意，再见更欢喜……"这是韩宝仪唱的一首情歌，歌名叫《午夜梦回时》。这歌我一遍又一遍地听，边听边流出泪水。我想，韩宝仪肯定也经过了这样纯真的爱情，或者歌词作者如此。不然，怎么这样真切。说实在，我觉得这歌又像是专门为我而写。

　　冬梅与我分别已有三十多年，我忘记她了吗？只是不指望她而已。虽说不指望，但在我后来的平生，时常想着一定要见到她一面，见到她一面是为着什么呢？就是能再看到她我最爱她的时候那样倩影、容颜，哪怕还有一点点，我也觉得幸福和满足。我还常瞎想过，去装一个到乡下卖东西的人，路过冬梅门前，去看看冬梅。如果一次没看到，就再来一次路过，直到看到为止。可是时间过去几十年了，仍是一事无成。前面说过，一九七八年我去过一次，带我去的人邵龙不配合我，他说冬梅不会理我……我心中难受而归。也因此对冬梅产生淡漠。因为韩宝仪这首歌，又激起我的旧情，而且格外的愈思愈烈，想着，也许当年邵龙知道我的内情，是故意不让我见吧。所以，我决定再去努力一次。这次去我仍然请一个人带我去，用意跟请邵龙带我去差不多，就说是来看看故旧，以避免因为冬梅是个有家庭的人而造成不雅或是真的不理会我，使我难堪丢人。

这次请的人叫张春万，是我当时关系还好的老师，是一个乡的。他家离我当年工作的学校——全旺小学有六里路。我未调全旺小学之前，他在这个学校教过书，并且亲自教过冬梅。当时他不知道我与冬梅的事。现在，我叫他带我去，时间隔了这么久，自然要考虑物是人非这个问题了。尽管这样，我还是要试探，我先通过"114"查询，问我工作过的金埂乡的电话号码，我拨过去，乡里有人接了，我向他打听张春万。真凑巧，回答是知道。我便详细介绍了我与张春万的关系，得到他同意，便告诉他家的电话号码。得到了张春万家的电话号码。于是我与张春万就开始通话，话通了，先是二人互相惊喜，畅聊。接着我就讲了我请求他的事。他满口答应。我还说，去时我俩首先到邵龙家看看，这样到冬梅家就说，我这次是来看看分别多年的故旧，这样，对方就不怀疑我心中藏着的微妙关系。通电话三天后，我买了一些见面礼出发。现在去潜江不像从前是乘小轮了，直接在家门口上江堤乘汽车先到安庆，在安庆再转汽车西行六十余里，就可到达我工作过的地方——金埂乡全旺小学。我到了张春万家，张春万见我有说不出来的高兴与欢喜，我递过买给老人和小孩吃的一些东西之后，就开始吃晚饭和天南地北地聊。

第二天早饭后，张老师和我骑自行车出发，车行在广阔的田野小路上。这是四月的季节，风光极美，菜花香浓，嫩荷探锋。远处，呈现半包围的褐色林带里，"咕咕咕——咕"，"咕咕咕——咕"，野鸽东一声西一声地相互和鸣。褐色林带到了，又感受到当年浓厚的乡土气息。正当我处于惊喜心又怦怦跳的时候，张老师却不依计划，直接把我带向冬梅家，大约离冬梅家三十米远，我的眼睛像触电一样看到了冬梅。她正在连着正屋的外棚里向鸡撒着稻谷，没有怎么注意来人。当我们歇车时，她才转过脸来看我们。我和她先对视了一下，可她先招呼张老师：

"张老师，是什么风把你吹来的？"

"你还没看到？是东风呗。"张老师诙谐地回答，因为我家在东方。

说着，张老师和我、冬梅在后进了屋。冬梅丈夫王长贵也在家。他确实老了，想起当年和我在学校门前玩摔跤时候比，简直是两个人。全是一副农村小老头模样。他起身，张老师向他介绍了我，问他可认识我？他连说："认识，认识，我们年轻时还玩过摔跤呢。你俩今天怎么有工夫到我家来？"他说着，又回头拍了一下我的肩膀说，"哎呀！你怎么还这样年轻？老天都偏护你了。"

"看看你和冬梅嘛，分别这么多年了，陈老师故地重游，顺便看看老人，我带他来了。"张老师回答王长贵。

王长贵更是高兴，又是请坐，又是泡茶。冬梅从厢房里端出瓜子、花生盘，然后像孩子一样走到大门边靠着门，脸向里跟我们说话。她直盯着我，问我今天是怎么来的？我说出经过，眼也盯着她，搜索着我最爱她时候的颜影。正如王长贵所说，美人天赐福，她虽然老了不少，但我爱她时候的那样的颜影还依稀可见。不过此时，尽管她靠门避着光，我还是看到她眼红了，含着晶莹的泪珠。可能是抑制不住来潮的感情，她突然转身出了门，在厨房拿出一只小竹篮挽在胳膊上，像跟人吵过一样，一声不吭地从门前走过。我猜她可能是到哪里弄菜，准备我们吃饭。我出门攥她，将她篮子拽住。她回头，眼更湿。我禁不住叫声"妹妹"，说道："你是到哪里弄菜吧？我们不在这里吃中饭，跟张师娘约好了，在张老师家吃中饭。"

尘
海

"这大老远，不在我家吃餐饭能像话吗？"冬梅执意。

"不，我来看到你就行了。"

"我知道，还要叫张老师陪你来哩。不然你敢来？"冬梅说着，睨着我。那旧时的美更加显现了。

好聪明的妹妹，就是这样的不同凡响，叫我爱慕、折服，却又将我引入爱的痛苦深渊。这个她可理解？

我进了屋，冬梅不知哪儿去了？或许是为她的"隐私"，要回避一下。

和王长贵聊了大约半个小时，我们离开出了门，他挽留，说了些吃饭的客气话。

这时冬梅出来了，看得出泪揩得很干净，但是她那强装留下的脸上晕痕，让人看得更觉凄伤。她和王长贵送我俩。冬梅问我何时再来，我说明年来。我和张老师骑自行车走了一截路，冬梅又突然老远叫住我，"陈十，陈十，你停一下。"她走到我身边，她问我，"你明年真的还来吗？要是来，就多住几天。"她说话的声音还特意大些，这也是她做人与别人不同的表现。我说，"今天时间仓促，没有给你送礼物，明年来就是为这事。"

"要来就来，不要送什么礼物。来就是玩玩，谈谈。"最后互相交换了电话号码。

其实，我要这样做，就是看冬梅见我如此伤心，我心中不可平静。

此行目的已达到，邵龙家就没去了，只是去了全旺小学，和尽不认识的老师见面谈旧。他们都很客气，主要还是和张老师都熟悉，都喊"张校长"，最后还全体合了影。

在回张老师家的路上，张老师突然问我，"冬梅今天都哭了，你知道不知道？"

不问则已，他这一问，我以前的疑虑不仅是顿消，一下转为极度难受。我话都说不出来，"哽"了一下，声音嘶哑：

"我看到了，她眼都湿了。"

"你在全旺小学跟冬梅谈过吧？"张老师接着问。

"你怎么知道？"我惊奇。

"我怎么知道，你走后，我又调全旺小学。冬梅跟王长贵犟婚犟了五六年。听人说，冬梅犟婚都与你有关。以后我又听说，你俩不得已，就结为了兄妹关系。我是一看我俩是老同事之情，二是看你们已结为兄妹关系了，而且双方都有了家庭。不然，我是不会答应带你见冬梅，免得给对方造成不好结果。

第二天，在张老师家吃过早饭，张老师送我上汽车。我从汽车开出，泪水就没干过，在安庆一家饭馆吃饭，别人拿餐巾纸揩嘴，我拿餐巾纸揩泪。我想着，可能是分别时间太长的原因，分别这么多年，想到妹妹受了多少苦，这都全怪我了。怪我当时年纪太轻，胆小，不敢冲撞道道危难；也认为那样做会引起许多不好。怪我当时太顾虑，又想顾家里的老母亲，又想顾自己的前程。

我回家第三天，冬梅就给我来电话。通话中，我把一九七八年去过一次想看看她又没看到的经过详细说了。她直啞嘴："这都怪他了，邵龙死不是人，起码也先来跟我们说一下，他都是怕惹是生非。"我说，"邵龙是老实人，也不全怪他了。"她又问我的情况，我就把我从相亲到结婚，到犟婚整个过程讲给她听。我说："我犟婚也不是为了再追你。是我失去真爱之后，生活上没有任何滋味的颓废反映，当然更与对方条件不如我意有关。冬梅，你再听听我是怎样想你的？有一次，我梦见我俩在一起过日子，你在锅台上炒菜，我在灶下添柴生火，你从碗橱里端出昨天吃剩的鱼，放在鼻边闻闻，后问我这鱼要不要。我醒后，眼窝里沁出满满泪水，又笑着将它揩掉。"我把想到她处，装着到下乡卖东西的人路过她门前想见到她一面之事也说了。我说完，冬梅那边多时没有声音，半天，听到抹了一下鼻涕的声音。她说，"我俩命运怎么这样相似。其实，我俩结为兄妹，王长贵已经知道。你离开后，我也是茫无头绪地和他犟婚，我哭，我向他说道理。他后来终于体谅我，他还叫我叫你常来玩。"她还说她犟婚也犟了六年，说我如果一九七六年来，我们的事还可以再提。最后，两人又互说了孩子情况。

第二年暑假的一天，我送礼物给冬梅，礼物是一副金耳环和买些其他的东西，王长贵也有，是吃的喝的东西。买金耳环也是在电话上跟冬梅商量的。她再三说，要买，就买便宜些的。不要多破费。人的美靠自然老天爷给，装扮美算什么？她叫我某月某日到安庆，在安庆歇一夜，她也去安庆，叫我开一个双人间。第二天，她还带我到她的一位女戏友家看看，戏友跟她也没有断过来往。

这天上午十点，我乘车到了安庆，住进一家旅馆，开了一个单人间，一个双人间，我猜冬梅叫我开一个双人间，估计她丈夫要一道来。双人间里条件不错，钱也贵不少。里面不仅整齐，干净，还有空调、彩电。房间开好后，我拨冬梅的手机，冬梅马上就到了，但未见王长贵来。我问长贵呢？冬梅未作声。我俩简单洗了一下就出门去玩。冬梅穿戴简洁，素雅，稍长的黑发披后，其间，缀一支镶珠围红的发夹。说是朴素，却是一种十分撩人的美，谁能看出她已经是五十岁以上年纪的人？我很早就看出她爱美的方式跟别人不同。她往往是简中取胜，慵妆妩媚。我夸她，她说我也会爱美，好像跟她差不多。我说，你真的会看相，我这人，妈妈经常说我不爱好。其实妈妈这样说我错了，我虽然看上去不怎么爱好，实际比很多人都爱好，我爱偷偷照镜子，看自己脸好看不好看。不过我爱好不讲究穿贵重衣、高档鞋，我总觉得穿贵重衣、高档鞋改变不了一个人的丑，而且也没有许多钱去买。一个面貌好、身材好的人，不管穿什么衣，人都爱看他。当然，作为一个人的美，不光是看外表，还要有贤惠、道德。这才是一个人的真正的美，完整的美。

我说完这些，冬梅一下搂住我的肩膀，大概是觉得我与她太相似，并说我真是好样的。

这时我又讲一个故事给冬梅听：我在常市遇到一个男人，近六十岁了，人生得不错，看起来还是年轻人的样子，是位老师，又是画家，待人诚实、文雅。他在一条街上开了一个画廊，画廊隔壁一边是花店，一边是北方侉子的门面，他是专门给人打井的，牌子上写着"钻各样大小深井"。叫人说不清的原因，这下，到他画廊里玩的人很多，多半是女人，有老的，也有年轻的。都问他生意好不好？他说还可以。以后就常有好笑的电话打过来。有一次，有一个电话邀他到某公园某处见面。他知道就是昨天来他画廊的一位五十来岁女子，跟他谈聊时，说她跟丈夫已经离婚三年，说后，她向他身边靠，挤他的身子。这人心好，怕伤着她心，身子也未移动。他在电话上跟她说，你别误解。女人还特地说清是她消费。结果他还是回了她。回之后，他又想着懊悔，懊悔主要是同情她，女人没有男人也难受啊，真是……

故事讲完，冬梅抿嘴好笑，便说，就是你，是你吧。

我说我是讲故事嘛。我又接着说，"这也说明，这个时代妇女地位提高了，跟男人一样，是好事。"

我和冬梅一边谈着，就进了菱湖公园。我恰好带了相机，带相机的目的是为了给冬梅拍几张照带回去。进公园没走几步，冬梅伸手挽我，坐在一个石凳上亲我。我这时也不是从前的我了。我喜欢冬梅这样。我风趣地跟冬梅说，我俩是兄妹，这样合适吗？冬梅说，怎么不合适，这样的兄妹，不都是这样好好的，然后结婚嘛。你明知故问。我又推了她一下。我拿出相机要给冬梅拍照。"拍什么照，我俩合照一张呗。"冬梅一边说，一边从我手上拿走相机，递给一对正走来的小夫妻说："你们好，请给我俩合照一张。"拍照时，冬梅胳膊紧紧搂在我颈上，一副甜怡亲昵的样子，要是王长贵见到，真叫我不好意思，好在还有个"兄妹"二字。最后，我又给冬梅单摄两张，姿势都是很媚人的。

从公园出来，在一家饭馆吃饭，吃完饭又是逛街，畅聊。分别三十多年，真是有说不完的话。不觉进了一家大型商场，在商场三楼，我在卖金银首饰柜台前停住，我是在寻找可有我买给冬梅那样的金耳环。找到了，我定睛看，我叫冬梅，冬梅走在前面也回转身来看。我指着柜里金耳环说，冬梅，我给你买的就这一种，好看吧？冬梅望到后惊讶，太贵了，四千多元，说我怎么舍得，完全没必要。我说，这么多年过去，只有今天这一点表示，不应该吗？

天黑了，街上处处灯火灿亮。我和冬梅进了旅馆，她进了双人间，我进了单人间，二人各自洗浴休息，我睡在床上看一张别人留下的报纸，边看边心里蹦蹦跳，想着冬梅为什么一人来，又为什么叫我开一个双人房间，想着在公园里又是那样回答我兄妹关系的话，又想着王长贵可能到安庆哪里去了，晚上还要回来。越想，心里蹦蹦跳越加重。九点半时分，冬梅敲我门。我开门，冬梅梳妆简俏，素服红裙，如一枝裹香的梨花飘入门内。她面对我站着，泪从眼角滚下来，好一会，她开口说，"陈十，你可知道今天是什么日子？今天是农历七月七日，是喜鹊搭桥，牛郎织女相会的日子。三十多年，我有多少梦里与你相见……"

她说不出来了，一下伏在桌上，手帕紧蒙着眼抽泣，"现在，你把你……你买的金耳环……今天……天晚上给我……戴上……"

"心爱的妹妹，算我对不起你了，分别几十年也没来看过你，你说这些我何尝不是？"我也泪水扑簌，身体战栗将妹妹扶起，将我带来的金耳环一个一个的给她戴上。一边说，我哪有妹妹的心计好，我确实不知道今天是七月七日的日子。戴好后，冬梅关掉灯，亲我，挽我到双人间。

她边走边说："你总是胆小，怕这怕那。其实，长贵思想很开放，他很同情我俩，很积极的安排我这次来安庆和你会面。他说，改革开放有意思，什么东西都管死了不好。俗话说，紧箍必炸，人性的东西也是如此。"

这天晚上，我们进入一种梦幻世界，谈得很多。谈着，谈着，我还和冬梅交流起各人怎样想念对方写的爱情诗词。

冬梅先出，她说，这阕词是她在一次梦后写的。

西江月

小女心志不越，情苦煎心陪年。风吹瘦影来水边，浣衣怕水照面。

奴身怎的后寄？不离他在心间。悄怆旷远水破天，常梦他来泪见。

我惊讶，心里念着"出乎我的意料……"我一腔激越便就此喷发。

"冬梅，你看我的，我哪日哪时不都在想你。"

望江梅

相思远，事过数十秋。千里梅香谁可嗅？夜静靠床半眠休，倦尽自偏头。

冬梅差点晕过去了。我一下一下抚摸她的脸颊，本不想再读伤心的词了，我伤心的词很多哩。多半天，我想着今天晚上，有一阕还是要读出来：

一剪梅

长江西东千山绕，断续多少，两点心牢，都是睡时思常缭。梦里无遥，巴山雨浇。 今成神女东云瞧。可再重好，可再相笑？烧香袅袅皆自消，都为情焦，都成空奢。

读罢，冬梅夸奖我。我说，我真的佩服你，只有初中文化，你开头出的词是那样的生动感人。本都想睡了，却又兴奋不止。她又叫着我的名字，陈十，陈十，你再听我写的《春梦》：

尘海

春梦

春来春去多少春，梦里梦外都是情。

千年过后春仍在，百载不留两梦人。

为情心醉也当理，落花流水自修文。

缠绵不止动天地，两空酸誉也春存。

她读完，二人如痴如醉，嘴里只念着，我俩从此永远、永远吧……

第二天，冬梅带我到购物中心，给我买了一套新衣穿，再带我会她的戏友。冬梅向戏友介绍我，戏友说，这位先生，怪不得冬梅爱你、想你，好风度啊，又有文化。现在你俩是兄妹关系了，是一样，不要紧。戏友要留我吃饭，我要赶汽车回去，谢言辞别。冬梅送我到车站，分别时，说得最多的叫我常到她家去，别忘记妹妹……

横出向上
丁酉夏
志方

尘
海

三十三、从常市回家

常市是个不小的城市。我以往都小瞧了。总以为北京、上海、南京是大城市。常市算什么？大不了跟安庆、芜湖、铜陵差不多。可是我去了，实在不是我想象的那样，从规模上讲，北京、上海不可比，跟南京比也没什么太大的差别。纵横有五六十里，楼高，路宽，街道整洁，到处花草整齐，绿树荫庇，公交车排号数百。车水马龙，目不暇接。我在常市住了两年，是因为两个男孩都在这个城市。前面讲了，大男孩陈忆在市府工作，小男孩天加搞个体饮食业。我因头痛病，未到退休年龄，领导同意我提前休息，便随子女来了常市。孩子妈也去了。主要任务是带小孩。可是，我待了两年之后就想老家，想老乡们，想看门前柳，屋后竹。

我回来了，我是一个人回来的。回来后，村子里的人对我格外的亲热。接我吃饭，送菜，送鸡蛋等。他们都议论说，还是老陈家搞得好，大儿子当官，小儿子当老板发财。在城市里有房，有轿车。本人又是画家，记者采访，出国游玩。这些他们怎么知道的呢？都是本地方人在常市打工听说和了解到的。我在北京出版了个人书画集，除在全国发行外，按规定个人还有一部分书。这一部分书除送给友好人士之外，还零售一些。有一天，我拿十几本书去红梅公园试售。试售是一分钱不赚的，有的还要我在书上签名。在售出五本之后，突然有两位工作模样的人向我走来，他说这地方不是售书场所，叫我离开。或者你到公园管理处去联系一下，得到许可后才可以安排在规定地方售。这下弄得我很不好意思。我向他们解释，我并不是来专门售书的，是带几本来这边玩玩的。为这事，我写了一封信给常市电视台，介绍事情经过，并提出意见：公园这样搞未免管得太死，失去公园应有的活气，公园没有应有的活气还叫公园吗？没想到记者倒有了兴趣，找我采访。了解我艺术方面的事，又给我拍了照。第二天，采访内容真的在电视台上播了。后来公园管理处又免费邀我去公园搞签售活动，文化部门也派人参加。可是我没去了，因为我存书已经不多，还要送人及有关文化部门。这事估计因为被传播了，家乡人也就知道我的情况。至于说我出国旅游，上级文化部门是给我几次发函，集体到美国、加拿大、日本、马来西亚等。但是我都没有去。原因是费用过高，讲是飞机票费用可以找县文化局报销。我们县是穷县，会理会我吗？人家夸还是我搞得好。其实我很平淡，只是图个一生夜里没有鬼敲门而已。我觉得人在世上，就像一只飘在海里的小船，飘啊，飘啊，既有方向，又摸不着方向，但舵还是要掌好，避免碰礁和进入不该去的地方。途经波澜，由自然驾驭好自然。华佗也有言："以自然之道养自然之身。"此话是多么有道理。

我回老家，除乡亲们客气之外，连农村过去一些走上层的红人也对我刮目相看起来。一天上午，曾经的同事曾莲到我家喊我到她家吃饭，我脑子里立刻浮现过去、她爱人老黄请乡干部吃饭我受耻辱的一幕，我叫曾老师坐下，先寒暄一阵，后我说：

"你别客气，我不到你家吃饭。"

"怎么？你变大了哇，连我这个老同事都不认了？"曾莲反问我。

"不是不是，我一点也没变大，因为你家老黄这人我知道，他请人吃饭不是请一般小人的，都是对他提升有作用的大人。我去对他能起什么作用呢？"

"看你说到哪儿去了？我家老黄这次是专门请你的，他听说你回来了，特地叫我来请你。"

我知道她还是不懂我的真正话意。想着，我也不必要太认真，这种情况，自然一点，随便一点才是。

路上，她又和我谈吃饭的事，被请的还有过去白副乡长，乡里几个老干部，他们都退休了。叫他们来都是陪你的。

"哎呀！真是不敢当。"随后我问，"老黄以后升什么官了？"

"还升什么官！在武装部任教导员以后又回到乡里来了，在乡里无所事事地混混，现在退了。"

"那怎么搞的？他是精明人，怎么会这样？"

"就是舆论不好嘛。社会人上说，他是逢迎拍马大王，这样的人不能上去。本来要提升副部长了，就是有人写材料向上面反映。下来调查时，都跟他作对似的说些难听的话，结果不但副部长没升上去，还被降职又到乡里来了。为这些，我向他讲了多少，但他总不听，还说我不懂，骂我。"

到了曾老师家，老黄站在门口老远望着我，上前一把握着我：

"老兄，听说你回来了，我今天请你来做客，能给我赏脸，好样的。"

"哪里？你老黄，赏脸？耻你脸啰！"我说。

老黄沉下来，半天又冒出："有意思，有意思！"

我进屋，感觉实在太好，清一色的过去老官都一下没了架子，站着的前迎，坐着的起身，笑语招呼我。看得出，尊重我的成分也有些，主要还是他们已经没有了官帽子，一下子平易近人起来，这恰中我的心怀。人与人之间，本来就应该这样，是官也好，不是官也好，都要像这样的和谐相处多好，有什么说什么，官因为知情也好把事情办好。

我和他们一一握手。坐下后，他们就谈起我如何如何的不错，谈得最多的说我做人实，稳，平淡中不平淡。做人还是要像你这样做人。

他们的话确实使我来了兴趣。我说，这样做人也不容易啊！因为它，首先是要守良心，守道德，守底线。做到这样，就需要耐冷，耐静，耐清苦，蓄抱负。这个抱负，就是一个人在世上，从生到死，争取受人好评，受历史公认。我还举出成克杰、胡长清等人为什么走上不归之路之理加以说服。

说着，老黄从厨房里出来连声说，不讲了，不讲了，吃饭。

开席时，老黄叫我和一位年纪大的干部坐上席，我不肯这样，一番推辞之后，我选择横位坐下。

坐席少许，老黄第一个站起来陪我酒，他举杯盯望我：

"老陈，你是大城市人了，回来稀少。今天请你来与我们小酌，不成敬意，请原谅。"他喝下去，又有些文不对题补一句，"以往我有不是，今天我要向你学习了。"

"怎可这样说，人生之路，你有你的走法，我有我的走法，谁也不可说谁的对，谁的不对，怎么走都是要把日子走完呀。"我也一杯酒咕下了肚，来个心有灵犀一点通。

我说的话，有的老干部出神地听，大概从我的话锋中觉出异感，又像老牛在反刍细嚼，不用说，他们也是当年老黄请乡干部吃饭的在场者。

这时，老干部乡党委组织委员突然插话："老陈的组织问题也解决了吧，他的组织问题党委书记特别重视，还在大会上表扬了他，还对某某人进行了批评。"

"这事全乡都知道。"又一位老干部补充。

说间，白副乡长将杯子端过来：

"陈老师，你这人就是与别人不同。以往我以为你是庸俗的那种人，谁知你与此恰恰相反，你与所有人有着骨子里的差别。你大智若愚，不随俗流。现在，你不仅孩子们有出息，自己也成了名人。"说着，他一饮而尽，又望着我，"你喝哇！"我饮过之后，他接着说，"人在小时候都说他将来要当什么家什么家，可是有几个实现了呢？唯你实现了。听说你的画、你的诗文都由国家级出版社出版了，真了不起啊！哎！想起我这人，一生混出什么名堂？"

"不可这样说，在你当官的时候，你比我就强得多，你都忘记了？真是！啊！你爱人阿兰今天怎么没来？我始终没忘记她跟我说的一句话：你要学会用钱。"

"哎呀！别说了，别说了……"老白把手一摆，嘴里咕哝咕哝的……不知道嘴里说什么。

酒席结束，有几位提出向我要画，我都答应。我说，我的画只作为友好赠送，不要指望它发财，看着不耐烦时就扔掉。

路上，我渐识盈虚之有数，想到我一生许多许多，想到我不幸福的婚姻，又想到我两年没回来，出现许多惊愕：从乡亲们嘴里，说这个不在了，那个不在了。有病故的，有车祸的，这个那个的，不甚感叹。

回来第三天，我带着一幅竹子画想去拜访小学恩师甘淑君。多年不见，一是想见面叙旧，二是请她对我的画提提指点。若她能喜欢，我就题上字赠给她作留念。谁料，当我去陈洲街，打听甘老师住址时，才听说甘老师不在了，是去年去世的，还介绍了其他一些情况。我心中无限悲伤。但我还是要去，跟她家里人见见面，聊聊情况。我上汽车赶了五十里路，到了周谭中学，她儿子小雷老早顶她职，也在这个学校工作，据说是当会计。小雷见到我，相互介绍之后，很是惊喜。听我诉说之后，心中又激动又沉重。他说，母亲一生坎坷、辛苦，年轻时和劳改父亲离婚，后跟比她大十岁的继父成立家庭，情感上勉勉强强。"文化大革命"时，继父有历史问题受批判，她也遭受冲击。继父不久就去世了，她就和下辈们共同操持家庭。去年，母亲八十八岁去世。说完，我提出去甘老师坟头拜祭一下。他马上答应，还到店里买些大表纸和冥票，就带我去了。我坚持付了他买这些东西的钱。

走了一里之遥，甘老师坟到了，我顿时泪落，小雷伤心地站在坟前向母亲介绍我来看她。我拿出画，和小雷说，本以为她老人家还健在，请她欣赏并指点。现在老人仙逝，就将这画同纸一道烧下去吧。小雷看着画，说画留着，我给装裱好挂在墙上，这样，可以更好地纪念她。我们就一起烧纸，三叩头，我站起说，"亲爱的甘老师，你可记得我了，我是陈十，小时候你在芦村小学教我，后来你调江湾中心小学当教导主任，我升高小，你仍教我，你对我母子般的关爱，我时刻没忘。高小毕业时，你送给我在上面对我提写的希望留言笔记本至今我仍保留着。可是，我还是辜负了你，我没有混出什么名堂，一生都是教书。不过我路走得稳，工作勤恳，得到领导和群众的信任，荣誉也不少。因为受你的教诲和影响，我利用业余时间，一直追求画艺，还出了个人画集。我今天来，一是拜访叙旧，二是带来我的一幅画，想请你再给我指教评点。可是你却不见了。都怪我来得太迟了，万分的心痛，万分的遗憾。最后，我顺告你一下，我的母亲于一九九七年十二月七日去世，享年七十八岁。她在世时常念你。"

拜祭之后，我将画题上字："甘淑君老师，师恩千古"落款"陈十"。

我走时，小雷要送我鸡蛋、芝麻等土特产，我推辞未收。因为这些家里都有，也是人家送的。

我回家之后，还有一桩事，那就是要到干爸家去一趟。因为干妈也不在了。这消息是干爸打电话告诉我的。告诉我是在去世后，我问为什么当时不告诉我？他说，这是他的个人意见了，家里人都说要告诉你，我因为考虑你路远，路上不安全，还要多破费。你回来人又不能活，有什么用？所以我决定就不通知你了。听他的话，也觉有理，有怪不怪。而且觉得干爸的性情有似于我，做人讲究一切从实际出发，不拘泥于形式。

赶到干爸家，干爸就叫我到店里买些祭品，说干妈去世你没回来，现在带我到坟头上拜祭一下也一样。干妈的坟很远，有五十多里，在山上，上汽车行四十多里，还要走一段弯曲的山路才到。弯曲的山路实际也就渐渐上山。来到坟边，干爸叫我摆供品、烧纸、烧冥钱。我跪下，双眼泪下，

尘
海

"干妈，干儿子来了。我是假孝你了。但我一定要到你坟前，知道我干妈安息在什么地方，我心才可安然。干妈，你在世时说我好，几十年如一日孝你。我想，孝谈不上，但一个人在世，唯德做人。实际上，几十年来，你也不嫌我母亲为我讨你做干妈是个累赘。我从小到大，每次来，好吃的东西你留给我，好玩的东西买给我。我长大了，你经常叫我在外面要好好做人，不要干违法的事。这些我都字字在心，感到干妈待我如同生母。悠悠日月长，拳拳子念心。干妈，今后见你无人，怎解心伤？我把松树做你的象征，想时，我就去望望，摸摸。你安息吧，干妈！"

干爸站在一旁，老泪又滚。

三十四、无救的忏悔

一个人一生最成熟的时段，就是老年。人到老年，由于阅历长，见事多，各方面知识就丰富起来。人说老人是财富，就是这个道理。这个时候，就会往往忏悔小时候、年轻时犯下的错误，或许有一两件始终不忘，想到必须要写出来，免得跟人到老离世。

一九五九年，我刚从师范分出工作，才十八岁，分在潜江县，离家有三百多里。正月十六那天下午，我背着行李走上江堤，打算在父亲住的工棚跟父亲歇一夜，以便第二天早上就近在陈洲镇小轮码头乘小轮去潜江。当时正是挑江堤大埂的时候，父亲奉队长指使看守工棚。看棚的还有一个姓高的老人，他是另一个生产队的。

第二天天亮，我发现我的行李包被拆开了，东西没有掉，就是母亲给我做的准备在路上吃的五块粑不见了。还有一瓶辣椒也弄翻了。我真是气极了。棚里没有外人，肯定就是这个高老头干的。高老头发现气氛不对，起身往棚外走。我冲上前斥问，他不作声继续走。父亲说算了，我当时血气方刚，恨极了这些小偷小摸的人，上前一把将他推倒。父亲瞪着我，赶紧上前将他拉起，不停道歉，"老高，对不起，孩子年轻，不懂事。"又回头对我说，"你不可这样，他是一个可怜的老人，一生没娶，父母早就没了。就算是他吃了，也是实在肚子饿不过嘛！"

这事已经过去近四十年了，以往我都没把它当回事。现在我老了，想起来后，猛然心里一沉，觉得那时做得太不应该。估计当时老人也实在是饿得慌，才舍弃尊严求食的。多么可怜的老人！老人早已不在了，越发使我追思，老人倒地时，身子弯曲着，还吃力地侧着身体望着我，眼神里有无奈，有乞求。现在，我蓦然觉出了父亲当时的伟大来，他不仅事先劝我说"算了"，还赶快将他扶起，道歉。他年纪大，懂道理。

由于我心有芥蒂，有时在与别人闲聊时，也会突然说出："我一生中最难忘的有两件事。"可我还没说两句，听者谁也不想听我往下说，照样谈着别的，我也就觉得无味不再硬塞着讲了。我想起祥林嫂那样的人，孩子被狼吃掉，她想得快要成疯子，见人就讲她的伤心事，"我以为春天没有狼……"以后，她也不记得跟谁说了，跟谁没有说。这一点，我常好笑地拿来做比较，以便清醒的把握。有一次，又几个人在一块闲聊，我觉得有我谈的恰当时候了，我就把两件事经过讲了。可是别人听了，说："这有什么了不起，事情过得这么久，不就算了。"也是无动于衷。我也就自然意识到，他们还没到人老成熟时啊！讲者有心，听者无味。

前年，我无事溜达，来到高老亲房家边，遇到他一个亲房人，我问起高老的一些情况，亲房说的跟父亲说的有些相似。最不幸的是，一九六二年，他跟队里劳力到江南山上砍柴，从山上放柴捆下来，柴捆带动石头，老人被石头砸死了。我心中一阵酸痛，"生死虚诞，修短随化"，岂能解释高老这样的人，唯有深深叹息，不禁用胳膊衣袖揩一下眼。随后，我就聊起我的那次事情经过，愧疚地说，我当时年轻无知，太不应该用那种态度对待高老。要是老人还健在，我也好当面认个错。亲房说，事情过去这么多年了，你还记在心里，真是好人。

我紧握亲房人手说，我觉得有些事，人到老时智方醒，为人在世，谁都是为了能活着。每一个努力活着的人，都是要尊重的。

还有一桩遗憾事，发生在二弟身上。记得二弟才十五岁，我从潜江暑假回家。晚上，全家人在一起吃晚饭，大家边吃边谈。不记得是什么话头引起，二弟说，念书的人都懒，放假回来也不帮助家里做点事。我一听这话，觉得他很不尊重兄长，顺手就把自己手上的碗给砸了。全家人一阵慌乱，场面极度陌生和糟糕。二弟知道我这一发火是对准他，面容煞白地对我说，"我就讲这么一句话也讲坏了？"我上前要揍他，被父母拉住，二弟这时哭起来。这时大叔、大妈、小叔、小娘听到动静，也都一起赶过来了。了解情况后，好像商量好似的，一起批评我。说我还是读书之人，怎么一点都不懂事。又说你家里穷，负担不起，只给你念书，没有给二弟念书。二弟从小就在队里放牛，到十五岁，就跟大人一样在队里做工，你念书不也有他的一份出力吗？他们说这些，当时的我根本听不进。

事隔一年多，父亲去世了。我还在300里外的潜江读书，家里弟妹都小，家里的各种重劳力活都落在的16岁的二弟一人身上。每天队里上工，他就得和队里其他壮劳力一样干活，苦苦地支撑这个家。因为家庭人口多，劳力少，尽管二弟辛苦劳作，还是年年超支，在队里分不到一分钱。他也从来没做过一件新衣穿。我们家的老房子是爷爷手上做的，三大间隔六小间。爷爷分家时，我们一家住的是西边前后两小间，堂心是公共出入处。土改时，小叔划地主，他住的后两间，贴我那边一间被分给了姓钱的人家。我家人多，屋实在不够住，就跟姓钱的商量，用我家菜园地做屋场，另做三间草屋跟他调换，把那间老屋让给我们住。他们也考虑屋子太小，出入又不便，就答应了。

那时候甭说做瓦房，就是做三间草房也很困难。但二弟不怕，他小小年纪便独自撑起了盖房的大事。做三间草房需要两千斤麦草，两千多块土坯，还要叫木匠、叫砖匠等。这些，都没有钱买现成的，也没钱雇工来帮忙，他便没日没夜地揽起所有的活。为了打土坯，他一人挖土，一人借牛踩泥。泥踩熟后，一人挑泥，一人打坯，起早摸黑地干，花了三天时间，两千多块土坯打成了。土坯打好后需要七八天好阳光翻晒，晒干后还有收堆。遇到下雨，更是麻烦，要抢收。不巧的事，土坯打好后第三天晚上，果然天打雷要下雨，母亲和二弟，把弟妹都喊起来一齐去抢收土坯，这样未硬的土坯只能堆小堆，防止压坏。堆成许多小堆之后，还要用东西盖好，到天晴时，又要一块一块翻出晒。可是，全家大小还没收到半小时，大雨就倾盆而下，二弟辛勤劳动的成果就算全部报废了。二弟站在雨里，用手揩着泪水。母亲看着伤心，就劝他。二弟不吭一声，以后又趁天晴时，一个人又打了2000多块土坯。就这样，独自一人，砌好了三间草房。之后，有人跟他说，你也叫你哥哥寄点钱回来，别一个人这么辛苦。二弟却说，他刚从师范出来，哪有什么钱，我在家慢慢搞嘛。

这些具体经过，都是母亲跟我说的。

以后母亲经常和我谈起二弟，说最对不起的就是二弟。"养了你们这么几个兄弟姊妹，就他一人没进过学堂门。从小就为家里做事，你又在外面，能体会他辛苦、可怜吗？那次，你对他发那大脾气，还要打他。我心里好难受。这是你的不应该啊！"

现在几十年过去了，母亲的话特别有震撼力。我梦醒似的想起二弟确实特别的可怜。而且，这时的感觉，像置身于悬崖上"窥深悸魄"，落差太大，特别是懊悔当时不该对他发那样大脾气。况且，他对我说的话也没有错。现在想来心如针扎一般痛。一九九七年二弟患肺癌去世，同一年，患有肺病的二弟媳也去世了。二弟媳是姑妈介绍的，结婚前就有肺病。二弟当时看家里穷，不想增加家里负担，只好答应。没想到他辛劳凄苦了一生，一天好日子也没有过到。想起这些，我只有痛心地在心中默默唤一声"二弟"，大哥对不起你！

其实，我是个实实在在的老实人，老实人也不等于没有脾气，这个脾气就是年轻时不成熟。

后来几十年，我们弟兄妹都非常和气，我是老长，把家里的事都揽到我身上担当，缺米缺油都是我买，谁缺什么衣，都是我买布做。因为我每月能拿点工资，虽然不多，都要先服从家庭需要，特别是母亲老发心口痛，都是我喊医生到家医治，钱也是我付。就是后来分家各住，我仍然这样的关照他们，我们全家和气，村子里人都夸我老大做得好。不忆过往，不明前程。不免感慨：

人生失错防年轻，避免遗憾恼终身。
做人经世幼知理，诸葛不会永断人。

三十五、到黄山

黄山，坐落皖南黟县与歙县境内，北临太平湖。有人说黄山是丈夫，太平湖是妻子。一山一水，也是绝配了。黄山以雄奇、石怪、松特闻名于世，是大自然美景的杰作。它不仅成为中国人旅游向往的地方，也是世界旅游胜地。

到黄山是我很早就有的想法，目的是要摆脱我人生沉重的烦累，自由自在地享受大自然的纯真与美好。现在我退休了，决定去实现这个愿望。

下面是我与何秀的一段对话：

"孩子大了，也都成家了，我们也老了，这后面的光阴我想一个人离家独过。"我说。

"为什么，是孩子不孝吗？"何秀问。

"不是，孩子对我很好，与这个无关。"

"那么还是嫌弃我啊！"

"这话怎么说呢，我已经把我一生实用的光阴都献给你了。如果这是我的责任，这个责任我已经负到了。我走后，你可以由孩子们扶养你，照顾你，可以跟老年人聊聊天，打打牌。我想，你同样会幸福的。"

"这些，你就不要说了。算我这生连累了你。你真的要这样，我还有什么不依从，你到外面去可以充分享受你的自由。我建议，你把那远方的干妹接到身边，也好照顾你。"

"不，我抱定独身了。她是个有家庭的人，怎可这样说呢？"

我听何秀这样说，心一下如翻江倒海，一下紧握她的手，足有两分钟放开。

"你到什么地方去？"

"到黄山。我爱画画，在那里，我可以更好地发挥我的特长，我可自由地欣赏大自然风光，可以全身心的舒畅。"

实际上，除上述之外，还有一个东西——我把红尘事情看透。

这种想法我和好友葛青就交流过。

老葛说，"人老死了，搞吹吹打打，花钱办酒席没得意思。实际上人死了，就像树枯了，灯灭了一样，都是自然的事。无须大惊小怪，惊动半方天。再则，父母养儿女，小时候对父母亲亲爱爱，到长大结婚养孩子时，对父母就渐渐冷淡了，有的为讨扶养费还争争吵吵。假使久病卧床不起，他们照料时，因为时间长，心里就不耐烦，就巴不得死掉，好少掉累赘。到要死时，都不愿意放到哪家死，相互推诿，你说养他们有啥意思？生在不肖子孙家，老人猪狗都不如哦。真的死了，也顶多哭一场，有的做儿媳妇的更荒唐，她们哭是面子，赢得一个孝名。实际有的怕泪流不出来，在眼上涂上辣椒水或生姜汁。之后就是一阵吹吹打打，花费几万热闹闹地办酒席。真是笑话，父母在世，讨扶养费说没有，死后却肯花这么多钱来热闹，真是狗屁。"

葛老师一下说了这么多，看似有点离经叛道，却又十分在理。我很赞赏，补充道：

　　"万物开花结果，瓜熟蒂落，这是大自然的本质，无须另做文章，人也一样。孩子长大成家，有了孩子，他的心思就要转到孩子、老婆身上去了，对父母就自然淡薄，这就是瓜熟了，蒂落了。你要他尊重你，或者他囿于道义尊重你，都是豆腐渣贴门庆粘不上。再说人的生死，大自然花开花落，谁听有声，谁去数几，人的死不亦同乎，无须自我困扰地去做大文章。"

　　"是呀！我真的好想到老时，一个人在外面独居。死前写下留言，叫人给遗体火化，将骨灰撒向大自然。儿女知道，真孝的，就让他们好好哭一场，是老人该得的实际价值；不孝的，就这样的瓜熟蒂落也罢。"葛老又一股脑儿讲出更深的肺腑之言。

　　最后，我握老人的手，佩服老人的思想境界是多么的独特、深邃。

　　到黄山就这样定了，这也意味着我要与离世的父母彻底告别了。特别是母亲，又使我难受，我跪母亲坟边说，"妈妈，儿子要离开你了。从今以后，也可能不再来看你了。就是有阴间，到以后在茫茫的白骨丛里，你也找不到哪一根是你儿子的。儿子就这样的永远不见了。你要是觉得空茫无依受不了，你就到山上摸摸生长的竹子，因为儿爱画竹，就以此代替我心灵。妈，到现在我才告诉你，儿有一个脾性，从小长大，从来没当面叫你一声'妈妈'，你也知道我这个脾性，但你也知道我心好，特别尊重你，被村里人说是你特别孝顺的儿子。今天我叫一声'妈妈'，是因为要永远离别你的缘故特别的伤心，也像是天上猛的一声霹雳，炸毁我这个连我自己也不理解的怪僻沉疴。我离开你要去的地方是遥远的黄山，那里山清水秀，是儿子很早就向往的地方。我在那里画画、游玩，自由地生活。妈妈，我没忘记你临终前把我叫到你身边说，'孩子，我一生做了一件对不住你的事，就是你的终身大事我给包办了，使你一生不幸福。现在我临终了，想到这事就心痛。我算对不住你了，儿！现在我向你说了，就像还清一个人的一笔债，心里就好过些。'妈妈，这虽然是我终身大事，但又怎比得上妈妈对我的养育之恩，怎比得上我一想就流泪的妈妈为我念书向队长叩头借钱之痛。妈妈，那些事，我早已打包放在一边了。我始终是记住妈妈，我纵然与你永远离别，但你伟大的天性母爱却是千秋万古。妈妈！你安息吧。我走了，走了。"

父亲的坟我跪诉也是泪流。

"爸爸，我最难受的是，你在临终前，喊来当时当大队会计的大伯儿子陈青，哭着要他给你弄副棺材睏着走，你说你最怕用四块板装。可结果还是未能如愿，睡四板走了。这桩事我们一直心如油煎。现在，国家发展，人民幸福，我们条件好了，想要给你尸骨捡起，买一副最高档的棺木给你重新安葬。老人们却说，这样办不好，会损害他的完体。我们虽然不信迷信，但话听起来骇人听闻。以后，就不朝这边想了。但为了一方面是抚慰你，另一方面是安慰我们，就请了一位艺技很高的石匠造了一个很高的新墓碑立在老碑前面，上面刻着解释的文字，使后人永远了解你。把墓的名字起称'双碑墓'。爸爸，人死了，其实什么都没有了，无论睡什么棺材都是一样成土。现在人死了都是火化，火化后，就一把灰了。"

到了黄山，住了一个月的旅馆，后住乡下。住乡下是一位姓吴的中年人介绍的。姓吴的也爱画画，水平不高，仅仅是爱好而已。我每次摆摊画画，他就到我身边看，和我聊。就跟我见到鲍学衡和曲炳心一样，急忙走过去观看、搭讪。他说，你搬到我村里住多好，村子里空房多。你若不嫌弃，我房边有一间房子，你也可以住。房子是我们弟兄做给父母住的。现在父母由老大接到上海去住了。老大是上海一家公司老板，家有别墅数套。这房子永远不住了。我问村子到这里有多少路，租金要多少？他说离这里不到两里，住我家房子不要租金。我说，我要是住你家房子，租金也是要给的。在他劝说下，我就搬过去住了。

　　在这里住了不到一年，什么人都搞熟了。人搞熟了，却也多了是非。说到是非，我对自己一直疑惑着一个问题，首先，我不是一个惹花拈草之人，我也不知道自己到底长得好看不好看，只是常有人对我说，你很年轻，我说我已经多大年纪了。还有人说，你还是"小鬼们"的样子。"小鬼们"一般是指十六七岁伢们那样，这大概是海海说说而已，我真的会那么年轻吗？胡扯。也有妇女在我当面说，你身材好。这样说我也不知道是什么概念？不过女性身材好我有敏感，确实是一种美。说男人身材好女人是什么体会呢？可惜这世上人都不知道，男人女人什么的什么的相互爱慕美之感是不是完全相同的？从古以来，都这么两不融通的各自存在。不过，我这人有一个特点，尽管我已经不是年轻人了，不在乎是丑是美，但我始终是年轻人心态，仅是认为自己年纪大些而已。年轻人也应该明白，把年老人看成有一种探不到底的神秘隔膜，完全没有必要。柳暗花明又一村，稍转思，他不就和你一样，什么兴趣与爱好都和你相同，到以后你就会知道。

我住在老吴家边那间屋里画画，来玩的人很多，有男有女，有老有少。相比较，女的是多些，有的还经常单独来。但我都想得开开的，她们来都是因为我是画画的，又是异乡人，好奇。况且我已经是退休的老人了。根本不是为我人漂亮而来。确实，若是爱惹花拈草之人，肯定会出问题。谁料，就这样情况，非议照样接踵而来，说某某女人跟我有关系，这简直把我吓一跳。我怕以后不明不白的要引起什么事情出现，我就干脆搬进黄山鸳鸯寓去住。离开时，乡亲们恋恋不舍，叫我常来。我说，就在边上，当然会来。我又再次提出要给老吴付房租钱。老吴说，你要付房租，不如送幅画给我。看他很诚恳的样子，我就送他客厅用画联一套。画是竹配石，象征友谊常在，对联是，"初出远门焦亲少，一到黄山感老吴"。老吴当场乐叫，"太妙！太妙！"

黄山鸳鸯寓是黄山景区典型的特色微型建筑，一色竹子编成，翘角玲珑，分布在景区各处，多半是环境静谧优雅，林深竹翠。顾名思义，这种微型建筑主要是为提供来黄山旅游夫妻、情侣居住，当然也不乏深居简出的文人雅士。只要花钱都行。住的时间不限，有住几天就走的，有住一两个月的，有的就是住家。里面水电设施一应俱全。价格有两种，一种是自理型，价格便宜些，就是一日三餐要自己烧。一种是服务型，价格要贵些，一日三餐由服务人员调理。这里治安也非常好，而且管理人性化，住进去不要愁这愁那。我住的是自理型鸳鸯寓，位置在偏远的半山中，这是我特意选择的，近观悬松怪石，远望黛影山峦，晨见云滚夜听松，好一派脱俗的自然美景。

离我不远处，有一对老夫妇住的鸳鸯寓，估计都有七八十岁了。我在附近画画，他俩就到我身边来看，和我聊。他

尘海

俩是安徽阜阳人，原籍河南，年轻时二人相爱，因为男方家穷，女方父母坚决不同意开这门亲事。可是，这时女方已经怀孕。二人怕暴露，就私奔出门来到安徽阜阳，住窑洞，住牛栏，后在好人的帮助下，住进村子一间死去老人的旧屋。由做零工到给地主家做伙计度日，孩子出世后就是一个家了。解放后又养了两个孩子，总共两男一女。现在儿孙满堂，有当官的，有当老板的，有念大学的，有读博士生的。现在老人钱用不掉，他俩听说黄山有鸳鸯寓，专供情人旅游享乐居住。他俩为着重温爱情旧梦，弥补过去为爱受阻、受磨、受苦之不足，决定到黄山来住一段时期鸳鸯寓，再度享受以往美好的爱情。

我听了他们的叙述，简直是天方夜谭，多么好的一对恩爱到老的夫妻啊！又想到，这黄山鸳鸯寓，却也注入浓浓的文学色彩。后来，二老问我你怎么一人住在这里？于是，我便谈起我和冬梅的故事，谈到最伤心处，我流下了眼泪。二老毕竟是经过之人，女人听着，用手捂着胸口，陪我垂泪。

男人一直无声，难受时，掏出一根烟叼在嘴里，像听说书一样继续往下听。

我说完。男人说：

"你就把妹妹接过来呗。"

"妹妹有丈夫，这样做能妥吗？我现在已经抱定独身了。不过我最近写了一封信给她，写信不是叫她来，是要告诉她我现在的情况，人在何地？老早的电话号码都不管用了。我如果不这样做，我和我妹妹就是信息不通，一断永远。我的心怎能接受？"

二老还是坚持叫我要妹妹来，来望望也可以嘛。

不料过了半个月，有一天下午，黄山管理处有人找到我住的鸳鸯寓，问我可是叫"陈十"。他说，"管理处有一个女的找你，叫你急去。"我猜十有八九是冬梅来了。我马上去了，果然是冬梅，她坐在办公室端着杯喝水，一边和里面人说话，旁边凳子上放着一个大行李包。我见冬梅，上前握她的手，又互望一会，对里面人说，"谢谢你们了！"就提着大行李包离走。到了鸳鸯寓，我把床上被铺开，对冬梅说，你累了，在床上休息，我烧给你吃。冬梅也没多说，就躺在床上休息。

尘海

　　这天晚上，冬梅跟我谈了很多。她说，"那次你在安庆和我会面第二年，长贵在河边洗药水箱，起身时不慎跌倒，瞔在地上不省人事。人来时，见情况不好，立即送乡医院抢救。医生看看之后说，赶快送县医院，他得的是脑溢血。就这样在县医院，头部开刀住了一个多月，命是保住了，可人极度虚弱。医生说，回家一年之内全休息。不要做任何事。可他就不注意，有一次，家里要挑几十斤麦到加工厂绞面粉，他说他挑去，都劝他不要挑。他说他身体全好了，不要紧。结果他挑了，医生话就这么灵，回家后他又倒了。又送到县医院，住了几天院之后，医生说，不可治了，在这地方要钱，干脆回家请一个人伺候他算了。谁知医生话的意思，回家后就是长年卧床不起，吃喝拉撒都是我一人过问。他很同情我，说给我带来了沉重麻烦。他是废人了，不知哪天死。他叫我打电话给你，叫你来帮一下忙。其实电话我早已打过，就是打不通，我估计你电话号码变换了，所以我也就没回答他。现在他死都快一年了。唉！"

　　冬梅说到这里，叹了一下气停了。抚今追昔，她想到今天晚上睡在这里是多么不平凡，她由仰睡突然转过身来，又像过去那样的柔媚，用手捏我的腮帮，捏过之后亲一下说：

"陈十，我俩到底是什么缘？我接到你信后，我想来又不敢来，你说你已经抱定独身了，可是我脑子一直在翻腾，你是为谁抱定独身呢？想到这，我就难过，是我一生给你带来的。我一生同样的婚姻不幸福，我又何尝不想独身呢？我抱独身又往哪儿跑呢？我想，我干脆就来个心有灵犀一点通了，两个独身主义合在一起，成为合二为一的独身主义。陈十，你说我俩独不独？几十年的爱情，几十年的思念，最后我们两人都老了，还是因为爱走到一起。月缺月圆，真没想到我俩今日还是能同宿鸳鸯寓，你欢我醉。这就像是一场盛宴后剩下的残肴，我俩也把它当作刚开席的美味佳肴来共享。"

冬梅的话像悠悠的在拨弄着我俩伤心的音乐琴弦，我要流泪，一下紧搂住她。

冬梅来头几天，我都是带她游黄山。阜阳二老夫妻见到我俩夸不绝口，说我俩是一对好兄妹，也都很年轻。女人还笑说，干脆叫两口子了。冬梅笑着点头。我揣冬梅的肩膀，对着她耳朵说，还是称兄妹好，既亲热，又多用，人家称兄妹也好，称恋人也好，称两口子也好，都行，充分享受着自由恋爱，谁也管不了。冬梅恍然大悟，说，还是你聪明，还是你懂。

游黄山，主要是到了天都峰、飞来石、翡翠谷、九龙瀑、北海等。也拍了不少照片，内容是怪石、奇峰、近景、远景和我俩单人照、合影照。最后，我带冬梅去太平湖，在游船上看太平湖真是如入仙境一般。湖水清碧如镜，四周青山倒影似真。水上船，四周山，水中影，如一个漂幻动荡的整体。冬梅有些怕，她紧扶我的肩，她说她要漂走了。不一会，船停靠西山观鱼景区，此处人很多，有站在池边观鱼的，有在湖边游泳的。老人们多数是俪影双双，在山林中溜达，坐谈。我和冬梅当然也在老人行列了。山林中非常幽静，多数是柏树，也有松树，间或可见竹林。山势亦坦亦陡，坦处可以一般行走，陡处要作攀爬。我和冬梅像鱼在水中游弋，专找奇处探幽。这下，奇的地方真的遇到了。七弯八转，在半山腰之上，遇到一个形如龟背的巨石，到边时，又发现一个似蟾蜍嘴样的洞口，宽约五尺，中间高处约六尺，里面渐宽，深约两丈。不解的是，洞里有人用水泥砌成隔墙，形成并排两间，右间里有石床，左间里有石凳，石桌等。有的是用水泥依石墩砌成。从洞口左拐往下有石阶丈余高，下去又发现一个洞口，望望里面，大得不得了，光滑的巨石在泉池中向上乱叠，池中黑处黑，亮处亮。细听，不知哪处有泉水叮咚，向前转拐，果然出现一泓泉潭，冬梅蹲下来用手捧着喝几口，说，真好，原汁原味，纯天然的。我和冬梅又踩着石阶来到前洞，先站着说几句：这里肯定有人住过。看这满处青苔荒凉的样子，已经好久没人住了。然后她煞有介事地进洞，从包里拿出一沓卫生纸垫在石床上，叫我和她一起坐下。她先问我卖画生意怎么样？我说，卖画实际上是半卖半送。这样做，是为了让更多的人欣赏和享受我的艺术作品，那种把自己看成神乎其神、非高价不出并不好，谁不知你是个虚伪家伙。我只要有人要，我都便宜卖。只是外国人有时不问价，丢个一百，两百，你要找钱给他，他摆摆手走了。不过也不是每个外国人都这样，有的也很小气，跟中国人差不多。总体来说，每天进账比我工资要强些。

"陈十，我不是单纯为着节省点钱。我看那个鸳鸯寓就不住了，就搬到这洞里来住。这才是我俩真正的鸳鸯寓，天然的鸳鸯寓。这个地方多清新，多自在。再找个地方种点菜。

待我俩老后，就做黄山的魂、太平湖的鬼了。在此结束我们的今生。"

没想到冬梅竟这样的往深里说，一下触动我神经深层，我泪涌，不说话。

冬梅推我，我更伤心。

"怎的？我说错了吧？"冬梅急问。

"不是，你说的没错。"我擤鼻涕，"我想着我小时候的梦……我想着你刚才的话是多么适合我。妹妹，我俩是一对天奇之人，海枯石烂，爱情到老，有谁可比我俩今生今世。特别是前面你说的，'在爱情上，我俩都老了，是因为爱走到一起。这就像一场盛宴后剩下的残肴，我俩也把它当作刚开席的美味佳肴来共享。'这再没有人来管我俩了吧。"我沮丧地回答冬梅的话。

冬梅叫我别难过，说我一生实实在在地做人很好。这样做人，人生路上当然会要经过各样艰难和忍受，但最后满意和成功也会在等待着你。我也因为你对爱情的忠贞，到老还会走到一起。我认为，光有爱情还不行，而且爱情成至死不渝才是真正爱情，才有至高无上的甜美与幸福。

"妹妹，我真的佩服你。"我深情地望着冬梅那永不消逝的我当初爱她那样的美。

我用手背揉着揩眼，冬梅也拿出手帕在我脸上细擦，一边也泪涌……细擦之后，久久地亲我。

我和冬梅下山，遇到一位在田间劳动的老人，问起山上那洞的事。老人说，那洞过去有人看山住过，现在山不用看了。怎的？你俩要住啊，那好，这里山美，水美，正缺人之美，你俩在这里住会幸福，也了不起。

回到鸳鸯寓，冬梅很累，她坐到床上问我，你跟家里人怎样说的？

你是怎么来的？我倒问，不都是因为天作之合吗！你问天去。

你太有文气，我是随便问问的……

尘
海

诗词附编

　　关于古诗词，我也常写，如同许多文学爱好者一样。不过，至今还没出过这方面专书。但有如"南乡子·天宫一号上天"、"浪淘沙·秋怨"等二十余篇入编《中华诗人年鉴》等书。现在再选几篇作为附编，以飨读者。

　　要说明的是，根据当今要求，结合了新韵，有些也存有方言韵。

竹诗二首

一

学竹虚心节节高，
处事做人永低调。
大气大魄何所在？
不知自己高更高。

二

青青竹叶连竹枝，
一片纷乱自有绪。
丹青运笔乱先有，
有规无规笔游思。

春到美江南

滛雨久赖终自消，
美丽江南出浴娇。
姹紫嫣红莺语啭，
游人慕来共春宵。

情　旋

花前月下俪影移，
甜语娇音诉相思。
情到深旋抱对视，
泪花闪月杜鹃啼。

送情归

岁月悠悠无尽头，
心缺一块不能修。
平日乐乐触伤痛，
混混已过几三秋。
忧伤紧装一筐满，
今日送抛扑泪流。
还想百年山花艳，
泪逢挽上独仙舟。

游 春

春来游乐恰佳期，
步入春野游春溪。
花香扑鼻沁人醉，
巴望好景无走时。

思梅 和飞檐《梅兰菊竹》

梅兰菊竹我五友，
亲密难分也亲疏。
梅竹画多观知我，
为梅我泪常偷流。

思　友

今宵夏夜非同旧，
月照睡我凉幽幽。
一一好友梦里过，
情在人无空空留。

桃　花　韵

美好春天人难舒，
只因淫雨屡侵顾。
桃花一夜风雨打，
满地残红宫锦污。

残　释

花美正赏却消无，
不如没有茅塞住。
一个喷嚏未打出，
鼻酸涕滴难言苦。

知事空

学问到家知事空，
能悟人如小草生。
人海谁走谁知缺？
官望落叶失谁分。

劝贪

光阴冷暖延千秋，
无贪无怪自然渡。
人生吃饱宽自足，
贪财不止贪自收。

渴求春雨 和彩云《春雨》

春何丧气雨水少，
管干泉涩人难熬。
夜梦水涌门槛进，
来水多多昏不逃。

如此人生

凡尘复杂迷糊糊，
也有明堂也叹无。
小乐忘我酒中有，

烦在门外催上途。

夜亭孤

月泻寒光地凝霜，
孤亭独坐右边栏。
心单无聊望天月，
云飞月走向失常。

草原乐（题图诗）

广阔草原缘天机，
好景只有原人知。
人在草场狂欢醉，
代代乐享不尽替。

赏月季

月季香次艳非常，
惹得路人歇步赏。
伸头慢走探花径，
更有风光里面藏。

爱深断

爱情甜美后跟伤，
飘然仙醉哪设防？

步到悬崖断肠泪，
痛唱伤歌偏自难。

游扬州

尘
海

慕名而来玩扬州，
瘦西湖景必定游。
白天湖水映仙境，
晚上湖浮珠泼头。
人间仙境何所有？
扬州也并苏杭州。

注：此诗使用六句，古时亦用。

见一对白发夫妻拾荒感

可怜年轻泪涕涕，
为爱受阻蚀骨思。
事到绝望私奔走，
伴今白发拾荒依。

触景生伤

春阳入院吻桃花，
隔窗好景在天涯。
对镜两自恹恹我，
镜里忧愁镜外加。

爱的真谛和飞檐《春雨》

冰寒于水原一家，
冷过天暖溪水加。
春暖花开醉融雪，
是爱经苦入甜涯。

会中会

骚人墨客聚堂春，
落笔吐珠会诗文。
灵犀一点通向会，
热血无影曲中情。

荷韵三首

一、美恋污
绿掩娇容水上香，
水中一族泥为乡。
艳美原出泥中染，
水面盛开为蝶张。
二、夺客强
水上艳丽水下脏，
只为引蝶来喜尝。
人世大美花园隐，
首推荷美夺客强。

三、深到腰处好逍遥

花大瓣肥嫩红娇，

向天盛开深显妖。

要水不是一点点，

深到腰处好逍遥。

注：此三首诗主题相近，故合并为《荷韵三首》。艺术焦点是"韵"字。人常说写诗写文就是写人，这也确实。人人都很难回答清楚，人为什么会爱美？诗人阅尽人生百态，想到人物同性，故以花写事，借荷写人。此三首诗编入《中华历代荷花诗词大全》

踏莎行·赞今天美丽中国

江山如画，

更看今朝，

当代风流尽古骄。

高速驰车观胜景，

遍处楼房矗天高。

乌龙穿峡，

虹绷海滔，

恢弘幻化连通交。

此情切切成追梦，

唤起古人惊知晓。

浪淘沙·秋怨 和飞檐词

一窗秋阳涂，
掷金滥收。
热意总是付水流。
夜深蟋蟀歇奏兴，
屋角留啁。

夸秋别样秀，
好语花稠。
世事云谲何看留？
冷凉有数静中过，
望菊磨愁。

清贫乐·翻页新观锦华

飞鹏探疆，
阅遍天底下，
巍巍豁显大中华。
削平旧恶世浪。

民患今日换安。
雄狮东啸惊寰，
荒史宙斯屏蔽，
翻页新观锦华。

巫山一段云·情思

高楼倚碧水，
凭栏望西头。
落日熔金水中留，
空对伊人愁。
遥峰锁远目，
眉黛妆清秋。
神女孤立为谁忧？
托付江东流。

一剪梅·空中还有多少情思缭缭

长江西东千山绕，
断续多少，
两点心牢，
都是睡时思常缭。
梦里无遥，
巴山雨浇。

今成神女东云瞧。
可再重好，
可再相笑？
烧香袅袅皆自消。
都为情焦，
都成空杳。

262

尘
海

注："巴山雨浇"，借李商隐"巴山夜雨涨秋池"诗句。意思是，李商隐与妻久别，盼早日与妻团圆。"巴山雨浇"是隐意，喻男女之事。

"今成神女东云瞧"：神女，即神女峰。云：既实指东方的云，方位；也喻男女事。

诗是写一对恋人，倚江东西相隔千里，久别难逢思念之情。

西江月·海滩望

仁立放眼海阔，
尽远浪花伴无。
有边无边藏大虚，
天边八里谁愚。

巨涛推雪盈天，
海啸吞人惊宇。
谁识成海毛毛雨，
敌小总是强输。

西江月·月色荷塘

月色清幽谁醉？
天下荷塘香飘，
玉肌香露醉沁抛，
静静天国荡潮。

仙子娇柔丰雅，
欲强却有天高。
芙蓉国里浪滔滔，
姮娥一统玉罩。

西江月·情思

更深月斜江静，
阁上窗亮孤光。
何处梅香幽探窗，
挑我心神猛荡。

尽开冷窗向外，
双眼泪含顿伤。
莫非远情念我单，
今宵有梦共畅。

蝶恋花

窗外绿阴退几许，
凉暖正匀，
尚系金秋住。
桂花香醉不相语，
美人总是诱人无。

夜静蟋蟀私传语，
胡扯戏人。

尘
海

床也斥粗语，
谁知睡人心思苦，
恨不成蝶追香去。

临江仙·空

红尘滚滚似江流，
多少荣华过尽，
多少贫贱也随同。
日月长犹在，
流星无一存。

先生写史捻须苦，
前后无涯怎成？
一声吁叹忽自明：
贵贱原是幻，
人都面对空。

南乡子·祖国似倩女温柔

时时情悠悠，
敬佩祖国荣心头。
强盗动辄侵他国。
蠢徒！祖国也盛却温柔。

一览江山秀，
结友好更绣风流。

豺狼欲邪断伸手。

闷愁，害怕倩女恶招留。

西江月·江山多娇醉我

尘
海

雾裹峰峦带系，
车隐车现人漂。
仙境醉里摄仙照，
驼叟驾云纱飘。

恋人拽云遮避，
难盖内事吻交。
祖国江山有多娇？
怎怪英雄血鏖。

注：旅游见祖国山势雄伟、奇特有感而作。

阮郎归·愁别描真

园里桃花谢春红，
时流太匆匆。
久别相逢又西东，
四眼自染红。

门未出，泪难忍。
伊来如飞莺，
纤手送香罩眼蒙，
只为别惊人。

醉落魄·慈母思

思母悠悠，
生我养我沐春柔。
犟儿上学不吃走，
村头母立，
几时凉回头？

赌气都是母腔兜，
无语今成儿大愁，
不见母亲自悲诉。
祭坟下跪，
总失语泪流。

浪淘沙·水

天系水源头，
依底东流，
却仍惹风波无数。
类谐劲草无惊畏，
何说它愁？

造化凡人数，
几行正途？
色色行邪惩自收。
水行底处天之意。

福苦无忧。

　　注：此词以天带水，伟也。却以最低调世行。后句"水行底处天之意"，此举是天之伟之气。"福苦无忧"，是说福与苦不是在计较之中，福来就享，苦来泰然。亘古如此。

　　此词初想作《尘海》开篇词。

尘
海

后　记

　　《尘海》传记文学作品写完了。陈十本人从头到尾细细看了。他说他一生情况基本如此。并且说，传记文学作品，要把人的一生事情写好是极不容易的，不仅组合是个艰巨性的任务，某些事情还必须要构圆，才可形成一个圆满的故事。他说，他读到与冬梅的爱情故事又流泪了，肯定我这一点为他写得好，写得深刻。他还说冬梅是个怪，我也跟她成了怪，哎！这凡尘，道不尽。最后他说谢谢我了。我说不要谢，我也是一种锻炼。只是我的水平有限，心有欲则力不达。缺点、错误多得很。不仅请你原谅，更多的是请读者原谅。